凤凰枝文丛 ／ 孟彦弘 朱玉麒 主编

西明堂散记

周伟洲 著

凤凰出版社

图书在版编目（CIP）数据

西明堂散记 / 周伟洲著. -- 南京 ： 凤凰出版社，
2023.8
（凤凰枝文丛 / 孟彦弘，朱玉麒主编）
ISBN 978-7-5506-3458-9

Ⅰ. ①西⋯ Ⅱ. ①周⋯ Ⅲ. ①随笔－作品集－中国－
当代 Ⅳ. ①I267.1

中国国家版本馆CIP数据核字(2023)第101701号

书　　　名	西明堂散记
著　　　者	周伟洲
责 任 编 辑	张永堃
特 约 编 辑	孙思贤
书 籍 设 计	徐　慧
责 任 监 制	程明娇
出 版 发 行	凤凰出版社(原江苏古籍出版社)
	发行部电话025-83223462
出版社地址	江苏省南京市中央路165号,邮编:210009
照　　　排	江苏凤凰制版有限公司
印　　　刷	苏州市越洋印刷有限公司
	江苏省苏州市吴中区南官渡路20号,邮编:215104
开　　　本	880毫米×1230毫米　1/32
印　　　张	11
字　　　数	202千字
版　　　次	2023年8月第1版
印　　　次	2023年8月第1次印刷
标 准 书 号	ISBN 978-7-5506-3458-9
定　　　价	68.00元

(本书凡印装错误可向承印厂调换,电话:0512-68180638)

周伟洲

1940 年生，广东开平人，汉族。1962 年毕业于西北大学历史系考古专业，1965 年毕业于民族史专业研究生。1967 年分配到陕西省博物馆工作。1973 年调回西北大学，开始从事中国民族史的科研和教学工作。现任西北大学历史学院教授。著有《敕勒与柔然》《吐谷浑史》《唐代党项》《中国中世西北民族关系研究》等学术著作十余部，发表学术论文百余篇。

弁　言

"凤凰台上凤凰游",是李白《登金陵凤凰台》之诗句,昔年我江苏古籍出版社立足南京、弘扬文史,而更名所由也。

"碧梧栖老凤凰枝",是杜甫《秋兴八首》所吟咏,今日我凤凰出版社为学林添设新枝,而命名所自也。

30多年来,凤凰出版社围绕中华传统优秀文化,彰显传承文明、传播文化、服务大众、贡献学术的出版理念,坚持以整理出版中国文、史、哲古籍及其研究著作为主的专业化方向,蒙学界旧雨新知之厚爱、扶持,渐已长成"碧梧",招引了学界"凤凰"翩然来栖。箫韶九成,凤凰来仪,凤翥凰翔!嘤其鸣矣,求其友声!

"凤凰枝文丛"是本社与学界同人共同打造之文史园地,除学术研究论文外,举凡学人往事、经典品评、学术札记之文化随笔,旧学新知,无所不包。是作者出诸性情而诗意栖息之地,读者信手撷取而涵泳徜徉之处。

"凤凰鸣矣,于彼高冈。梧桐生矣,于彼朝阳。"

愿"凤凰枝文丛"成为我们共同的文化家园。

2019.5.22

序言

我自 1965 年西北大学历史系民族史专业研究生毕业后，被分配到陕西省博物馆，正式参加工作，已经过了50 多个年头。虽然历经社会发展和生活的种种历练，但始终未敢忘自己教师的职责和理想。50 多年来，除教学和培养学生，就是孜孜不倦地"爬格子"，也就出版了 10多部关于中国民族史、魏晋南北朝隋唐史、中国边疆、中外关系史和文物考古等方面的著作，发表了 100 多篇学术论文。这些著作和论文均已出版或再版，任由学界同行和读者去评论。

除此而外，这 50 多年来，我还撰写过若干书评、研究述评、笔谈、序跋等形式的短文、随笔。这些看似不起眼的短小、明快的文章，如果收集起来，连我自己都吃了一惊：它不仅更为直接、清晰地反映出作者的政治立场和取向，治学方法和趣味，学识的深浅与水平，而且其社会功能和影响完全不亚于厚重的学术专著和论文。这一认识也逐渐为学界认同。正是基于此，我将自50年来撰写有关上述的文章按门类编辑起来，题名为《西明堂散记》。

《散记》共分四个部分：

第一部分是"边疆随笔"，共收录7篇文章，包括《我的史学观》、《"二十世纪西域考察"漫记》、两篇关于边疆研究的笔谈稿、一篇有关边疆杂志的文章，以及两篇关于中外边疆著作的书评。其中，两篇书评较为深入、细致地对所评书籍作了全方位的论述、比较和分析，我认为它们至今仍有一定的现实意义，故最后收录于《散记》之中。

第二部分是"书林品评"，收录了发表在《中国社会科学》《历史研究》等期刊上的书评，共6篇，均为应书作者或出版社要求而作。其中《"胡汉体制"与"侨旧体制"论——评朴汉济教授关于魏晋南北朝隋唐史研究的新体系》一篇，为七刊史学图书评论联合小组编《史学新书评（1996—1997）》一书（社会科学文献出版社，2001年）所收录。

第三部分是"书序撷粹"，共选辑书序（包括绪言、绪论）7篇。因为从20世纪80年代以来，我给自己订下一条规矩，即不为任何人的著作写序，也不请人为我的著作写序。为此，还"得罪"了一些师友。因此，收录的7篇序文，其中6篇都是我撰写或主编著作之序文。唯一的例外是为卢桂兰编《陈孟东纪念文集》所写的序言，因为陈孟东夫妇不仅是我大学同学，而且当我研究生毕业后被分配到陕西省博物馆及在馆里工作期间，均得到他们的关怀和照顾；何况陈孟东曾为陕西的文博事业作出了突出的贡献，却不幸英年早逝。因此，于公于私，我没有任何推辞的道理。

第四部分是"研究评述"，共收录5篇有关丝路学、民族史的论文，包括评述老一辈史学家史念海先生对"民族历史地理学"的开拓与贡献、辨析有关"民族"概念及中国话语权问题等文。这些评述也许能对今天中国民族史学科的发展和创新有一些启发吧！

最后，感谢"凤凰枝文丛"主编朱玉麒先生及凤凰出版社的支持和帮助，才使这本小书得以出版！

周伟洲

2023年2月

目录

001　序言

第一辑　边疆随笔

003　我的史学观

021　"二十世纪西域考察"漫记

046　要认真处理好几个关系

049　世纪之交中国边疆史地研究的回顾与展望

054　《中国边疆史地研究》杂志百期刊行寄语

062　关于维吾尔族族源问题

　　　　　——评吐尔贡·阿勒玛斯《维吾尔人》的有

　　　　　关部分

096　论中国与西方之中国边疆研究

第二辑　书林品评

137　评黄烈著《中国古代民族史研究》

149　马长寿及其所著《碑铭所见前秦至隋初的关中部族》

156　新视角　新思路　新观点

　　　　——评石硕《西藏文明东向发展史》

163　西方与西藏地方关系史的研究硕果

　　　　——《早期传教士进藏活动史》

171　中国古代兵器研究的新里程

　　　　——评《中国古代兵器》

175　"胡汉体制"与"侨旧体制"论

　　　　——评朴汉济教授关于魏晋南北朝隋唐史研

　　　　究的新体系

第三辑　书序撷粹

191　《中国中世西北民族关系研究》绪论

208　《英国俄国与中国西藏》绪言

228　《西藏通史·民国卷》前言

236　《五胡十六国新编》总序

242　《马长寿文集》前言

252　《凉山罗夷考察报告》影印本前言

257　卢桂兰编《大地情怀——陈孟东纪念文集》序言

第四辑　研究评述

269　史念海先生对民族历史地理学研究的开拓与贡献

277　中国丝路学与《丝绸之路大辞典》

303　丝绸之路与古代民族

314　中国民族史学发展历程及展望

330　有关"民族"概念及中国话语权问题

第一辑　边疆随笔

我的史学观

一、我的史学观的形成

在十八岁之前，我从未想到自己今后会与史学结下不解之缘。记得 1951 年在重庆上小学五年级，一次历史课上，老师提了一个问题，全班同学几乎都答不上来，教室里站满了困惑的同学们。老师最后叫我回答，我一口气答得很完整、圆满，得到老师的夸奖。也许这件记忆深刻的小事，就预兆着我以后一生将从事史学的研究吧！然而，当时我对历史并没有什么特别的兴趣，我的主要爱好和兴趣是文学，这是从小养成的读书习惯和爱好。

我的父亲是一个普通的小职员，有七个子女，我排行第三，有两个姐姐和四个妹妹。家境贫寒，买书和藏书是根本不可能的。我只能在重庆上清寺一家书店里，蹲在店里角落，津津有味地看书，有时一蹲就是一个下午。1952

年父亲因工作调动，全家迁到成都，我有幸进入四川省重点中学成都第七中学（原国立成都县中学）。

中学六年，对我一生产生了巨大的影响。这所中学有一座藏书丰富、管理严密的图书馆，有很好的师资力量，使我得益匪浅。我从学校图书馆、四川省图书馆及有藏书的同学家中搜罗书籍，如饥似渴地阅读。在初中，我主要阅读20世纪20年代以来中国作家的作品，以及中外文学史、语法修辞之类的书籍。到高中，则转向了世界文学的宝库。当时，学校图书馆的外国文学名著，我几乎都读过。这些书籍给我影响最深的是美国作家杰克·伦敦的坚强意志和个人奋斗的精神；英国作家狄更斯对下层人民的深切同情和朴素无华的文风；法国作家巴尔扎克、左拉的宏大构思和对历史的深邃理解；俄国作家普希金、别林斯基等的革命民主主义思想和批判精神等。法国的梅里美、巴尔扎克、左拉，英国的司各特、狄更斯等作家的历史小说，似乎对我的影响更为巨大。

当时，我简直着了迷，在与同学闲谈中说过"如果能到巴黎去看一看，死了也值得"之类的蠢话。为此，我付出了代价，高中二年级时，团支部组织全班同学对我的资产阶级思想加以批判。本来我是准备学理工的，功课大都是五分，但是因为太喜爱文学和历史，在一些学文同学鼓动之下，最终决定专攻史学。因此，到高中最后一学年，我置其他课程于不顾，狂热地阅读有关历史著作，甚至半夜起来在路灯下或锅炉房里苦读。我当时认为，中国历史上下几千年，史籍浩如烟海，考古文物层出不穷，是可以大有作为的。特别是考古学，对我更是富有吸引力。而且文史不分家，研究历史可以兼搞文学，我想当一个历史小说家。这些想法的确有些天真，正如后来在大学一年级时历史系一位老师批判我的"白专"道路时说，这些想法简直是"莫名其妙"。

1958 年，我带着这些天真想法考入西北大学历史系。选中这所大学是因为它位于古都西安，而且有考古专业。至于我对史学的认识，可以说是一张白纸，所知甚少。入校后，我依然故我，拼命读书。然而，这种情况却与当时"大跃进"的气氛极不调和。结果是可以预料的，我先后几次遭到全班同学的批判，罪名是走资产阶级的"白专"道路。虽然我几次产生放弃学业回成都老家的念头，但是舍不得学校丰富的藏书和放弃我的理想，所以，我只有躲开同学的眼光，躲在书堆之中。每天中午，当同学们休息时，我躲在阅览室书架间读书。一个借书证不够，我又借了几个同学的借书证，到校图书馆借书。

大学四年中，我把阅读的范围从文学、历史转向了哲学、经济学等领域。特别是开始对马克思主义唯物史观和辩证唯物主义发生了极大的兴趣。我在自己的读书笔记中这样写道："读，加倍地读，读历史著作，向哲学那虚玄的堡垒进攻，用顽强的毅力，在烦琐的经济学中打开一条通道，并要用千倍的时间和力量钻入语言的宝库，要使小小的大脑容纳整个知识的海洋。"到三、四年级时，我试着写电影剧本、小说、评论、杂文及历史、哲学论文，这些习作虽然均未正式发表，但锻炼了我的写作和思考的能力。同时，我也认真学习开设的各门基础课、考古专门课和各类选修课。系里一些著名的教授和老师对我也有很大的影响。四年的学习、读书和思考，使我在历史、考古、哲学、经济学、文学等方面具备了一定的基础，并开始对马克思主义辩证唯物论和唯物史观有系统的了解。

1962 年，我以全部课程优秀的成绩毕业了。按我当时的想法，是要从事考古或中国哲学史的研究工作。然而，当时全国各大高校并没有公开招收该领域的研究生，只有我系著名民族史专家马长寿教授招收三名民族史专业研究生。最后我考上了民族史专业的研究生，专业方向是藏族史。这一选择决定了我的史学研究方向。我特别感激我的恩师马长寿教授，是他真正引导我进入到史学研究的园地。

在研究生三年多的学习时间里，虽然因当时形势，我先后参加了西安市郊、延安青化砭和青海冈察藏族牧区的"社会主义教育运动"，前后约用去了两年时间，真正学习专业时间才一年多。但是，马长寿先生对我们研究生抓得很紧，每星期都要我们交一篇读书札记或论文，亲自批改，耳提面命，让我受益颇多。他在课堂上或平时的指导中，一再强调史学为现实服务的方向和用马克思主义唯物史观为指导、史论结合的重要性。他的几本民族史专著，如《北狄与匈奴》《乌桓与鲜卑》《南诏国内的部族组成和奴隶制度》等，成为我学习的范本，我的第一本专著《敕勒与柔然》，严格地说是对马先生著作的模仿。由于恩师马长寿先生的精心指导，我的史学观及治学方法可以说基本形成了。

二、我对史学与社会关系的看法

史学是研究人类社会发展历史进程的一门社会科学。它是社会的上层建筑，是意识形态的组成部分。史学不能脱离社会现实，每一个时代的史学都是为那一时代的现实服务的。所谓"鉴古知今""古为今用""历史的启示""总结历史经验教训"等，就是这个意思。这可能是史学最主要的社会功能，古今中外，概莫能外。中国史学的鉴戒功能，可以说是源远流长，从孔子撰《春秋》、司马迁写《史记》、司马光编撰《资治通鉴》，到今天出版的各种史鉴之类的历史书籍，莫不鲜明地显示出史学在政治方面的借鉴作用。清代学者顾炎武说得好："夫史书之作，鉴往所以知今。"（《亭林文集》卷六）马克思在《路易·波拿巴的雾月十八日》）的论著中，也有名言："当人们好像只是在忙于改造自己和周围的事物并创造前所未闻的事物时，恰好在这种革命危机时代，他们战战兢兢地请出亡灵来给他们以帮助，借用它们的名字、战斗口号和衣服，以便穿着这种久受崇敬的服装，用这种借来的语言，演出世界历史的新场面。"（《马克思恩格斯选集》，第 1 卷，人民出版社，1972 年，第 603 页）史学的鉴戒功能在政治斗争方面如此，在经济、文化等各方面亦同。

世界上任何一个国家、一个民族都有它的过去、现在和未来，现在是过去的发展和继续，是人类历史发展长河中的一个阶段。因此，无论先进或落后的国家或民族，对自己的历史都是十分重视的。中国是一个有史学传统的文明古国，古代史籍之完备，史家之辈出，深入社会面之广泛，在世界上是独一无二的；而且史学对当今社会的影响也十分巨大，这种影响往往又是以潜移默化的方式在起着作用，深入社会的各个层次。当今中国史学在凝聚中华民族和增强各族人民爱国热情等方面正发挥着积极作用。史学这一方面的功能，虽然看不见、摸不着，然其作用绝不低于它的鉴戒功能。

此外，史学还有许多社会功能，不再一一罗列。由史学的社会功能，也就可以看到在现今社会里，史学绝非可有可无的学科，并不是脱离社会现实的"纯学术"，它是社会上层建筑的一个组成部分。每个时代的史学承继、发展，不仅建立在这个时代的经济基础之上，而且直接或间接服务于社会现实。"纯客观"的史学是不存在的，哪怕是中国传统的考据学，也反映了那个时代的特点，并间接为现实服务。

对史学与社会现实关系的认识，我也是经过一番磨难才逐渐清楚的。在我成长的 20 世纪 50—60 年代，国内政治运动不断，形势迫使我对现实政治产生一种恐惧和淡漠感。选择考古专业，喜欢古代史和考据，就是这种思想的反映。1963 年我们研究生随马长寿师到甘肃、青海做民族调查。调查访问中，我对历史上的民族问题特别感兴趣，全神贯注地听，详细地记笔记。然而，当谈到现实的民族问题时，则满不在乎，也不记笔记。马长寿师发现这一问题，当面批评我，并说："搞古代民族历史也是为今天现实民族问题服务；世上没有'纯学术'的东西，历代学术都是直接或间接为当时的现实服务的。"这些话对我的震动很大，使我认真地思考史学与社会现实的关系，至今仍牢记着。在以后的史学研究中，我十分注意这一问题。我的研究生毕业论文《英俄侵略西藏史》的选题，就是从当时中苏关系及国内外的形势出发，才最后确定的。此论文在 1984 年经过补充修改后，由陕西人民出版社正式出版，得到了学界的好评，有人甚至评论此书是一本进行爱国主义的好教材。在此后的民族史研究中，我虽然偏重于匈奴、柔然、鲜卑、吐谷浑、敕勒、党项等如今已经消失了的古代民族研究，因出版困难，为学界所冷落，但是，我仍然坚信，这些研究成果对于维护国家统一和各民族的团结，都是具有重要现实意义的。

这里又涉及一个"古为今用"的问题。据我个人的理解，所谓"古为今用"，就是研究历史的目的，吸取历史的经验教训，传承历史上优秀的文化遗产，以为今天现实服务，主要是在选题和研究结论上。不能狭隘地理解，搞影射，仍然必须是实事求是，切忌篡改、歪曲史料，从史实中得出正确的结论，否则站不住脚，很快就无人问津了。然而，史学论文的写作是个人或集体主观意识的产物，与作者世界观、立场和学术修养均有关，且经过个人或集体主观创作而形成的。相同的史料，不同的作者往往会得出不同的结论。

在认识到"古为今用"、史学为社会现实服务的重要性时，我还特别注意防止一种错误的倾向，即为了古为今用而有意或无意地歪曲或篡改历史。史学是一门科学，来不得虚假，不能为了服务于现实而伪造历史。十年动乱时的"影射史学"就是以伪造历史来为一些人的政治斗争服务的；还有为个人或集团的私利而歪曲、伪造历史，夸夸其谈，言过其实，赶时髦，标新立异等等。这些历史论著早晚会被历史淘汰。因此，"古为今用"必须建立在尊重历史、实事求是、严谨治学的基础之上，不能以自己主观的意识任意歪曲、伪造历史，否则史学就不是一门科学，没有存在的价值。

因此，在撰写历史论著时，我特别注意历史资料的可靠性，绝不随意歪曲和改动史料；也绝不为了一鸣惊人，耸人听闻，而无多少根据地提出所谓的"新观点"。当然，由于水平所限或史料阙如或考证不精等原因，也会产生一些个别与历史事实不相符合的情况，但是，我总尽自己的最大努力，竭力避免这种情况的发生。我知道用一个确切的历史事实比用十倍的过激、空洞的结论更有说服力。这在我撰写《英俄侵略我国西藏史略》及参加编写《沙俄侵略中国西北边疆史》的过程中，是深有体会的。作为一个中国人，对近代英、俄帝国主义侵略中国的罪恶活动，自然充满了义愤；是通篇采用那种充满义愤的词句，上纲上线，无情批判呢？还是揭露侵略的事实，暴露其侵略罪行呢？我坚持采取后者，因为用铁的历史事实来揭露帝国主义的侵华罪行，比充满义愤的词句更为有力。

史学与社会现实的密切关系及其功能，我想任何人也是否定不了的。然而，现今的中国史学与其他社会科学一样，在改革开放的浪潮的冲击下，正在发生变革，以适应新的经济基础，并为之服务。在当今史学变革的时期，史学领域内出现了许多令人鼓舞或沮丧的现象。如果仅从史学与社会关系的角度来看，一方面是传统的或正统的史学遭到冲击，出现不景气的局面：大学历史系招不上学生，历史系毕业生找工作十分困难，史学论著难以出版或发表。而另一方面，翻译或介绍国外史学观的论著出版较多，那种讲宫廷秘史之类的通俗小册子更是四处泛滥。当然，我并不是非议后者，后者至少在吸取、认识外国史学有益的东西和扩展社会史研究领域方面，还是有一定积极作用的。这些情况，可以说是新的历史时期史学领域出现的部分问题。我们相信，通过中国史学自身的变革，这些问题都将会逐渐解决，史学终归会逐渐适应新的时代，并为之服务。

三、中国史学的继承与创新问题

从我的经历及所处的时代，可以说就基本确定了我的史学观，即是一个倾向于传统史学和正统的马克思主义唯物史观的史学工作者。不少与我年纪相仿的史学工作者，大都属于这一个类型。这本身就包含着史学的继承和创新问题。

中国是一个有数千年史学传统的大国，古往今来凡是学习和研究中国历史的人，莫不受到中国传统史学的影响。中国史学发展的历史也表明中国史学传统的继承性。我作为 20 世纪 60 年代以来学习研究中国史的一员，自然深受传统史学的影响，有意或无意地继承传统史学的某些方面。比如"实录直书"，不掩恶，不虚美，不文过饰非，而秉承彰善瘅恶的鉴戒史学传统；注意史料的收集、采摭，重视资料的鉴别、取舍，坚持考证史实的求实精神；文字崇尚简洁、准确，推崇"文约而事丰"的文风等等。

然而，我毕竟生活在 20 世纪，对中国传统史学的继承，自然也是有选择性的，也绝不会刻意去追求复古。比如对清乾嘉考据学派，我虽然十分钦佩，也学习他们考据的方法，但绝不走他们的老路，否则就只见树木，不见森林，陷入烦琐考证的泥潭中不能自拔。若刻意追求"文采"或"简洁"，也就会失去了史学求真的价值。不仅如此，为了符合时代的要求，在继承传统史学优点的同时，还应有所创新。这一工作是我们老一辈史学家所开创、完成的。

自 20 世纪初以来，由于西方社会科学思想和马克思主义理论的传播和深入，中国一批有卓识远见的史学家们经过对传统史学的继承、改造，并吸取了西方现代社会科学的方法，逐渐用马克思主义唯物史观和辩证法为指导，去研究中国历史，开辟了中国史学研究的一个新时代。这些前辈著名史学家有郭沫若、范文澜、翦伯赞、吕振羽等。他们应是史学界领一代风骚的大家，我认为，至今国内史学界的主流，包括我个人的史学研究，都是沿着他们开辟出来的道路前进的。

由此，我们可以清楚地看到，现今中国史学的主流，也是在继承传统史学的基础上，吸收现代西方社会科学的方法，以马克思主义唯物史观、辩证法为理论指导，而创新的新史学。它是为我国社会现实服务的上层建筑的组成部分，史学正是以它不断地创新，而具有了强大的生命力。

从 20 世纪 80 年代起，现代科学技术突飞猛进，已进入电子信息的新时代，而我国也正经历着改革开放的巨变。史学是否会发生变革，有所创新，产生一种新时代所需要的史学体系？至少目前还没有显露出来。但是，这种变革迟早会发生，我们把希望寄托在新一代的史学家身上。

四、关于史与论关系之我见

在中国传统史学中，已有较好地阐述史与论关系的史家。唐代史学家刘知幾论史家"三长"（才、学、识），特别强调"识"（即义理）。清代史学家章学诚则既批评那种"学博者长于考索，岂非道中之实积，而骛于博者，终身敝精劳神以徇之，不思博之何所取也"，又抨击那种"言义理者似能思矣，而不知义理虚悬而无薄，则义理亦无当于道矣"（《文史通义·原学下》）。1949 年中华人民共和国建立以后，学术界经过一段时期对只重史料、不重理论的倾向的批判，而后又纠正只发空论、轻视史料的倾向，于是"以论代史""论从史出"等提法出现。这两种提法均有语义欠妥之处。目前史学界一般用"史论结合""论从史出"，即科学理论和历史实际（包括史料）的结合，即用马克思主义唯物史观去指导历史研究工作。这一提法是较为全面和科学的。

就史学论著而言，如按史与论关系划分，不外乎可分为三大类型：一是偏重于史料的整理、编纂、校勘，考证史实的论著，理论色彩很淡薄，有的甚至没有什么理论；一种是以史论为主的论著，史实只是概括的或偶尔使用，主要以论为主；还有一种是介于上述两种类型之间，有史实也有理论，或通过大量史实来论证理论，真正属于"史论结合"的论著。以上三种类型论著的差别，有时不很明显的，只是相对说来有所侧重而已。现今国内出版的史学论著不外乎就此三种类型，各种类型各有自己的特点，均有存在的价值。就我个人而言，三种类型的论著均曾尝试过，如偏重史料整理的有《吐谷浑资料辑录》（青海人民出版社，1992年）；以探讨理论为主的有《怎样看待我国历史上的统一与分裂》（载《中国民族关系史研究》，中国社会科学出版社，1984年）、《历史上的中国及其疆域、民族问题》（载《云南社会科学》1989年第2期）；属于史论结合类型的有《敕勒与柔然》（上海人民出版社，1983年）、《吐谷浑史》（宁夏人民出版社，1985年）、《唐代党项》（三秦出版社，1988年）、《中国中世西北民族关系研究》（西北大学出版社，1992年）等。

据我的体会，史料的收集、排比、校勘以及史实的考证，是史学研究的基础，十分重要。如果史实有误或不完全，则得出的结论就靠不住。因此，即便是在写史论结合型的论著时，我也十分重视收集、排比、考证尽可能收集到的史料，以及前人的论述。如出版的《吐谷浑资料辑录》，就是为我写《吐谷浑史》准备的资料集。我认为，就是在史论结合类型的论著中，也应对一些极为重要的史料进行考证，或放入正文，或置于注释之中。但是，应尽量避免烦琐的考证。

史料的收集、考证是基础，但如果没有正确的理论作指导，就不能从高层次上去辨别、分析史料的价值，决定取舍，更不能得出正确的结论。一个真正的史学家如果仅在史料的排比、编辑或考证上做学问，他的成就会大为降低。有一件事给我的印象很深。1959 年马长寿师购得著名史学家岑仲勉教授的《突厥集史》一书，见书中对他的《突厥人与突厥汗国》一书有所批评，于是在该书扉页上写了一段话，其中有这样几句："……岑翁对我前年所出《突厥人与突厥汗国》小册子多所批评，不胜喜跃之至！目前国人治突厥史者自以岑翁为第一，然烦琐，不能明大义也……最近拟作一书报岑翁，若干重要问题尚须研究，未可轻易一驳也。"马长寿师所说的"明大义"，就是指指导思想和理论。

"史论结合"中的"论"，据我的理解，应有两个方面：一是指导思想，即马克思主义唯物史观和辩证唯物论。我就是以这个理论来分析、鉴别史料，观察历史发展的规律和特点，甚至在章节的安排上也从指导思想出发来考虑。一是指从大量、可靠的史料中，得出的较为正确结论。这一结论是指导思想所不能替代的、具体的、活生生的。在这里，则切忌先有一个主观的结论，然后寻找史料来论证。这种研究历史的方法是唯心主义的，绝不可取。

五、关于史学家的自我修养问题

一提到史学家的修养，人们自然会想到中国历史上著名史学家刘知幾、章学诚等的论述。唐代史学家刘知幾曾提出，作为史家必须兼有"史才""史学""史识"三长；清代史学家章学诚在"三长"之外，又加上了一个"史德"。然而，各个时代和每个史学家对于史家之"四长"或"三长"又有不同的解释和理解。但无论怎样，前人提出的史家"四长"也就是指作为一个优秀的史学家（"良史"）应具备的素质（功底），也就是所谓的"修养"。此"四长"概括得较为妥当和全面，尽管各个时代和个人理解不完全相同，但总的精神还是可取的。我本人从事史学研究与教学数十年，也深有感触。据我的理解：

史才，不仅指天才和才气，主要是指文才、文采，即古人所谓的"辞章之学"。有了好的题材和思想，文字表达不出来，或表达得不清楚，也是枉然。因此，作为一个史学家必须善于用文字来叙述，论证史实。历史上凡是"良史"，其著作莫不具有文采，这是大家公认的。然而，如果刻意追求文采，以文害意，也是不可取的。史学不同于文学，前者是用简洁、准确的文字，叙述活生生的史实；

后者则是用生动、形象的语言，创造典型环境中的典型性格。在大学时，我爱好文学，故在初写史学论文时，语句冗长繁杂，形容词特多。后来在研究生学习期间，因马长寿师的指导，才改掉了这一毛病。对史学家来说，文字简洁、明晰、准确，能用最简短、平凡的文字，表达出深邃的思想，化腐朽为神奇，是最高的境界。当然，文史是相通的，由于我从小喜爱文学，故转入史学领域后，文字上没有多大困难，写起来就较为迅速，也许这就是别人说我"多产"的原因之一吧。

史学，是指学识，我理解主要是指专业知识。史学的面很广，既要有中外历史知识的雄厚基础，又要在专门从事的专业方面有深诣的造诣。因此，学识主要是解决好博与专的问题。所谓"博"，是指在学习和研究中，应具备广博的知识基础。有关史学各门的基本知识，甚至包括对与史学有关的学科，如哲学、文学、语言学、民族学、经济学等，均应有所涉及和了解。"专"，就是指具有本专业方面扎实、雄厚的基础，及对现阶段本专业研究状况的了解。只有将博与专结合起来，才能在研究专业的问题时，结合广博的知识，融会贯通，左右逢源，站得高，看得远，取得高水平的成果。博与专两者又不可偏废，它们是相互转化、相互促进的。我之所以在民族史研究中取得了一点成绩，可能也多得力于大学时对哲学、经济学、文学等社会科学的注意和学习。

史识，就是识见、义理，用今天的话来说，就是以马克思主义唯物史观作指导，来分析大量可靠的史实，然后得出科学的结论。这就涉及上述史与论的关系问题。说到指导思想，过去有的史学家往往以指导思想来代替科学的结论，即"以论代史"，而非"论从史出"。这种教条式的史识是非科学的。早在19世纪末，恩格斯对当时德国一些青年把"唯物主义"当作套语、标签的教条主义研究倾向做过严厉的批评，他说："我们的历史观首先是进行研究工作的指南，并不是按照黑格尔学派的方式构造体系的方法。必须重新研究全部历史，必须仔细研究各种社会形态存在的条件，然后设法从这些条件中找出相应的政治、私法、美学、哲学、宗教等等的观点。"（《马克思恩格斯选集》第4卷，人民出版社，1972年，第475页）

在我最初试图应用唯物史观作指导时，也喜欢大量引用马克思、恩格斯等经典作家的原文，认为这种方式才是有了理论的指导。其实，这种做法只是形式上的、表面的，不一定可取。此后，我逐渐摒弃了这种做法，而是以唯物史观、辩证法的基本原理作指导思想，以此来选择史料，分析和思考问题，甚至连章节的安排也从这些规律出发来考虑。从表面上看，我的民族史论著中没有或很少引用马克思、恩格斯著作的原文，但从全面看则是尽力贯穿着马克思主义唯物史观和辩证法原理的。

史德，主要指史学家本人的品德，即清人章学诚所谓的"心术"，也即是指史家追求历史真实的正直品德。这是中国传统史学"直书"的传统。这一点，我想作为一个真正的史学家是必备的品德，从古至今概莫能外。用我们今天的话来讲，就是要忠实于历史，实事求是，反对主观主义、形而上学的伪史学。

然而，史学是每个时代的上层建筑，在不同的时代又为不同的经济基础服务的。因此，各个时代的史学家之史德又深深地打上了时代的烙印。我们今天的史学家的史德，除了应继承"直书"、实事求是、尊重历史的优秀传统，还应自觉地在选材、论述等方面为当今的现实服务，发挥史学的社会功能，奏出时代的最强音。

一个能兼有"三长"或"四长"的史学家是很不容易的。每个史学家都有自己的所长和弱点，但如果能扬长避短，奋力补救自己欠缺的地方，还是大有可为的。我自己在"四长"方面均有很大差距，但我还是有信心尽力向这四个方面努力，在史学领域内不断探索，不断前进。

原载于肖黎主编：《我的史学观》，广东人民出版社，1997 年

"二十世纪西域考察"漫记

　　1992 年 10 月，中国社会科学院边疆史地研究中心、中国新疆西域艺术研究会与瑞典国家民族博物馆、瑞典斯文·赫定基金会，为纪念斯文·赫定诞辰一百周年和中瑞西北科学考察团，经过一年多的商议和准备，决定在新疆举办"二十世纪西域考察与研究国际学术讨论会"。这次活动，可以说是继 20 世纪 30 年代中瑞学者合作考察西域活动的继续，但规模要小得多。我有幸被邀参加了这学术讨论会和考察活动。

　　1992 年 9 月 29 日，我登上西行的火车，10 月 2 日晨抵达乌鲁木齐市，进住会议地点——新疆昆仑宾馆（当地人称为"八楼"）报到，并安顿下来。

　　10 月 3 日上午十一点，在宾馆会议厅举行了会议开幕式。到会的代表 30 人，特邀代表 25 人，除中国代表，另有瑞典（4 人）、美国（3 人）、英国（1 人）、新西兰（1

人）及日本（1人）等国学者。下午，学术讨论会正式开始，一直到 10 月 6 日，每天上下午均进行学术报告会议。这次提交大会的学术论文，按内容可分为三大类：一是有关 20 世纪以来新疆历史、考古的综述，有 5 篇；二是对西域历史、地理、社会、文化、民族、古文字等领域的专题研究，有 23 篇；三是对 19 至 20 世纪西域考察及学术遗产的评述，有 10 篇，一共 38 篇。我在 10 月 4 日下午作大会报告，题目是《我国近十年来西域民族史研究的特点和展望》，随即为殷晴先生约稿，发表在《西域研究》1992 年第 4 期上。

几天来的学术讨论和参观，使我不禁仔细思考和回忆中外学者的报告，感触颇深。中国西域学术研究，近十年来已有长足的进步，例如研究领域的拓宽，多种学科的综合研究及研究专题的深入，都是有目共睹的。特别是一批年轻有为的学者正在崛起，他们充分利用考古资料、古文字资料（如佉卢文、于阗塞语、古藏文、"吐火罗语"）和人类学资料，在西域学研究领域里，逐渐引领风骚。

10 月 8 日开始了正式考察的行程。清晨，整个乌鲁木齐市还笼罩在黎明前的昏暗之中，中国考察队员 24 人、外国考察队员 9 人，集合在"八楼"的门前，分乘 9 辆崭新的"北京 213 型"吉普车，穿过宁静的市区，9 辆吉普车按编号顺序驶出市区，经过乌拉泊、盐湖、达坂城，沿途的景物渐渐变得荒凉，一片无际的戈壁、山丘，呈现在

作者在"二十世纪西域考察与研究国际学术讨论会"上发言

"二十世纪西域考察队"在新疆乌鲁木齐"八楼"前整装待发

眼前。到了晚上，车队终于驶入库尔勒市，我们下榻巴音郭勒宾馆。

翌日（9日），天蒙蒙亮，车队就出发了。因此，对于库尔勒市，我可以说没有什么印象。到下午两点，车队穿过库车城区热闹的巴扎（集市），进入库车宾馆。我们匆匆吃过午饭，就开始了对库车（古龟兹国）周围遗址的考察。

苏巴什遗址　在库车城北约 23 公里，北山南麓之下，铜厂河贯穿其间，将遗址分为东、西两个部分。考察队是第一次到古遗址考察，大家分外高兴，可惜因时间关系，只考察了西半部遗址。这是一个以寺庙为中心的遗址，西部还残存着三座佛塔及建筑遗物。我们兴致勃勃地登上佛

作者在库车苏巴什遗址

夕阳下的库车克孜尔尕哈烽燧遗址

塔,向东远眺,东、西两部分遗迹历历在目。

关于苏巴什遗址,我国著名考古学家黄文弼先生曾于1928年10月和1957年至1958年两次进行勘查和发掘,有详细的报告。黄先生认为,此遗址建于汉代,唐时达到鼎盛。他最初断定遗址为《新唐书·龟兹传》所记龟兹王所居之"伊逻庐城"。第二次发掘遗址后,他以为前说不确,遗址是以庙塔、佛洞为主,而非政治中心。中外学者大多认为,苏巴什遗址即唐玄奘撰《大唐西域记》所记之"昭怙厘二伽蓝",龟兹"荒城北四十余里,接山阿,隔一河水,有二伽蓝,同名昭怙厘,而东西随称"。昭怙厘,《水经注》引释氏《西域记》作"雀离大清净",《高僧传》作"雀离大寺"。从地形及遗迹分布看,此说可信。考察队员在西部寺庙遗址仅待了两个多小时,因时间关系,遂驱车前往第二个考察地点。

克孜尔尕哈烽燧遗址　考察队返经库车城，然后从城西北穿过维吾尔族农村，行约 10 公里，抵达烽燧遗址。这是一座时代较早（汉代）、保存较为完好的烽燧，平面呈长方形，东西高约 6 米，南北长约 5 米，残高约 13 米，系夯筑，泥土杂有红柳和树枝。

高耸的烽燧，四周起伏不定的沙丘，以及北面隐约可见的北山山峰，将人们引进了一个奇异的世界。此时，夕阳西斜，落日的余晖给整个遗址披上了一层金黄，深深地印入我们的脑海之中。

龟兹古城遗迹　由克孜尔尕哈烽燧遗址返回时，离县城不远的桥边，有一段龟兹古城遗址，当地立有一块文物标志。我们饶有兴趣地考察这已残破不堪的墙。关于汉代

龟兹古城墙遗址

龟兹都城遗址，黄文弼先生曾多次调查、发掘，认为其中心在今库车城东皮朗旧城遗址，公路横贯其间，其西距库车大桥不远。此段残墙遗址，可能是国都西城房墙之一部。

克孜尔石窟 10月10日晨，考察队一行离开库车城，从西北公路，经拜城，向阿克苏进发。按照原来的计划，是不准备考察克孜尔石窟的，然而考察队负责人经不住队员们再三请求，决定途中增加考察克孜尔石窟的内容。

考察队一行在进入拜城县境克孜尔镇不远的地方，向东南转入简易公路，经过7公里的颠簸行程，从一处红色的山崖而下，渭干河及对面确尔达格山（赤沙山）赫然出

克孜尔石窟前部分考察队员合影（从左始刘迎胜、冯锡时、周伟洲、薛宗正、厉声）

现在我们眼前。在阳光的照耀下，赤红色的砂石呈现出一片红光。"克孜尔"即维吾尔语"红色"的意思。我们来到河边，回首一望，石窟群密密地满布于明屋塔格山崖壁上，其间杂着深绿的杨树和金色的胡杨，景色宜人，使人心旷神怡。

克孜尔石窟目前存有236窟，分四个区，窟内壁画具有克什米尔、犍陀罗风格，时代大约是公元5—8世纪。我们沿着新修的整齐石阶而上，考察了十余个洞窟，因时间关系，只好恋恋不舍地离开了这座闻名中外的石窟。

克孜尔考古发掘现场 考察队一行返回公路后，又从克孜尔镇之南驶过维吾尔族农村大道，来到新疆考古研究所克孜尔考古发掘现场。这是一处青铜器时代的遗址，位

克孜尔考古发掘现场

于克孜尔河岸台地上。

遗址面积有几百平方米，经过前一年7—8月的发掘，青铜时代的圆形房屋遗址还残留在地面上。主持发掘的新疆考古研究所张平先生也是考察队员，他详细介绍了发掘的经过，大家也仔细考察了房屋遗址。遗址出土的精美青铜刀、斧及其他文物，我们在乌鲁木齐新疆考古研究所库房参观时已见过。

11日上午，考察队离开阿克苏市，进行全部考察中最艰巨而又最令人振奋的一段行程：沿着和田河进行考察。考察队员们兴奋、激动地在河道、岸边巡行。10月的和田河河道已干涸，由于历年河道屡改，致使新旧河道纵横交错，形成宽数百米的河床，上面偶尔可见一些半埋于河床中的树干。

和田河是塔里木河主要支流之一，发源于昆仑山冰川，源头为喀拉喀什河和玉龙喀什河，两河于阔什拉什会合后，称和田河，全长约300公里，每年7—9月为洪水期，是一条时令河。两岸因河水的浸润而形成了以胡杨、红柳、芦苇组成的一道脆弱的绿色走廊。在古代，和田河干涸的河床或绿色走廊成为穿越塔克拉玛干大沙漠的一条捷径。就是至今，还有和田农民沿和田河而至阿克苏买羊，考察队在和田河考察途中还碰到赶着羊群返回和田的农民。

近代以来，曾有一些中外探险家沿和田河往来于阿克

和田河河道及岸边胡杨林

苏与和田之间。如1895年瑞典探险家斯文·赫定，1903年日本大谷探险队的堀贤雄、渡边哲信，1908年和1913年英国斯坦因，1929年我国考古学家黄文弼等。而瑞典的斯文·赫定更曾几乎丧命于此。

到了傍晚，赤红的太阳已悄悄地向和田河西岸倾斜。而此时全队的给养卡车还未按计划与我们会合，于是决定派出一辆吉普车返回，与给养车联络，全体队员就在河左岸胡杨林边宿营。我们迅速从车上搬下行李，在岸边沙地上支开五颜六色的帐篷，并到胡杨林中拾取树枝。不一会儿，夜幕降临，皎洁的月光给和田河披上了一层银霜，河道、林木依稀可辨。

次日（12日）清晨，考察队整装出发。九辆银白色的吉普车在河道上蜿蜒前行，河道像一片片鱼鳞似地伸延，略带潮湿的细沙紧紧地贴在地面上。除有些地方仍有低低的水坑，其余地方汽车均能行驶。岸边变化多端的金色走廊，吸引着我们的视线。整整一天，除了中午用餐时稍稍休息，全在车上度过。湛蓝的天空，景色宜人，漫长的河道，渺无人烟。

天赐湖　13日，考察队一行仍在和田河河床上向南行进。河床上的积水越来越多，有几辆吉普车先后陷入河床的水坑中，幸亏有给养车保驾，用铁索牵引，将车拉出。整个车队前行的速度明显变慢，而前几辆车走走停停，引起了我们疑惑。原来是瑞典斯文·赫定基金会的罗森等四位先生，拿着1895年斯文·赫定考察塔克拉玛干大沙漠后出版的地图和照片，寻找在和田河东岸解救了斯文·赫定生命的"天赐湖"。正午，他们终于在河东岸边找到了一个与斯文·赫定所拍摄照片极为相似的水潭。考察队遂于此午餐，并纷纷摄影留念。当然，这一水潭是不是当年救了斯文·赫定的"天赐湖"，谁也不能肯定。

午餐后，车队前进越来越困难，除了我们乘坐的车，其余八辆车均先后不同程度地陷入河床或河中小岛上的沙坑之中，每辆车之间的距离也逐渐拉开了。下午三点许，全队所依赖的给养卡车在准备牵引一辆陷入河床沙滩的吉普车时，不慎也陷入河床，泥沙掩过车辆的一大半。如果给养车不能启动，则全部考察计划不仅会落空，而且将会危及整个考察队的安全。情况紧急，先行了数十公里的所

考察队车陷入和田河道中

远眺麻札塔格红山嘴

有吉普车先后返回，全体队员展开了一场战斗，终于把陷入泥淖的给养车救出。

经过这次"大难"，车队继续前行。不久，麻札塔格山的山影已隐约可见，这给队员们带来了快乐和希望。此时，已近黄昏，考察队决定就近宿营。

14日，当旭日东升、大家整装待发时，负责人召集全体队员宣布说：据昨日找到的维吾尔族向导表示，此地离麻札塔格虽然不远，但前方和田河河床已不能行驶汽车，必须折回到西岸边一条小路，前往麻札塔格。于是，整个车队又沿着昨日走过的河道，在返回80多公里后，向导在西岸一处沙丘之下，找到了通往麻札塔格的小道。汽车艰难地穿进岸边密密的胡杨林，在几乎不可辨认的小道上缓缓前行。路上是厚厚的沙土，汽车只有开足了马力才能前进。历尽千辛万苦，我们终于到达麻扎塔格这座闻名的"神山"。

麻札塔格古戍堡 麻札塔格系维吾尔语，"坟山"之意。关于此名由来，当地居民有一传说：很早以前，有一个佛教徒妇女，名玛江汗，她为伊斯兰教势力暗中送情报，因而被处死。伊斯兰教势力统治和田后，为了纪念玛江汗，将她葬于此山东部山嘴（红山嘴）上，形成麻札，供人朝拜。

事实上，早在唐代此地就名"神山"（《新唐书·地理志》），宋代称之为"通圣山"（《宋史·于阗传》）。此

麻札塔格红山吐蕃戍堡

山大致呈东西走向，南高北低，长约100公里，宽2—8
公里，相对高度100—400米。其东端有两个山嘴，俯瞰
和田河，一为红砂岩，称为红山嘴，一为白砂岩，名为
白山嘴。古戍堡就屹立在红山嘴上，其旁约50米有烽燧
一座。

古戍堡坐落在红山嘴的东端，下面是悬崖峭壁，形
势险要。堡分三重，以泥土夹树枝、芦苇筑成。据有的
学者研究，古戍堡建筑的上限不晚于东汉，可能荒废于
10—12世纪。另有学者则认为这是唐代的遗址，有斯坦
因于此堡出土大量8—9世纪吐蕃统治于阗地区时的藏文

简牍可证明。藏文简牍称此地为"神山"（Shing—Shan），驻有一个"节儿"（Rtserje），从简文分析，此地是吐蕃统治于阗地区的军事重镇。可以想见，在汉唐时塔克拉玛干大沙漠向南侵蚀不远。神山是南北、东西丝路的要冲之一，在军事、交通和贸易等方面占有极为重要的地位。

傍晚，考察队在红山嘴下安营扎寨。因贮留的食品和水所剩无几，大家勉强以罐头充饥，就这样度过了既充满焦虑而又欢乐的一天。

次日上午，考察队因故耽搁到下午两点半才整装出发，沿着和田河西岸的简易公路，直奔和田。说是公路，其实路面几乎全是沙碛，汽车有时在河上源玉龙喀什河河床上来回迂行。当考察队最后摆脱了塔克拉玛干大沙漠的

作者在麻札塔格红山吐蕃戍堡前留影

威胁，进入和田绿洲时，天已完全黑了。在绿洲的农村中，车队迷了路，靠一名向导我们才平安地抵达和田城，结束了考察队最艰巨的一段行程，此时已是16日凌晨一点半。

17日，考察队对和田城附近的一些著名遗址进行了考察。

约特干遗址 我们首先驱车到和田西11公里巴格其乡艾拉曼村境内的约特干遗址。近代学者多以此遗址为原于阗国都。此地历来出土金片、陶器、古钱、珠子、玉器等，为挖宝者的乐土。如今，遗址大部分为农田、房舍所淹没，只有纳入保护的一片0.3平方公里的沼泽洼地。考

考察和田约特干遗址

考察和田库尔玛山遗址（即古于阗国牛首山寺院遗址）

察队来到这片洼地，周围的小溪纵横，地面上、溪水中均可见红色或灰色的陶片。昔日繁华的王都已无丝毫的痕迹，我们只有聆听考察队队员、和田地区文管所的李吟屏先生讲解，以发思古之幽情了。

库尔玛山遗址 离开约特干遗址，我们来到当地人称为"库尔玛"的圣山。山在和田西南郎如境内，距约特干14公里，位于喀拉喀什河（墨玉河）东岸。据中外大多数学者的意见，此山即古于阗国著名的牛首山寺院遗址所在。如今，山上已找不到任何佛教寺院和遗物，全是一片光秃秃的沙砾。举目西眺，山崖下喀拉喀什河蜿蜒而下。山顶上是伊斯兰教信徒视为圣物的麻札（墓）和石洞。我随着大家登上山顶，考察了圣徒的麻札。下山后，碰见未上山的张平和北京大学的年轻学者荣新江两位先生。张平告诉我，佛寺遗址在山腰谷中，新疆考古所曾试掘过，他出示刚拾到的佛寺壁画残片，证明此地确为于阗著名的牛首山伽蓝。

买力克阿瓦提佛寺遗址　结束了库尔玛山的考察后，我们驱车经过和田飞机场，抵达买力克阿瓦提遗址。此地系一长条形河谷平地，东临玉龙喀什河，南靠昆仑山。过去，斯坦因、黄文弼等均在此考察或发掘过。遗址遍布陶片，中心是一座高高的佛塔废墟，时代距今一千五六百年左右。我们在遗址上四处巡行，附近的维吾尔族孩子们好奇地围着我们，并不时展示他们收藏的玉石和清代钱币。

下午四点，考察队一行才尽兴而返。和田附近的三个古遗址展示了古于阗文化的悠久和特色，给我们留下深刻的印象。

18 日是星期日，考察队到市区，考察了和田巴扎和老市区。一进入巴扎，人山人海，各种农产品、水果及手工艺品琳琅满目。原来星期日是和田巴扎的日子，四乡的维吾尔族农民扶老携幼，坐着毛驴车都赶来了。

19 日，考察队经过多方交涉，和田地区文管所终于同意我们奔赴还未向外国游人开放的热瓦克佛寺遗址。

热瓦克佛寺遗址　清晨，考察队一行驱车东行，过了玉龙喀什河大桥，入洛浦县境，然后沿河东北行，穿过乡村，进入沙漠南缘。此时，汽车已无法北行，我们在文管所工作人员的引导下，步入沙漠。这是考察队第一次真正步行在神秘的塔克拉玛干大沙漠的南缘。

最初，周围的沙海中还偶有低矮的芦苇或稀疏的胡杨，渐渐的前方出现了一片高低不平的沙丘，绵延无际。步行约一小时后，远方出现了热瓦克古塔高高的身影，是如此的庄严和气派，考察队员的疲乏一扫而光，兴奋地向遗址走去。

热瓦克佛寺，意为楼阁，建于1500年前左右。但遗憾的是，人为破坏的痕迹至为明显。

热瓦克遗址在洛浦县西北50公里的库拉坎斯曼沙漠中，因佛寺古塔高耸得名，意为楼阁。遗址以塔为中心，四边为一方形院落，院外即庙宇，寺院坐北朝南。塔分两层，下为十字形，周塑佛像，上为圆形，系典型的印度风格覆钵式的窣堵波。有趣的是四周院墙上均有泥塑的佛像或菩萨佛残迹，我在院墙下发现了许多彩绘的残体块。据学者研究，热瓦克佛寺兴废世代，大约在4世纪中叶至7世纪中叶之间，是一座有犍陀罗风格的典型遗址。

令人愤慨的是，在南院入口处墙边，我们发现明显人为破坏的痕迹。看着沙地上大块的彩塑佛像残体，真令人痛心疾首。不仅人为的破坏，自然的侵蚀对遗址也是一个很大的威胁，寺塔西院墙已渐为沙丘所淹没。如不采取有力措施，人为和自然的破坏将日甚一日，热瓦克遗址将面目全非。

全体考察队员在热瓦克佛塔遗址前留影

　　20日下午四点，考察队离开和田，经洛浦抵达策勒住宿。我们趁天黑之前，匆匆浏览了城区。策勒县城不大，但别有风味，一条葡萄架及杨树围绕的水渠从城边流过，平坦的公路四通八达。民国初年，这里曾发生过轰动一时的"策勒事件"，策勒县西的托帕村维吾尔族农民苏朴尔格曾带领当地群众，与妄图吞并南疆的沙皇俄国驻喀什噶尔领事彼得罗夫斯基展开了一场惊心动魄的斗争。

　　21日晨，按考察计划，我们从策勒出发，溯策勒河而上，去喀哈考察一处古代城堡遗址。

　　阿萨古城遗址　遗址坐落在策勒西南喀哈乡阿西河谷的昆仑山麓。古城建筑在一个山上，三面是悬岩，形势险要。在城北也有一座古城遗址，两者相距6—7公里，当地人称阿西、阿萨古城。据当地传说，这两座古城建于公元10—12世纪。当时伊斯兰教势力向和田进攻，于阗统治者乔克提日西得和奴日提日西得兄弟率领民众誓死抵抗，最后退到策勒南昆仑山麓，建造了这两座城堡。

考察队员脱了鞋，蹚过刺骨的河水，沿着乱石小径攀上了阿萨古城遗址。城址三面悬崖，高达数十米，南面隔一河谷，雄伟的昆仑山起伏绵延，恰似一座铁的屏障，南边深绿的杨树丛中是时隐时现的乡村。地面上是沙砾，偶有红色的陶片。城东残留着一堵墙，用卵石砌成，下为一道城壕。城中有暗道通山下的河水，据说城堡的失守就因为敌人堵塞暗道口，山上守卫者无水，才撤到昆仑山去的。

返回策勒已下午三点多，匆匆吃过午餐，考察队便上路了。考察队一行经过于阗县，天黑时抵达民丰，夜宿民丰县招待所。

22日晨离开民丰，午后四点到达且末。在且末住了一夜后，次日中午十二点，考察队向若羌进发。考察队一行没有沿古代丝路南道，即从车尔臣河谷东北行，而是选择了70年代修筑的一条公路，从且末西南沿阿尔金山西麓前行。沿途因阿尔金山每年融化的冰水冲坏了公路，导致380公里的路程走了近八个小时，天黑时才赶到若羌城。

24日，考察队驱车向东至米兰河，再沿河到若羌县考察附近的米兰遗址。

米兰遗址　遗址在若羌县城东偏北约75公里处，是

米兰佛寺塔庙遗址

米兰吐蕃戍堡遗址

古今通往甘肃敦煌和青海的交通要冲。据中外学者研究，米兰应即汉代之伊循城，唐代称为屯城、七屯城或小鄯善，吐蕃藏文简牍称为小罗布（Nob-Chung）或色通（Setong，即"七屯"之音译），是历史悠久的丝路南道上的著名城镇。如今，此城已为一片废墟，从西往东约4公里。举目四望，历年为风沙所摧残的颓垣土台点缀于沙漠和戈壁间，偶然刮起一阵大风，卷起地上的沙砾，使整个遗址笼罩在一种神秘、悲凉的气氛之中。

我们先到古戍堡西塔庙遗址（即斯坦因所谓的朗磨大寺遗址），塔顶作圆拱形，四周有佛像的痕迹。接着，对古戍堡进行了考察。此堡南临古米兰河道，南长约56米，东面长约70米，呈不规则的方形，堡四角有望楼，墙为夯土夹红柳枝筑成。堡中间低凹，北边是一梯形大土坡，由低墙砌盖成小屋，系戍兵居住之地。1973年新疆考古工作者曾在此发掘，出土了一批藏文简牍、卜骨、漆皮甲片等。堡内东为一高达13米的土台，可能是瞭望或举烽燧的设施。据黄文弼先生的推测：从此戍堡结构和建筑分析，明显可分为两期，即荒废后又经过动工修筑以为驻军之用。出土吐蕃藏文简牍证明，后一时期即是公元8—9世纪吐蕃占领和统治罗布泊地区的时期。

返回若羌，又住宿一夜。翌日（25日），我们沿着孔雀河旁的公路，经尉犁县，重返库尔勒，整整走了一天。这样，考察队基本上完成了经和田河横穿塔克拉玛干大沙漠，由和田、且末、若羌绕回库尔勒的主要考察行程。

多布敦策楞车敏王府 27日，考察队告别了库尔勒这座发展中的南疆重镇，绕道至和静县，考察了清初从俄国返回中国的西蒙古土尔扈特部著名首领渥巴锡后代多布敦策楞车敏的王府（"满汉王府"），然后经托克逊返回乌鲁木齐市。

至此，"二十世纪西域考察"活动全部结束，前后共20日，行程约5000公里。

虽然因时间和经费有限，考察活动没有深入下去，但是，这次考察可以说是自20世纪30年代以来，中外学者共同考察西域的继续。考察的地点多是30年代斯文·赫定、黄文弼先生考察或发掘过的地方，使我们倍感亲切。

多布敦策楞车敏王府

会议及考察，使中瑞学者交流了近几十年来有关西域研究的新成果；展示了新疆地区新的考古研究成绩，为今后中外学界对西域研究开拓了新的途径。1993年由考察与会议组织者编辑出版的《西域考察与研究》论文集，即是这次考察和会议成果之一；当年还引起了国内学术界关于西域历史问题的辩论。

原载于中国台湾《历史月刊》1993年第7期

要认真处理好几个关系

中国边疆史地研究有悠久的历史传统，而各个时代的研究无论在观点、方法，或是侧重点方面，都有所不同。在 20 世纪 90 年代初的今天，国际上许多国家和民族动荡不安；我国正进入改革开放的新时期，边疆、民族也出现了一系列新问题。在这一新的形势之下，如何开展我国的边疆史地研究呢？这是我们从事边疆史地研究的人值得认真思考的问题。我认为，在 90 年代的今天，开展我国边疆史地研究应处理好下列几种关系：

（一）继承与发展　首先应继承我国历史上边疆史地研究的优良传统。如边疆史地研究与现实紧密结合的传统，特别是应继承清代以来，我国学界有识之士鉴于帝国主义列强纷纷侵吞我国边疆，造成我国边疆危机，而奋起研究边疆史地，以唤醒国人，共御外侮的优良传统。又如研究中扎实严谨、考据精当等一些值得继承和借鉴的治学方法，实地调查与文献、考古资料相结合的特点等。但是，在今天，我们还不能停留在继承和发扬我国历史上边疆史地研究的优良传统上，还应引进最新的科学方法。边疆史地研究如今已越来越向多学科、综合性的方向发展，因此，我们必须坚持用马克思主义唯物史观、民族观作指导，引进并应用社会学、民族学、人类学、考古学的方法和最新的成果，采取最新的自然科学的研究手段和方法。只有这样，才能将我国边疆史地研究推向一个新的更高的阶段。

（二）提高与普及　我国边疆史地研究在观点、理论上应冲破过去存在的旧的框架，特别是那种贴标签式的形而上学的方法，真正应用马克思主义唯物史观来分析、研究我国边疆发展的历史和现实，出现一批带有综合性的、高质量的专门著作，将我国边疆史地的研究提高到一个新的高度。同时，也应顾及大多数干部和群众的需要，出版一批通俗、生动的关于边疆史地的小丛书之类的读物。提高与普及是相互促进的。只有这样，才能使我国边疆史地研究充满活力，更能发挥其为现实服务的作用。

（三）学术与现实　目前，我国正处于改革开放的新时期，边疆民族地区出现了一系列新的问题；加之国际大环境的影响，在一些边疆地区出现了一股分裂主义的暗流。少数人打着学术研究的幌子，借本民族的历史、文化，扭曲史实，宣扬分裂主义，挑拨民族团结，破坏祖国统一。事实上，从古到今，并不存在什么"纯学术"的论著，学术总是与现实紧密联系在一起的。因此，我们从事边疆史地研究的人应当首先解答我国边疆民族出现的一系列新的问题，并与国内形形色色妄图分裂我国边疆的伪科学作针锋相对的斗争，肃清他们散布的流毒，为祖国的统一和民族团结作出贡献。

（四）困难与前景　目前，我国开展边疆史地研究存在着许多困难。比如研究机构经费缺乏，设备陈旧，资料不全，信息不灵；研究成果很难得到发表的机会，出版困难；到边疆实地调查更是困难重重，研究人员严重老化，后继乏人等等。然而，社会的进步，现实的需要；边疆史地研究领域日益宽广，越来越具有了新的活力；也更加引起边疆各地及全国各级领导的注意，前景是乐观的。《中国边疆史地研究》刊物的正式创刊，就是一个明证。只要我们迎着各种困难，坚韧不拔地向前迈进，相信我国的边疆史地研究必将在我国社会科学的百花园中独树一帜，取得应有的地位。

《加强中国边疆史地研究》笔谈稿，原载于《中国边疆史地研究》1991 年第 1 期

世纪之交中国边疆史地研究的回顾与展望

中国边疆史地学，作为一门新的、综合性的学科，在 20 世纪 90 年代以来取得了突飞猛进的发展。这是时代的需要，也是从事研究的学者不懈努力的结果。回顾 20 世纪 90 年代以来中国边疆史地研究，展望 21 世纪，在世纪之交的今天更是具有重大的意义。

1990 年以来，中国边疆史地研究最突出的成绩，主要表现在：

（一）研究领域扩大及发表、出版的论著增多。1990 年以来，边疆史地研究进一步突破了研究近代边界、边疆地理的狭窄范围，进而扩大到中国古代边疆、近代边疆（包括边界）及现实的边疆问题的研究；从仅注意陆疆，而转向陆、海疆并重；从研究边疆发展的具体问题，转而对边疆学理论和边疆研究史的探索等。就是说，有关边疆史地学诸方面的研究均全面启动，而其中的重点则是中国古代疆域史、中国近代边界变迁史、中国边疆研究史和现代边疆问题等。这一状况，在1990年发表出版的大量有关论著中得到了充分体现。如由中国社会科学院中国边疆史地研究中心为主出版的《边疆史地丛书》（已出二十余本）、《中国边疆史地研究丛书》（已出十余种）、《边疆史地资料丛书》等数种大型丛书，《中国边疆史地研究》（季刊）和《中国边疆史地研究报告》两种期刊，还有全国各地其他刊物或论著每年发表约300篇有关论文，内容涉及边疆史地的各个方面。有数量才有质量，为数众多的有关论文中，至少有1/4的论文是言之有物、多有新意的优秀之作。

（二）边疆史地研究与现实紧密结合、基础理论与应用研究的紧密结合，直接面对现实边疆出现的新问题、新形势，闯出了一条边疆史地学直接为现实服务的路子。中国边疆史地研究中心与边疆省区密切合作，加强实地调查研究，提出新的对策。如对新疆地区社会稳定、云南禁毒斗争等的调查研究等，引起国家有关部门的高度重视。这可以说是中国边疆史地研究在1990年以来取得的重大突破和最重要的收获之一。

（三）过去边疆史地研究的主要困难，是人才的匮乏和研究经费困难（特别是出版和调查经费）。随着我国经济和教育事业的发展，以上困难得到了缓解。1990年以来，全国各地区，特别是边疆省区，加大了支持边疆研究的力度，各种人文社会科学研究基金的扩大和健全、研究单位经费的增加，均缓解了因经费紧张而影响研究工作的状况。全国高等院校、中国社会科学院下设有关的博、硕士点，多年来培养了大批人才，中青年研究者已成长起来。教育部最近又批准了一百个"普通高等学校人文社会科学重点研究基地"，其中吉林大学的"边疆考古研究中心"、四川大学的"藏学研究所"、云南大学的"西南边疆民族研究中心"、兰州大学和新疆大学的"西北民族研究中心"，均直接与边疆研究有关，其经费投入及人才培养规模都是过去所未曾有的。

（四）从 1990 年以来边疆史地资料的整理出版也取得了令人欣喜的成绩。上述几套丛书中，有一部分是资料整理和翻译国外的边疆史地资料。特别是中国边疆史地研究中心与商务印书馆、广西师范大学出版社联袂推出的《中国古籍海外珍本丛书》，其中包括许多珍贵的清代边疆地区的档案资料。此外，全国各地也相继出版了大量有关边疆史地的资料及译文。资料工作是边疆史地研究的基础之一，这一工作是长期的，只有这样，才能保证边疆史地研究工作顺利地向前发展。

回顾 1990 年以来的成绩，令人欣慰，展望 21 世纪我国边疆史地研究的发展趋势，我们应该做些什么、应该注意什么？这是摆在我们面前一个重要的问题。我认为，21世纪的边疆史地研究，除了继续发扬 1990 年以来的研究精神和把握方向，还应特别注意和加强以下几个方面的研究：

（一）继续加强基础研究与实用研究相结合的方向，更好地为现实服务。这既是调整研究方向的问题，也是20世纪时代的需要。20世纪因民族、边疆问题，造成了国际局势的不稳定，科索沃问题即是一个明显的例证。这股思潮及国内外分裂、恐怖分子的活动，必将影响到我国边疆地区的社会稳定。而我国西部大开发战略的实施，主要涉及我国边疆民族地区。这些新的重大的边疆现实问题，都需要进行研究和认真对待。这是我们从事边疆史地研究工作者的责任，理应承担起来，为21世纪我国社会稳定、国家统一作出应有的贡献。

（二）加强本学科的建设，特别是理论建设。1990年以来在这方面做了一些工作，但成绩不显著，诸如中国边疆学如何构建，其概念、范畴、性质、功能、体系等问题，仍没有取得大致相同的意见。因此，真正构建科学的具有特色的中国边疆学理论体系，应是21世纪边疆研究一项重要的任务。从现实意义及学科发展等方面看，我认为正式将传统的边疆"史地"两字去掉。中国边疆学，名副其实地将现实边疆问题纳入研究范围之内，即以古今边疆为其研究的对象；它既是一门单独的、专门的学科，又是一门综合、交叉的学科。这门学科的理论构建，将更有利于学科的发展，也是21世纪时代的要求。

（三）组织和协调各地边疆研究力量，加强协作，制定短期和长期研究规划。

1983 年建立的中国边疆史地研究中心，在组织和协调各地研究机构和人员方面做了大量的工作。今后，应以中心为核心，联合有关高等院校人文社会科学重点研究基地及地方的研究力量，制定好规划，调动有关学科的力量，也应是 21 世纪边疆学能充分发展的重要条件之一。同时，还建议中国社会科学基金应如 20 世纪 90 年代初一样，专门开辟"中国边疆学"的研究项目，以予资助。

（四）继续增加人才培养的数量和提高培养质量，以及继续重视资料建设工作等。

展望 21 世纪的中国边疆学，我们充满了信心，相信在各级政府的支持下，通过新一代边疆学研究者的努力，作为一门独立的综合学科的中国边疆学，在中国人文社会科学园地中占有重要的地位。

《面向 21 世纪的中国边疆研究》笔谈稿，原载于《中国边疆史地研究》2001 年第 1 期；《新华文摘》2001 年 7 月全文转刊

《中国边疆史地研究》杂志百期刊行寄语

　　由中国社会科学院中国边疆史地研究中心（2014 年改名为"中国边疆研究所"）主办的《中国边疆史地研究》杂志（季刊）从 1991 年正式公开创刊出版，经过二十五个年头，如今已刊出 100 期。如果从 1987 年创刊至 1990 年内部刊行的《中国边疆史地研究》杂志前身《中国边疆史地研究导报》（共刊出 16 期）算起，则已刊出 116 期，经历了漫长的二十九年。

　　记得在《中国边疆史地研究》正式创刊的 1991 年第 1 期，开首即是一组《加强中国边疆史地研究笔谈》，笔者有幸参加撰稿，对《中国边疆史地研究》正式创刊寄予厚望："相信我国的边疆史地研究必将在我国社会科学的百花园中独树一帜，取得应有的地位。"到 2001 年即新千年开始之际，《中国边疆史地研究》杂志改版的第 1 期上开首即一组"面向 21 世纪的中国边疆研究"，笔者又有幸撰《世纪之交中国边疆史地研究的回顾与展望》一文，[①] 对 20 世纪 90 年代的中国边疆史地研究作了回顾和展望；并忝列刊物新组成的编委会成员之一。因而，笔者近三十年来，始终是《中国边疆史地研究》杂志的忠实的读者和撰稿人，也可以说，它始终伴随着笔者学术研究成长的历程。

现正当《中国边疆史地研究》杂志 100 期刊行之际，笔者是感慨万千，有许多话想说，又感不知从何说起。我想，还是从回顾、总结已刊出的 100 期杂志取得的成就、特点开始，谈谈个人的一些想法和思考。

作为中国社会科学院边疆史地研究中心主办的一个刊物，它不仅始终贯彻每一时期中心的研究规划和决策，成为中心向国内外开放的一个窗口；而且它关联国内所有有关中国边疆研究的机构和学者，成为他们发表和讨论有关中国边疆研究核心的重要园地；[②] 为促进中国边疆地区的发展、中国边疆研究学科的发展作出了巨大的贡献。

二十多年来，《中国边疆史地研究》杂志与时俱进，不断拓展稿件研究领域，在内容和形式上不断创新，始终关注于中国边疆地区的现实及学科的发展。在 2001 年前《中国边疆史地研究》杂志仅以所设"学者论坛"为主，

---

① 此文全文又刊于《新华文摘》2001 年 7 月号。
② 在 2014 年前，此刊是中国边疆研究领域的唯一一个综合性的学术理论刊物。

附有"探索与交流""图书评介"等栏目;至新千年来临,随着国内边疆地区出现的新形势及边疆研究的深入,在2001年进行了改版,对版式、用纸、栏目进行充实和调整。新栏目有:边疆理论研究、边政研究、历代疆域、边疆开发、边疆民族、边务交涉、边疆地理、边界研究、海疆研究、周边地区研究、边疆研究史、边疆考察,几乎涵盖了边疆研究的所有内容;另增设或加强了学术动态、新书评介、会议专栏等栏目。至2013年9月,中国边疆史地研究中心又创办的《中国边疆学》杂志,第1辑由社会科学文献出版社正式出版。接着在2014年,中国边疆史地研究中心改名为中国边疆研究所,去掉了"史地"两字。这一切都是顺应中国边疆学科的建立、发展而推出的新举措。在这一新的形势下,是否还需要保留原以边疆史地研究为主的《中国边疆史地研究》杂志? 正如中国边疆研究所所长邢广程所说:"中国边疆史地研究是中国边疆学的一个重要组成部分,是中国边疆学的基础和核心。"[①] 因而中国边疆研究所作出了保留并进一步发展《中国边疆史地研究》杂志的正确决策。同时,也为《中国边疆史地研究》杂志今后的办刊方针,带来了新的机遇与挑战。

《中国边疆史地研究》杂志二十多年来,始终坚持继

① 邢广程:《关于中国边疆学研究的几个问题》,载《中国边疆史地研究》2013年第4期。

承和发扬中国传统的边疆研究的优良传统，紧密把握联系现实、服务现实的办刊正确方向，取得了可喜的成绩。这从杂志刊载一批关于历代中国（特别是近代）疆域、治边、边政、民族、地理、边疆研究学术史及海疆研究的学术论文；而且自2000年以来，所刊载的论文被引用次数飞速增长，影响力逐渐扩大，达到了较高的水平。① 特别是关于海疆的研究，在2015年前不仅有数十篇相关论文在《中国边疆史地研究》杂志上发表，在2015年第1期上，有"海疆研究专题"四篇论文问世。海疆研究不仅扩展了近代边疆学的研究领域，而且对于今天海疆的形势和问题提供了历史的依据。

《中国边疆史地研究》杂志还始终关注中国边疆研究的理论问题，为构建现代中国边疆学学科作出了贡献。关于中国边疆、边界、边疆史、古代疆域、边疆学等概念和理论，在《中国边疆史地研究》杂志上都进行过广泛、深入的讨论。尽管有不同的意见和争论，但有许多观点愈辩愈明。比如关于中国古代疆域问题的讨论，② 藩属与朝

① 参见戴豫君、刘晖：《〈中国边疆史地研究〉2010—2012年载文统计与评价》，载《中国边疆史地研究》2013年第3期；朱尖、苗威：《中国边疆史地研究现状分析——基于〈中国边疆史地研究〉（1888—2013年）的计量统计》，载《中国边疆史地研究》2015年第3期。

② 参见拙作《关于中国古代疆域理论若干问题的再探索》，载《中国边疆史地研究》2011年第3期。

贡的研究，①中国边疆学发展和构建的研究等等。②特别是在中国边疆学的构建上，《中国边疆史地研究》杂志起了很大的促进作用。早在 20 世纪 90 年代就发表了邢玉林《中国边疆学及其研究的若干问题》一文（1992 年第1 期），到 21 世纪初，在《中国边疆史地研究》杂志上发表有关的论文更多，水平更高，如马大正的一系列论文，③方铁、邢广程及笔者的有关论文等。④

　　特别值得提到的是，《中国边疆史地研究》杂志为培养中青年一代边疆研究学者，作出了突出的贡献。正因为有了公开发表研究成果的这片园地，许多中青年学人在这片园地耕耘，不断提高自己的学术水平。如前所述，笔者的亲身经历就是一个例证。据学者对 2010—2012 年

① 参见《中国边疆史地研究》2014 年第 2 期 "藩属与朝贡专题研究"。
② 参见拙作《关于构建中国边疆学的几点思考》，载《中国边疆史地研究》2014 年第 1 期。
③ 如马大正：《关于构筑中国边疆学的断想》，《中国边疆史地研究》2003 年第 3 期；《深化边疆理论研究与推动中国边疆学的构筑》，《中国边疆史地研究》2007 年第 1 期；《我与中国边疆学》，《中国边疆史地研究》2013 年第 4 期等。
④ 方铁：《论中国边疆学学科建设的若干问题》，载《中国边疆史地研究》杂志 2008 年第 5 期；周伟洲：《关于构建中国边疆学的几点思考》，载《中国边疆史地研究》2014 年第 1 期；邢广程：《关于中国边疆学研究的几个问题》，载《中国边疆史地研究》2013 年第 4 期等。

在《中国边疆史地研究》杂志上发表论文的作者的年龄统计，其中30岁以下计21人次，30—40岁计60人次，40—50岁计54人次，50—60岁计41人次，22人年龄不详，共计215人次。30—50岁年龄段作者占作者总和的53.02％，超过了一半。① 这一大批中青年作者大多是20世纪80—90年代相关专业毕业的硕士、博士，正是在《中国边疆史地研究》杂志这片园地上，他们才不断成长、成熟，成为学界的佼佼者。

如果再从学术杂志的角度来看，笔者认为，《中国边疆史地研究》季刊还有以下几个突出的特点和成绩：

第一，是《中国边疆史地研究》杂志在最近几年里创新性地推出热点或重大边疆问题的"专题""专稿"，组织一批稿件，集中发表。除上述的海疆研究专题，还有《庆祝中华人民共和国成立60周年专栏》（2009年第3期）、《中国边疆研究的回顾与展望座谈会专稿》（2010年第2期）、《纪念和平解放西藏60年专稿》（2011年第2期）、《国际化视野下的中国西南边疆：历史与现状研讨会专稿》（2012年第1期）、《纪念中国边疆史地研究中心成立三十周年专稿》（2013年第4期）、《藩属与朝贡专题研究》（2014年第2期、2015年第2期）、《唐代边疆研究专

---

① 见戴豫君、刘晖：《〈中国边疆史地研究〉2010—2012年载文统计与评介》，载《中国边疆史地研究》2013年第3期。

辑》(2014 年第 3 期)、《纪念西藏自治区成立 50 周年专稿》(2015 年第 3 期)、《唯物史观与马克思主义理论论坛专稿》(2015 年第 4 期)等。

第二,《中国边疆史地研究》杂志编辑部逐渐扩大了过去到各地组稿的办法,而是采取有目的和针对性地与各地有关边疆研究机构联合主办或承办学术会议的新的方式,扩大高水平的稿源,推进边疆研究,收到良好的效果。如2011 年 7 月 27—29 日,与陕西师范大学中国西部边疆研究院联合举办的"中国疆域理论学术研讨会",会议成果部分及报道发表在《中国边疆史地研究》2001 年第 3 期上。2013 年 12 月 5—6 日与云南大学政治学系等机构承办的"中国边疆及边疆治理理论的挑战与创新学术研讨会",部分成果及会议综述在《中国边疆史地研究》2014 年第 1 期发表。①2014 年 8 月 10—13 日与《四川师范大学学报》杂志社、《四川大学学报》杂志社共同承办的"民国时期的边疆与社会研究(1911—1949)学术研讨会",部分成果及会议综述在《中国边疆史地研究》2014 年第 4 期发表。

第三,最使笔者感慨的是,《中国边疆史地研究》杂志在坚持正确的政治方向同时,能真正贯彻"百花齐放,百家争鸣"的方针,刊登不同学术观点的论文,以期从争

---

① 会议论文集由周平、李大龙主编,题为《中国的边疆治理:挑战与创新》,2014 年由中央编译出版社出版。

鸣中，辨别正误，促进学术的发展与创新。如在关于中国古代疆域（包括边疆）的理论方面国内外学者多有不同的看法和观点，就笔者而言，相关的观点就多与国内主流观点不同，但仍然在该杂志上发表。[①] 类似的例子还很多，不再赘述。

如果要说《中国边疆史地研究》杂志还存在一些不足之处的话，笔者以为，主要是与国外学界的交流、外国学者有关边疆研究的评介及中外关于中国边疆研究的比较研究等方面有些欠缺。在 100 期刊物中，外国学者所撰论文及评介、中外边疆研究比较论文等，均寥寥无几。事实上，中外学术交流日益频繁，在国外学成归国的相关专业的人才日益增多，而国外（西方及日本、韩国等）对中国边疆研究也有很长的历史，许多成果在中外学界有一定的影响；试观近代以来，中国现代科学（包括社会科学、人文学科）的发展多与西方学术的引进与借鉴有关。他们的成果可推进中国边疆研究的发展与进步，这是自不待言的。

最后，在祝贺《中国边疆史地研究》杂志 100 期刊行的同时，也祝愿杂志在新形势下，继续发扬过去二十多年的优良传统，不断创新，更上一层楼。

原载于《中国边疆史地研究》2016 年第 2 期

① 见拙作《关于中国古代疆域理论若干问题的再探索》。

关于维吾尔族族源问题

——评吐尔贡·阿勒玛斯《维吾尔人》的有关部分

1989 年新疆青少年出版社出版了吐尔贡·阿勒玛斯所著《维吾尔人》（维文版）一书。读过之后，我认为书中有许多观点是不能让人接受的。作为一部史学著作，作者在概念、史料的辨析和引用、分析和推理等各方面，凭主观的意识，任意发挥，甚至歪曲、篡改史料，以为自己的观点服务。因而，书中的结论往往与历史事实相距甚远。下面我们仅对《维吾尔人》一书中关于维吾尔族的族源问题，发表一点看法。不妥之处，敬请批评指正。

一、维吾尔族起源于何时何地？

首先应辨明一点，即《维吾尔人》（下简称《维》书）的作者所使用的书名及书中所使用的"维吾尔人"一词。"人"的用法很广，它可以与国家、民族、地区，甚至姓别、年龄等连用，表示不同的含义。但从书中的用法和含义来看，作者所谓的"维吾尔人"是指"维吾尔族"。作者不采用现代世界上通用的"民族"（广义的民族）这一科学的概念，而用"人"这一含义广泛的概念，是否另有他意，不得而知。我们只能将"维吾尔人"这一含混的概念当作"维吾尔族"这一科学的概念来进行讨论。

关于维吾尔族的族源（来源）问题，过去学术界发表的论著颇多，意见分歧。特别是1980年年底在新疆乌鲁木齐召开的学术会议上，学者们就有关维吾尔族族源问题展开了热烈的讨论，提出了许多新的问题，意见也颇为分歧。[1]如今《维》书作者又提出了一种新的看法，即认为维吾尔人（族）起源（即其"故乡"）于广义的中亚："东起大兴安岭，西迄黑海，北起阿勒泰山，南至喜马拉雅山"，至今8000年前生活在中亚各地的人，包括兴起于中亚的塞种、匈奴、突厥、坚昆等都与维吾尔人同种同源。也就是说，上述诸古代民族皆与古代维吾尔族有血缘关系，他们都是"古维吾尔人"。[2]作者这一基本观点，在书中开首的《出版社的话》中概括得十分明确："维吾尔是生活在中亚的具有几千年有文字记载的历史的最古老文明的人

---

[1] 见陈超：《关于新疆维吾尔族族源问题讨论综述》，载《中国社会科学》1981年第4期。

[2] 见《维》书第一、二章，第1—88页。

民之一。距今 8000 年前，在今天称作南西伯利亚、阿尔泰山麓、准噶尔原野和塔里木河谷、七河的地理范围内，维吾尔人像星斗一样散布其中。"为了证明这一观点，作者从地质学和考古学、历史文献、神话传说等方面，进行了详细的论证，广征博引。然而，只要对这些论据稍加查对和分析即可发现，作者关于维吾尔人在 8000 年前就已分布在中亚各地的说法是没有什么根据的。

作者首先从地质学、考古学提出根据，说一万多年前，中亚气候比较湿润，雨量多，河流、湖泊水量丰富，给农业、牧业提供了有利的环境。但是，"大约距今 8000 年，中亚的自然环境发生了巨大的变化，出现了干旱。由于这个原因，我们祖先的一部分被迫迁往亚洲的东部和西部。当时，在中亚东部的塔里木河流域生活的我们祖先的一部分，经阿尔泰山迁往今天的蒙古和贝加尔湖（古时候称'巴伊库尔'）周围。公元 840 年从蒙古利亚迁往新疆的东部回纥就是距今 8000 年前从塔里木河流域迁往蒙古利亚和贝加尔湖周围的我们祖先的后裔"。又说："距今 8000 年前的迁徙中由塔里木盆地经由拉达克之路迁往印度北部的我们祖先对印度土著达罗毗荼人的古印度文化产生了影响。"[①]

这一结论令人吃惊，据我国地质学家们的调查研究，

① 见《维》书第 8—10 页。

在第四纪塔里木盆地由于昆仑山的冰川发育规模的逐渐缩小，一些水源减少，地下水位降低，在原来的绿洲群上，逐渐出现了沙漠的条件。"随着冰川一次比一次缩小，沙漠也一步一步地向西推移、扩展。"就是说，早在距今二百五十万年的第四纪，新疆地区气候就已逐渐变得干燥，沙漠形成；以后一直继承下来，除有短期周期性的小变化外，并无任何特殊变干的迹象。[①]因此，《维》书中所说的距今8000年，塔里木河流域的维吾尔族祖先因干旱而分别向东、西迁徙的观点，纯属作者的想象。何况，目前新疆还未发现有旧石器时代遗址，距今8000年前，整个新疆地区（包括塔里木河流域）是否已居住着大量的原始人群，还在未知之中，又哪来的居民迁徙呢？作者想象出由塔里木河流域这一中心，在距今8000年前有大量的原始人居住，因干旱而向蒙古—贝加尔湖一带迁徙，不过是想证明公元840年西迁的回纥（维吾尔族主要族源）又回到了塔里木河流域的神话。这种毫无根据的幻想，凡是具有一般常识的人都会感到震惊的。

所谓8000年前塔里木河流域的维吾尔祖先向西迁入印度的结论，同样荒谬可笑。作者以印度河流域阿拉帕（旁遮普一带）地区曾发现一尊类似中亚突厥人（维吾

---

① 中国科学院新疆综合考察队等编著：《新疆地貌》，科学出版社，1978年，第235—236页、第253页。

尔——原著者注）的塑像，来证明这一结论。关于印度文明的创造者，学术界一般认为是作者提到的达罗毗荼人；与他们并存的印度土著，学者们则据考古资料提出了多种假说，有布拉灰、苏美尔、帕尼、阿修罗、乌拉提亚、瓦黑卡、达萨、那迦、雅利安等人。[①] 然而，从没有提到"中亚突厥人"，更没有说有从塔里木河流域迁去的维吾尔的祖先。作者的这一结论亦纯属无稽之谈。

为了证明距今8000年前，塔里木盆地有人类居住，并且是8000年左右迁徙后余下的维吾尔人的祖先，作者引用了1981年2月17日《人民日报》关于新疆楼兰女尸时代距今6412年的报道。然而，作者未曾注意到紧接着《人民日报》同年4月17日的报道，内容是根据中国考古研究所测定，楼兰女尸距今只有两千多年。此后，又经过我国人类学家的研究，认为罗布泊附近的文化遗址（包括楼兰女尸出土遗址）的时代，不会早于新石器时代，也不会晚于汉代，而可能代表该地区铜器时代（距今3000—2000年间）某个时期的文化。[②] 这一结论，亦为新疆考古工作者所肯定。[③]

① 见崔连仲主编：《世界史（古代史）》，人民出版社，1983年，第153页注。
② 韩康信：《新疆孔雀河古墓沟墓地人骨研究》，载《考古学报》1986年第8期。
③ 王炳华：《新疆地区青铜时代考古文化试析》，载《新疆社会科学》1985年第4期。

事实上，考古工作者在新疆地区虽然至今还未发现有一万年以前的旧石器时代遗址，但是发现约 8000 年以来的新石器时代遗址。[①] 这些遗址的居民是目前所知的新疆地区最早的居民，他们是否就是今天新疆维吾尔或其他民族的直接祖先呢？很难作出肯定的答复。

关于此，20 世纪 40—50 年代苏联学者在讨论中亚各族起源时的教训可以吸取。苏联学术界曾风行极端土著论，即任何民族的祖先只能在该民族现在所居住的地方。这一理论把具体历史过程简单化、贫乏化了。1943 年苏联著名学者谢尔盖·帕夫洛维奇·托尔斯托夫在一次中亚民族起源学术讨论会上说得好："在很久以前已经形成了的历史区域的共同体基础上，由种类驳杂的、土著的和外来的民族成分发展出了现代中亚细亚各民族。这些民族没有一个是直接来自任何一个古代民族。相反地，无论古代本地的民族或外来的民族，通常在不同比例上都变成了中亚细亚某些民族的成员，有时变成了中亚细亚所有民族的成员，而局部地区也成了中亚细亚范围外各民族的一部分。"[②] 这段话，我认为完全适用于属于广义的中亚，并且与邻近各族交往更为频繁和复杂的新疆地区各族（包括维吾尔族）。

① 参见穆舜英等：《建国三十年新疆考古的主要收获》载《新疆考古三十年》，新疆人民出版社，1983 年，第 2—8 页；《新疆古代民族文物》，文物出版社，1985 年，第 2 页。
② 参见《民族史译文集》，科学出版社，1959 年，第 120—122 页。

因此，那种力图证明 8000 年以来维吾尔人（或其直接祖先）就居住在今塔里木盆地的看法是很难成立的。

不仅如此，《维》书作者还力图从各种历史文献来证明维吾尔族的故乡在中亚（广义的）。他首先引用中国汉文史籍《史记》《汉书》的《匈奴传》、鱼豢的《魏略·西戎传》中，关于公元前许多世纪居住在贝加尔湖南的"丁零"，① 及居住今新疆准噶尔盆地的"呼揭"（《魏略·西戎传》作"呼得国"），就是公元 7 世纪汉文史籍所记之敕勒、狄历、铁勒、乌护等。他认为，丁零、敕勒、铁勒、狄历等名，都是中亚拜火教圣书《阿吠斯塔》等书所说的"土拉"（Tura）这一名称的汉文音译。汉文史籍《魏略·西戎传》又将"土拉人"分为"东土拉人"和"西土拉人"（原文作"北丁零"和"西丁零"）两支。作者认为：东、西土拉人，就是维吾尔族的祖先，也就是"东维吾尔人"和"西维吾尔人"。

关于中国古代北方民族丁零（包括北、西丁零、狄历、敕勒、铁勒、突厥甚至敕勒的另一名称"高车"）的分布，中国汉文史籍记载是较为明确的。特别是到了 6 世纪的隋代，《隋书·铁勒传》（《维》书作者亦引用）对铁勒诸部名称及分布了解更为详确。国内外学者一般认为，上述这些名称是突厥语 Tolos 的同名异译，即指所有操突

① 《维》书作者引《汉书·匈奴传》说，此书称丁零为"狄历"误。

厥语族的民族的泛称，^①但也有的学者不同意此说。

然而，汉文史籍所记的分布于中亚广大地区操突厥语诸部并非都是维吾尔族的祖先，或者后来大部分形成维吾尔族。事实上，只是一小部分操突厥语的部众经过长期的历史发展过程，同化、融合了其他许多民族（一部分）之后，才逐渐形成为今天的维吾尔族。因此，不能将古代中亚（广义的）所有操突厥语的各族，统统说成是维吾尔族的祖先。因为分布于中亚的古代操突厥语的各族，以后经过长期的历史发展，形成现代操突厥语的民族不下数十个，而维吾尔族仅是其中之一。《维》书作者正是将古代中亚所有操突厥语，甚至非操突厥语的一些中亚民族，统统当作维吾尔族的祖先或径直称之为"维吾尔人"，把他们的起源地中亚（广义的）都视为维吾尔人的故乡。这就是贯穿在《维吾尔人》一书中，一个最基本的错误观点。作者这样立论，又置今天中亚及新疆所有源于操突厥语古代各族于何地？难道他们都是由古代维吾尔族演变、发展而来的吗？事实并非如此。

回纥族及回纥（后改名回鹘）汗国主要活动的地区在蒙古草原及天山以北地区。天山以南，特别是塔里木盆

---

① 参见〔日〕小野川秀美：《铁勒考》，载《东洋史研究》1940 年第 5 卷第 2 号；马长寿：《突厥人与突厥汗国》，上海人民出版社，1957 年，第 1—2 页；林幹《突厥史》，内蒙古人民出版社，1988 年，第 9 页。

地原住有许多土著民族。这些土著居民（民族），据《维》书作者断言，他们是维吾尔人。

为了证明这一点，作者首先举出中国汉文史籍有关西域一些地名，与今天维吾尔族语言、意义相同，来证明天山以南的最早土著是维吾尔人。关于新疆地区的地名，学者们考证甚多，有各种各样的说法。比如《维》书作者所说的"巴里坤湖"（维语意为"老虎湖"），其实汉文文献最早称此湖为"蒲类海"，到唐代才又名"婆悉"，而"婆悉"之得名，系由当时居于此的操突厥语的拔悉密部而来。[1] 疏勒，有的学者认为其语源于突厥语 suluk，有水意，有的学者又不同意此说。[2] 总之，新疆的古今地名的语源是一个十分复杂的问题，它的得名是与居住或往来这里的民族有关，其中许多地名（包括《维》书所举的地名），在今维吾尔语（突厥语）和蒙古语中均能找到它的根源。何况，还存在着以非突厥语得名的地名，后为突厥语人所沿袭的问题。因此，从古今新疆地名来证明今新疆地区的土著民族为维吾尔人（突厥人）是没有多大意义的。

《维》书作者还列举了古希腊罗马文献中关于"赛里斯"国的记载，说当时留下了许多关于塔里木盆地丝国、

---

[1] 见苏北海：《西域历史地理》，新疆大学出版社，1988 年，第 190—192 页。

[2] 参见周连宽：《大唐西域记史地研究》，中华书局，1984 年，第 207—208 页。

丝国的维吾尔人的活动、种族面貌的珍贵史料。[①] 我们翻检了古代希腊、拉丁作家关于远东古文献，其中也包括《维》书作者所列举的一些希腊、罗马作家的著作。他们所记载的"赛里斯"国，大多系传闻，后来有的学者据此进行考证，提到这些文献所描写的"赛里斯"国，所指是模糊的，有时指中亚（包括今新疆），有时指中国内地或其他地方，其人的风俗（如高寿达三百岁等）也是传闻。[②] 因此，这些文献关于"赛里斯"的记载，根本不能证明塔里木盆地的古代居民是维吾尔人。

《维》书作者引用了公元 9 世纪阿拉伯人塔米姆·伊本·巴哈儿的游记，证明在今新疆（包括塔里木盆地）等地，在 8 世纪中叶就居住着突厥异教徒，自巴儿思寒（在今伊塞克湖畔）到蒙古草原回鹘汗国的首府哈剌巴尔哈逊，只有突厥汗（指回鹘可汗）的驿卒往来等。事实上，塔米姆的游记原本已佚，1948 年经英国学者密诺尔斯基（V. Minorsky）从其他阿拉伯文献中整理出来，据他的考证，塔米姆东行到托古兹古思（Tughuzghuz，即九姓乌古斯，这里指回鹘汗国）的时间是在公元 821 年，[③] 而非作

---

① 见《维》书第 32 页。

② 参见［法］戈岱司编，耿昇译：《希腊拉丁作家远东古文献辑录》，中华书局，1987 年。

③ V. Minorsky, *Tamim ibn Bahr's Journey to the Uyghurs*, BSOAS, 1948, p.300–301.

者所说的是公元750年。此时，回鹘汗国正是保义可汗在位之时，其势力一度达中亚拔贺那国（今中亚费尔干纳），故塔米姆有上述之描写。从现存的汉、藏、阿拉伯文的文献来看，漠北的回鹘汗国从未统治到龟兹以南的塔里木盆地，只是一度将势力伸入到中亚费尔干纳一带。而当时中亚主要居住着一些操突厥语的部族，如葛逻禄、样磨、突骑施等，回鹘只占少数。

那么，在回鹘西迁西州等地之前，今新疆地区，特别是塔里木盆地的土著居民到底是一些什么民族呢？《维》书作者根据上述的史料，错误地断言：公元840年回鹘西迁以前，新疆及中亚（狭义的）居住的是维吾尔人，人口有一百万有余。[①]并且作者还"驳斥"了那种因新疆各地出土大量用梵文、佉卢文书写的印度语的有关佛教文字材料，而证明这里居住的是属雅利安人种的观点；认为持这种观点的人无论如何也解释不了这样的问题：这里生活的不是维吾尔人，而是别的部族的话，无论其宗教和民族差异、无论其数量上相差甚远，怎能在短短的一个时期就把他们同化而成为维吾尔人呢？[②]

在这里，《维》书作者首先有意歪曲事实：自本世纪以来在新疆各地发现的大批属印欧语系的佉卢文（属阿拉美

① 见《维》书第107页注。
② 见《维》书第85页。

文一个支系，是印欧语系中古印度雅利安语中一种俗语方言）文献，[①] 以及作者未曾提到的焉耆／高昌语、焉耆／龟兹语（即甲、乙种吐火罗语）、于阗塞语等文献，还有藏、汉文献等。这些文献并非只是书写佛经的，有出土的各种文字书写的文书、契约、碑铭、钱币等可证。因此，这些文献所反映的事实，决非《维》书作者所说，文献只是佛教徒使用的。它与新疆原有土著及公元前几世纪以来陆续迁入新疆的各个民族有密切关系。据历史文献记载，迁入并定居于今新疆的民族就有匈奴、月氏（包括后之贵霜）、塞种、吐火罗、粟特、羌、吐蕃、嚈哒，还有操突厥语之铁勒、突厥、回纥等。这些民族与原有的新疆土著民族相互影响、相互融合，形成了840年回鹘西迁前，新疆土著民族复杂的局面。[②]

至于在回鹘西迁前，新疆地区土著民族为什么最后能维吾尔化的问题，是可以找到比较圆满的解答的。因为今新疆地区，自公元5世纪以来即深受北方操突厥语各族的影响，特别是6世纪至9世纪中叶，今新疆全部或大部处于突厥和回鹘先后的直接统治之下，大大加速了中亚（包括新疆地区）的突厥化、回鹘化的进程。经过漫长

---

① 参见林梅村编：《沙海古卷》，文物出版社，1988年。

② 参见［德］冯佳班（A. V. Gabain）：《高昌回鹘王国的生活》，中译本第6—16页。

的历史发展（而非如《维》书作者所言"迅速的"维吾尔化）过程，原西迁回鹘与原新疆的土著各族逐渐同化、融合，至 16 世纪才逐渐形成为今天的维吾尔族。

综上所述，《维》书作者所列所有论据都不能证明今天的维吾尔族起源于 8000 年前广义的中亚地区。他主要的错误是把古代中亚所有操突厥语的民族，甚至操非突厥语各族的起源时间和地区，统统说成是维吾尔族起源的时间和地区。这样，他得出的结论自然是不符合于历史的事实，是难以让人接受的。

维吾尔族到底起源于何时何地？这一问题也是十分复杂的。一般说来，一个民族起源于何时何地，主要是指这个民族的主要族源最早的居地及时间，而不能将与这一民族密切相关的民族，或有一部分后来同化、融合于这一民族的民族起源地和时间，当成这一民族的起源地和时间，否则一个民族起源地区和时间就可以无限地扩大或往上推，这样的研究是毫无意义的。要真正回答维吾尔族起源地和时间，则应首先解决维吾尔族主要的族源是什么。

二、维吾尔族的主要族源是什么？

在讨论维吾尔族来源地（故乡）和时间时，我们实际上已涉及维吾尔族的族源问题。《维》书作者在第二章中，又从神话传说、历史文献、考古资料等几个方面来论证维吾尔族的来源（即族源）。其所论维吾尔族来源，似是而非，模糊不清，其主要的论点也是相互矛盾，错误很多。比如，书中一会儿讲维吾尔人与匈奴、塞种人有血缘关系，或同出一源，一会儿又讲匈奴是维吾尔人的最古的祖先等。下面我们拟从几个角度来仔细分析一下《维》书作者的论点。

（一）维吾尔族族源是否来自匈奴的问题

《维》书作者首先在维吾尔族众多的神话传说中，选择了他认为比较符合历史真实的传说，即英雄史诗《乌古斯可汗传》。目前有所存最早用回鹘文书写的《乌古斯可汗传》；在 14 世纪波斯史家拉斯特的《史集》和 17 世纪中亚史家阿不勒哈孜的《突厥世系》等书中，也有乌古斯可汗的传说。中外学者大都认为，乌古斯的传说大约形成于 10 世纪，以后又经过突厥人民的加工。到 14 世纪拉斯特写《史集》时，又加入了许多关于伊斯兰教的内容。[①]乌古斯可汗的传说是中亚突厥诸族人民的英雄史诗。过去，有的历史学家将乌古斯可汗比拟为匈奴的冒顿单于或蒙古的成吉思汗，这是毫无根据的推测。正如有的外国学者将藏族人民传说的英雄格萨尔王比为罗马皇帝凯撒一样荒唐

① 参见耿世民译：《乌古斯可汗的传说·导言》，新疆人民出版社，1980 年。

可笑，这一点早为学者们指出。[①] 关于乌古斯可汗传说的英雄史诗式的性质，正如有的研究者所说的那样："与其将乌古斯可汗这位始祖英雄形象比定为某个具体的历史人物，不将其看作是突厥人，以至突厥人在一定的历史时期内的全民性的一系列或若干次威武雄壮的光辉战斗历程的集中概括，倒更为切今历史的真实了。"[②] 而《维》书作者正是将乌古斯可汗说成是匈奴冒顿单于，从而引申出匈奴与维吾尔同源，或匈奴是维吾尔人最早祖先的结论，这显然是靠不住的。

《维》书作者还说匈奴与丁零、高车、铁勒（即所谓的"东维吾尔人"）一样，都是以狼为图腾，其根据是1972年内蒙古阿鲁柴登匈奴墓中出土一个金冠，上部立有一鹰盯着金冠，下有两只狼追咬两只羊的图案，说明匈奴人十分着重狼，并以它为图腾。阿鲁柴登发现的这个金冠及其他文物，据考古工作者研究，大约是战国时（公元前403—前221）匈奴族墓的遗物。[③] 但是，从金冠造型图案看，匈奴人对鹰比狼更为看重，所以无论怎样也得不出

<hr>

① 前引耿世民文；程溯洛《维吾尔族族源考》，载《向达先生纪念论文集》，新疆人民出版社，1986年。
② 李雍：《维吾尔民族英雄史诗的二元化起源》，载《新疆大学学报》1989年第4期。
③ 田广金等：《内蒙古阿鲁柴登发现的匈奴遗物》，载《考古》1980年第4期。

匈奴是以狼为图腾的结论。

《维》书作者又引用《旧唐书》与《新唐书》的《回鹘传》（引用中有误）中"回纥，其先匈奴之裔"一类的记载，以证匈奴是维吾尔人的祖先。然而，《魏书》与《北史》的《高车传》早已明言高车与匈奴有别，其先为匈奴的外甥等。高车即后之铁勒，回纥（袁纥、韦纥）即高车、铁勒之一部。对于汉文史籍这种矛盾的记载，中国史家几乎无人相信前一种关于铁勒（包括回纥）源于匈奴的记载。如果两者同源，那么高车、铁勒的前身丁零就不会在汉文史籍中，作为与匈奴对立的民族出现。他们之间有密切的关系，但是两个不同源的古代民族。至于突厥与铁勒一样，都是操突厥语的古代民族，同样以狼为图腾。即便如此，两者仍然是两个不同的古代民族，突厥与回纥一样都是在铁勒这一共名之下，逐渐形成的操突厥语的不同民族。

至于作者用文献及考古资料证明：属战国时期的阿尔泰巴泽雷克出土的古尸（作者认为是匈奴人或突厥人）、汉代匈奴休屠王子金日磾、公元6世纪被西方史籍称为"白匈奴"的嚈哒、陕西客省庄出土的匈奴牌饰上角力的人像、吐鲁番出土的沮渠封戴墓中的四尊泥俑，还有前述的楼兰女尸等，均有高鼻、身材高大、白皮肤等特征，因而证明匈奴与突厥人种是相同的。巴泽雷克墓古尸是不是匈奴人或突厥人，根本无法确定。当时匈奴是否已统治该地？如统治该地，古尸是匈奴贵族，还是当地土著贵族？均弄不清楚，至今没有结论。沮渠封戴并非匈奴人，而是杂有匈奴的杂胡——卢水胡人，沮渠封戴墓出土的四个泥俑，又非封戴本人，又何能断其为匈奴人。顺便说一句，《维》书作者说沮渠蒙逊封沮渠封戴为高昌太守，误。此时蒙逊早已死去，北凉也亡于北魏。此乃北凉残余势力沮渠无讳和安周在高昌重建的北凉小政权，封戴之为高昌太守，乃无讳或安周所敕封。[①] 而被称为"白匈奴"的嚈哒，与匈奴更是没有什么关系，因为他们皮肤白，故希腊史家称之为"白匈奴"；反过来说，匈奴的皮肤并不一定是白色。

总之，用这种支离破碎、似是而非的材料，来证明匈奴与回纥（维吾尔）人种相同，是不能成立的。匈奴统治蒙古草原等地的时间很长，国内居民的人种也很复杂。最近中国考古研究所乌恩将国内外所有出土的匈奴人种的材料加以分析研究，得出的结论就是如此。[②] 如果只抓住个别匈奴人种类型来立论，显然是不能成立的。退一步说，即便是匈奴与尔后之铁勒、回纥同属一个人种，也不能单

① 参见拙作《试论吐鲁番阿斯塔那沮渠封戴墓出土文物》，载《考古与文物》1980 年创刊号。
② 乌恩：《论匈奴考古研究中的几个问题》，载《考古学报》1990 年第 4 期。

以此来证明回纥（维吾尔）是源于匈奴的。因为民族是一个历史范畴，而不是一个种族范畴，两者是有区别的，因此，人类学的资料只能作为一个确定因素，而不能将它提高到决定性的高度。

关于匈奴的语言系属问题，中外学者过去研究甚多，目前还没有定论，主要有属阿尔泰语系的突厥语族或蒙古语族，以及突厥、蒙古混合语族等意见。近来，倾向于属突厥语族的学者较多。[1]《维》书作者是主张匈奴属突厥语族的民族，他甚至说，匈奴早在公元前就已采用了叶尼塞——鄂尔浑文字（即古突厥文字），根据是匈奴单于给汉朝皇帝的书信和苏联在伊塞克湖畔发现一位公元前5世纪突厥王子的墓葬，出土的一枚银碗上所刻的叶尼塞——鄂尔浑文字。[2]我们未查到苏联有关的发掘报告，但是，可以肯定地说，公元前5世纪就出现了公元7世纪在蒙古鄂尔浑河畔发现的突厥文碑上的古突厥文字，那一定是会让世界突厥学界为之震惊的大事。然而，至今我们还未见到突厥学界对此事的反映，说明这一事实是大有疑问的。匈奴单于给汉朝皇帝的书信，只有汉文，到底匈奴是否已

---

[1] 参见亦邻真：《中国北方民族与蒙古族源》，载《中国蒙古史学会成立大会纪念集刊》1979年。
[2] 见《维》书第53页。

有文字，仍然是匈奴史家们未曾解决的问题。① 即便匈奴主要是操突厥语的民族，也不能证明他与维吾尔族同源，或是其祖先，因为当时除匈奴外，还有操突厥语的丁零、乌揭、坚昆及中亚某些民族。既然作者认为丁零、乌揭系东维吾尔人，曾经统治过丁零的匈奴又是什么人呢？

至于《维》书作者用今天裕固族（撒里维吾尔）音乐曲调与匈牙利相似，证明匈奴与维吾尔同源，也是不能成立的。匈奴经过西域、中亚而迁至欧洲，途中已与各地民族（包括操突厥语的民族）相互影响、相互融合，留传至今的匈牙利音乐曲调可能遗留有蒙古草原民族和中亚操突厥语民族的曲调。而裕固族的一部分原是蒙古草原回鹘西迁的一支，他们的音乐曲调与匈牙利的有某种相似之处，并不奇怪，不能以此来断定匈奴与维吾尔同源，或匈奴是维吾尔祖先。关于且末的岩画，其时代绝不会早到8000年前，游牧民族的岩画有其共同的特征，这里的岩画原属于何族所镌刻，它与蒙古、阿尔泰岩画有什么关系等一系列问题，还没有弄清楚。《维》书作者却以此来证明："维吾尔人和古时候生活在南西伯利亚原野、色楞格河、鄂尔浑河、克鲁伦河流域、鄂尔多斯草原、阴山、阿尔泰山和中亚各地的人民（土拉人、匈奴人、塞人、突厥人）在种

---

① 参见林幹：《匈奴通史》，中华书局，1986年，第166—167页。

族方面是同一个。"①这种从中亚（广义的）游牧民族岩画的共同特征，而推断中亚古代各族为同一人种和一种共同的民族文化的方法，就是将中亚各民族的历史简单化了。

总之，《维》书作者所断言的匈奴是维吾尔族最早的祖先，或两者同出一源等，是不能成立的。但是，匈奴族曾统治过西域，并且在公元1世纪北匈奴西迁经过今新疆地区，留下了大批羸弱，"众可二十余万"。5世纪时曾在今新疆西北建"悦般"政权，后不见于记载。②据有的学者推测，可能亡于嚈哒。③以上这些先后留居于今新疆等地的匈奴族与当地土著居民长期相处，并逐渐融入当地土著民族之内。而这些土著民族尔后又成为维吾尔的主要族源之一。从这个意义上讲，匈奴的一部分也是维吾尔族间接的、次要的族源之一。

（二）塞种人是否与维吾尔族同源，或是其祖先的问题

从古希腊罗马史家的记载和考古资料证明，早在公元前2000年至前1000年（相当于青铜时代），生活在中亚广大地区的是被称为塞种的民族（或作斯基泰、西徐亚、

①林幹：《匈奴通史》，第102页。
②《魏书》卷一〇二《西域传·悦般国》。
③参见［日］松田寿男：《古代天山之历史地理学的研究》，早稻田大学，1970年，第216页。

塞克、萨迦人等）。如公元前1000年下半叶波斯阿契美尼德王朝大流士一世所刻之著名的"贝希斯敦铭文"中，就提到三个塞种人集团。[①]近代以来，在苏联中亚地区也发掘了许多塞种人的墓葬，使人们对塞种人及其文化有了一定的了解。塞种人分布极广，其东已达我国新疆地区。我国考古工作者根据汉文史籍（如《汉书·西域传》《张骞李广利传》等）和天山阿拉沟、伊犁昭苏、尼勒克奴拉赛山古代铜矿遗址、塔吉克香巴拜墓葬、罗布泊地区遗址等的发掘，认为这些遗址是属于古代塞种人居住的地区。[②]

关于塞种人的语言系属及人种，目前中外学者已有较为一致的结论，即塞种人多系操属印欧语系的东伊朗语支的东伊朗人种（或称吐兰或伊兰）。然而，《维》书作者却断言代塞种人是维吾尔族的祖先，或他们与维吾尔是同族的。其主要根据是"伊朗和突厥传说中所说的阿甫剌昔牙卜（又译作额弗莱夏）是公元前7世纪我们的著名的、英雄的祖先之一"，他是塞种人著名的可汗。[③]阿甫剌昔牙卜是古伊朗传说中的人物，在拜火教圣书《阿吠斯塔》及波

①铭文中译文见《世界通史资料选辑》上古部分，商务印书馆，1974年，第189页。
②王炳华：《古代新疆塞人历史钩沉》；王明哲：《伊犁河流域塞人文化初探》，均载《新疆社会科学》1985年第1期。
③见《维》书第58页。

斯诗人菲尔多西的《王书》(又译作《帝王纪》)中,均有记载。前者记阿甫剌昔牙卜出生在伊朗传说中人类始祖依马的第三代后裔弗里东的二子突拉氏族之中,突拉即后被认为是吐兰人的祖先,因为突拉反叛,故与伊朗结下世仇,不断争战。

此后,阿甫剌昔牙卜(突拉后代)就统率全体吐兰人为始祖突拉复仇,进攻出自自己兄弟的伊朗人。可见,尔后突厥各族的传说英雄史诗式的人物阿甫剌昔牙卜真正史源来自《阿吠斯塔》,经过突厥各族人的一番根本的再创造过程,而这一过程是与中亚各族在 6 世纪后逐渐突厥化的进程是一致的。正如苏联学者所指出:"额弗莱夏(即阿甫剌昔牙卜)从古伊朗神话与史诗中被否定的英雄人物,演变为突厥人英雄史诗中的备受赞颂的著名英雄人物,反映了古代游牧的伊朗人(稍后则为突厥人)部落对定居的伊朗农耕公社反复进行征战的真实历史。"[1] 因此,到公元 11—13 世纪突厥各族著名学者所撰写的著作中的英雄人物阿甫剌昔牙卜,就成了突厥人的祖先,作者对于他的死表示深切的悲痛和哀悼。这就是《维》书作者所引用的马赫穆德·喀什噶里著《突厥语词典》(成书于 11 世纪 70 年代)中,关于哀悼阿甫剌昔牙卜的歌谣的由来。

① 李雍:《维吾尔民族英雄史诗的二元化起源》,载《新疆大学学报》1989 年第 4 期。

《维》书作者甚至认为伊朗和突厥传说中的英雄人物阿甫剌昔牙卜真有其人，并将古罗马史家希罗多德名著《历史》一书中，所记之马萨该塔人（塞种人之一）反抗伊朗阿契美尼德王朝居鲁士的著名女王托米丽司，说成是阿甫剌昔牙卜的曾孙，把塞种人之一的马萨该塔人说成是维吾尔人的祖先和同胞，还说塞种人后来伊朗化了。这些对传说中关于阿甫剌昔牙卜英雄人物的任意发挥和比定，是毫无价值的。它只能说明，作者在此又犯了上述歪曲和任意发挥英雄史诗《乌古斯可汗的传说》的错误。事实上，早在作者之前七百年，波斯史家志费尼所撰之巨著《世界征服者史》中，就指出当时有人认为，阿甫剌昔牙卜就是维吾尔族传说的祖先卜可汗（关于卜可汗传说见后），或说他是喀喇汗王朝王室的祖先。[①] 这些比定，都是不真实的。

为了证明塞种人与维吾尔族同族，《维》书作者还引用了汉文编年史《资治通鉴》卷二一一唐开元二年（714）所记：东突厥可汗默啜遣其子"同俄特勒（勤）"等攻围唐北庭，后被杀，"突厥请悉军中资粮以赎同俄，闻其已死，恸哭而去"。就因为此"同俄特勒（勤）"与突厥传说的英雄人物阿甫剌昔牙卜（作者认为即"阿勒甫艾尔统阿"）

---

① ［波斯］志费尼著，何高济译：《世界征服者史》，内蒙古人民出版社，1980年，第62页、第417页。

的名字相近，《维》书作者甚至说："突厥人自那时起每年到同俄特勒死那一天都要举行纪念仪式。这说明突厥人通过纪念用其最古的祖先阿勒甫艾尔统阿的名字命名的同俄特勤来纪念阿勒甫艾尔统阿。"[1] 这显然是作者牵强附会之词，任何史籍或传说均未记突厥人每年举行仪式纪念同俄特勤事，这是作者的编造。

《维》书作者还试图以塞种人的宗教信仰和风俗习惯与匈奴、突厥人相同为由，认为他们都是突厥人、都是维吾尔族的祖先或同族。从希腊、罗马史家记载及中国史籍的记述来看，塞种、匈奴、突厥各族都是以游牧为生的民族。从远古时代起，中亚草原与蒙古草原之间的各游牧民族就存在着文化的交流以及风俗习惯上共同性（因为都是游牧民族）。他们的信仰，在无力与自然斗争的情况下，都有崇拜日、月、山、川、信仰巫术、杀敌人头颅为饮器等因素。这就是今天学者们所谓的"原始萨满教"，不仅匈奴、塞种和突厥各族，就是属蒙古语族的古代鲜卑、乌丸、柔然等族也是如此。至于骑马射箭，衣皮食肉，父亡妻后母，兄死娶寡嫂等风俗，也是一般游牧民族的习俗，属蒙古语族的鲜卑、柔然及汉藏语系的羌族均是如此。因而，以此来证明塞种与匈奴、突厥（包括维吾尔）同源、塞人也是维吾尔祖先亦是难以让人接受的。

---

[1] 见《维》书第 102 页。

《维》书作者甚至还说："正如维吾尔人的一部卫拉特部在蒙古利亚居住时蒙古化了一样，塞种人的一部分也伊朗化了。"[①] 在这里，作者将蒙古族的一部卫拉特部（西蒙古），说成是原为"维吾尔人的一部"，也许作者是根据波斯史家拉施特的大著《史集》称蒙古卫拉特部（即斡亦剌惕部）为"现今称为蒙古的突厥部落"吧！[②] 须知拉施特所谓的"突厥"一词，并非民族学和语言学的用语，而是一种社会习惯用语，即"游牧人"的意思。因此，拉施特的用语，不能用作确定某一部落起源的根据。[③] 根据中外学者们意见，事实恰恰相反，不是塞种人一部分后来伊朗化了，而是原属东伊朗部族的塞种人后来大部分突厥化了。

自然，与匈奴一样，在840年回鹘西迁之前，今新疆的土著民族中含有塞种人的成分，也是可以肯定的。就是说，古代塞种人有迁入（或原居）于今新疆地区的一部分，在长期的历史发展过程中，融入了当地的土著民族之中，最后又随土著民族一起构成了维吾尔族。从这个意义上讲，塞种人也是维吾尔族间接的、次要的族源之一。

① 见《维》书第58页。
② ［波斯］拉施特：《史集》，商务印书馆，1983年，第126—127页。
③ ［波斯］拉施特：《史集》，第92页俄文原本注释。

（三）《维吾尔人》一书关于族源问题错误的症结及根源

在对《维》书关于维吾尔族族源问题中两个主要问题辨析清楚之后，则我们就基本划清了匈奴、塞种与维吾尔的界限，明确了他们之间的关系。《维》书作者不仅将不属于或未有定论的操突厥语族的古代民族——匈奴和塞种，说成是维吾尔族的祖先或同族，而且还将古代所有操突厥语的民族，说成是维吾尔的祖先或族源。因而，作者把广义的中亚作为维吾尔族的故乡。这就是《维》书关于维吾尔族族源问题错误的症结所在。事实上，维吾尔族只是从古代中亚（广义的）操突厥语的各族之中的一部分，后又融合了其他民族（主要是新疆土著民族）之后，才逐渐形成的。因而，那种将维吾尔族族源无限地扩大，将凡是中亚古代操突厥语或后来突厥化的民族，统统称之为维吾尔人，视之为维吾尔人的祖先或同族，是不科学的。中亚古代操突厥语的民族、部落甚多，在漫长的历史发展过程中，形成今天从欧洲东南部至亚洲广大地区、大约三十种不同的操突厥语的民族，人口约八千万。[1] 而维吾尔族仅是这三十多个民族中的一个。难道这三十多个操突厥语的民族

---

[1] 见魏萃一：《突厥语族语言的分布及我国诸突厥语的特点》，载中国突厥语研究会编辑组《中国突厥语族语言概况》，1983年。

都是古代维吾尔人发展而来，都同出一源？显然，这是荒谬的。

《维》书作者上述的错误观点有其深远的根源。早在公元10—14世纪时，中亚地区由于操突厥语各族的迁徙和强大，先后建立了一些政权，中亚（包括塔里木盆地）一带非突厥语族的各族也程度不同地进行着突厥化、伊斯兰化的过程。在这一时期，出现了一批用古回鹘文、波斯文、阿拉伯文撰写的巨著，如上述的《突厥语大词典》《世界境域志》《福乐智慧》《世界征服者史》《史集》等。这些著作具有极高的学术价值和文学价值，是我国历史上和中亚人民历史上宝贵的精神财富。然而，由于受当时历史条件的限制，书中仍然有一些不科学的内容，如上述《史集》以伊斯兰教精神来说明整个人类的起源、关于"突厥"的含义及将一些属蒙古、汉藏语系的民族划入突厥等等。这一切，正如苏联学者伊·普·彼特鲁舍夫斯基《拉施特及其历史著作》一文所说："拉施特及当时其他作者书中的一些含糊不清的用语，被外国的种族主义伪学者利用来建立一套大国主义的泛突厥主义'理论'。"[1] 现今出版的《维吾尔人》一书的整个倾向及其错误根源，也就不难理解了。此书所表现出的分裂倾向，其危害性是非常明显的。他所说的上述种种观点，我想全国各族人民，特别

---

[1] 载拉施特《史集》中译本第29页。

是新疆各族人民是不能接受的。

我们不同意《维》书作者关于维吾尔族族源的观点。指出其错误的根源，并非否定我国兄弟民族维吾尔族是一个历史悠久、具有自己优秀文化传统的民族，也无意贬低她在历史上开发和建设祖国边疆的功绩。在我国多民族的大家庭中，每一个民族的起源和历史是不同的，那种尽量想将自己民族的历史往前推算，将其他古代民族纳入本民族历史之中的主观愿望是可以理解的。但是，历史的事实是客观的存在，不是由人们的主观愿望就能改写的。至于那种企图用歪曲和伪造历史的办法，来达到某种政治目的的人，则应对其行径加以无情地揭露和批判。

（四）维吾尔族的主要族源问题

在论述维吾尔族族源问题之前，有必要先澄清两个问题。

第一，民族（广义的民族）是一个历史范畴，他的族源是指他在形成前主要由哪一个或几个民族、部落或氏族解体后而形成的。因此，并不需要从主要的族源又漫无边际地一直追根溯源，如果这样一直追溯下去，那么世界上所有的民族的族源都会追溯到一个共同的祖源，那就是变成真人的猿人，这是毫无意义的。何况一个民族（特别是近现代民族），本身在古代就已经形成为一个民族，有他的历史和文化，有他自己形成的主要族源。如果这一主要的族源的主要部分或全部最后再融合一些民族形成为近现代民族，那么，这一主要族源的历史，也就构成了近现代这一民族的古代历史（这是在定居农业的民族中经常存在这种情况）。如果这一主要族源只有一部分形成为另一个近现代民族，则他的历史就不应作为这一近现代民族的历史，而只能看成他主要的族源（这在游牧民族中经常存在这种情况）。近代以来，学者们在研究某一民族的族源时，往往要从这个民族所在地区最早的考古发掘资料，即旧、新石器时代追溯起。这对于一直居住在该地区的农业民族、以后又以之为主形成为近现代民族的情况来说，是非常必要的，因为两者在族的起源上有必然的联系和一致性。然而，在中亚，包括新疆地区，由于民族迁徙的频繁和民族间融合的复杂，以至于近现代中亚各族"没有一个是直接来自任何一个古代民族的。相反地，无论古代本地民族或外来的民族，通常在不同的比例上都变成中亚细亚某些民族的成员，有时变成了中亚细亚所有民族的成员，而局部地也成了中亚细亚范围以外各民族的一部分"（谢尔盖·帕夫洛维奇·托尔斯托夫语）。因此，那种仅从中亚旧、新石器时代的当地土著，来找寻近现代中亚民族的族源，往往是行不通的。

第二，辨识民族的族源，是带有综合性的研究工作，除了历史文献，还要借助于语言学、人类学、考古学和民族学等学科的手段。但是，语言、人种、考古资料和民俗等某一方面相同，不能作为辨识族源的唯一的、有决定性的标准。同操突厥语的民族，并不一定就是一个民族，其族源也并不一定相同，同一人种，可以发展为好几个民族，其族源也不一定相同。国家与民族、民族族源与民族形成等，这些既有密切关系，又各有不同含义的概念，严格分别清楚。否则辨识族源的工作就会走入歧途。

关于维吾尔族的族源问题，事实上我国学术界早已有了比较一致的看法，即维吾尔族的主要族源有两个：一是中国汉文史籍所载之回纥（回鹘），一是公元840年回鹘西迁前居住于塔里木盆地周围的土著民族（或称为农业民族）。因为塔里木盆地周围的这些古代居民最终大部分融合于维吾尔民族之中。近现代的维吾尔族就是这两个主要的族源，经过长期的历史发展，逐渐融合、发展而形成的。

从维吾尔族关于其祖先卜可汗的传说中，也可证明维吾尔主要来源于蒙古草原的色楞格河（仙娥河）、鄂尔浑河一带。卜可汗的传说见于突厥文的《毗伽可汗碑》、志费尼的《世界征服者史》、拉施特的《史集》、《高昌王世勋碑》、《高昌偰氏家传》等。这一传说与袁纥原居地相吻合，说明维吾尔族最早应源于今蒙古草原色楞格河、鄂尔浑河一带的"袁纥"。然而，令人奇怪的是，《维》书作者对卜可汗的传说却为何有意回避，只字不提。

还有的研究者认为，回纥包括了丁零、铁勒的一些部落，他们应是维吾尔族的主要族源。回纥最早应是高车、铁勒这些操突厥语各族之下的一个部落，此乃源，而非流。只是到此以后，回纥才慢慢强大，与属铁勒的仆骨、同罗、拔野古、覆罗（即副伏罗）等组成了部落联盟，先后在突厥族的统治之下。到公元744年，以回纥为首的部落联盟在蒙古草原建立了回纥汗国。至此，回纥内部组成基本定型，有所谓"内九姓""外九族""九姓乌古斯""十姓回鹘"之称。[①] 回纥汗国的建立，标志着古代回纥民族的形成。但是，国家与民族是有区别的。前者是国家概念，国家统治下的民族除回纥外，还有其他民族的部落；后者才是以回纥为主逐渐融合其他铁勒部而形成的一个民族。回纥所融合的其他铁勒部也仅是一部分，而非全部或大部。

古代的回纥族并不等于今天的维吾尔族，仅是维吾尔的主要族源。公元840年回鹘汗国灭亡后，回纥分散西迁或南徙，有的融入属蒙古语族的民族之中，有一部分迁入今苏联中亚，分别融入今苏联中亚各族之中。另有一部分迁入今新疆地区，构成了尔后维吾尔族的主要部分，其族名 Uyghur 也就沿用了过去回纥（即 Uyghur）的名称。由此看来，古代的回纥族并非全部或大部在此后形成维吾尔族。这就是不能将古代回纥族与后来的维吾尔族等同起来

---

① 见《唐会要》卷九八；［法］哈密顿：《九姓乌古斯和十姓回鹘考》，汉译文载《敦煌学辑刊》第 4 期。

的根本原因之一。

维吾尔族第二个主要族源是塔里木盆地周围的土著民族。这些土著民族并非如《维》书所说，是什么西土拉人（西维吾尔人）。从目前考古发掘资料看，今新疆地区在8000年前就有人类居住，属新石器时代文化遗址。然而，因无古人类学方面的资料，而目前还不能说明这些新石器时代居民属于何类类型。但是学者们最近在新疆发现了一些公元前3000年至公元前2000年的铜石、青铜时代的古人类学资料。据我国人类学家对这一时期人骨的研究，原始形态的欧洲人种类型已分布在罗布泊地区，至汉代楼兰的主要居民是长颅型印度—阿富汗类型，与帕米尔的古代塞种人属于相同人种学类型。公元前几个世纪在伊犁河流域主要是乌孙和塞种人，人种多属欧洲人种帕米尔—费尔干纳类型。[①] 当时，新疆（西域）有所谓的"三十六国"，其人种与民族十分复杂。此后，历经汉、魏晋南北朝、隋唐，其间氐、羌、大月氏、乌孙、匈奴、汉、高车、粟特、印度、吐谷浑、嚈哒、吐蕃、回纥等先后入居新疆地区，与原有当地土著民族融合，形成了回纥西迁前新疆土著民族更为复杂的局面。这从目前发现的古代流行于新疆地区（特别是天山以南地区）各种古文字（如佉卢文，于

① 韩康信：《新疆孔雀河古墓沟墓地人骨研究》，载《考古学报》1986年第8期。

1991 年 10 月 18 日《新疆日报》的《求是》副刊

阗塞语，梵文，藏文，汉文，甲、乙种吐火罗语等）的文书、契约典籍（包括宗教典籍）等可以反映出来。这些土著民族的大部分后来与西迁回纥同化、融合，经过长期历史的发展过程，最终成为今天的维吾尔族。

维吾尔族主要的两个族源既然已经找到，那么对于前面提出的维吾尔族的起源时间和地点，也就可以作出较为明确的回答。根据维吾尔族两个主要族源，维吾尔族的故乡（起源地）一个在蒙古草原，一个就是今新疆地区。然而，近现代维吾尔族真正以 Uyghur 为名、最早见于史籍的，乃是公元 5 世纪活动于蒙古草原操突厥语的高车诸部之一的"袁纥"部落。

原载于《西域研究》1991 年第 2 期；1991 年 10 月 18 日《新疆日报》的《求是》副刊

论中国与西方之中国边疆研究

中国历来对其"边疆"的研究均十分重视，至少早在二千多年前司马迁撰《史记》开始，历代王朝的"正史"中均有关于边疆民族（"四夷"）及其与内地关系的记述；至清代乾嘉时兴起的"西北史地之学"，及民国时期的"边政学"的兴起，可以说是近代中国边疆研究的萌芽和初步形成时期；从20世纪80年代至今是中国边疆研究繁荣时期。特别是20世纪90年代末至今，中国边疆问题凸现，直接关系国家的统一和社会稳定，因而中国边疆研究成为中外学界研究的一个热点。[1]关于中国的"中国边疆研究"，有其自身的发展和特征，有自己研究的理论方法，有传统的研究"范式"，与西方学者的"中国边疆研究"在话语

[1] 参见周伟洲：《关于构建中国边疆学的几点思考》，载《中国边疆史地研究》2014年第1期。

和研究范式等方面存在诸多差异。

西方（主要指美国为代表的"西方"）关于"中国边疆研究"始于近代，其中最具有代表的、影响最大的是美国学者拉铁摩尔（Owen Lattimore，1900—1989），他于1940年在纽约出版了《中国的亚洲内陆边疆》（*Inner Asian Frontiers of China*）一书，在中外影响巨大，一再出版，并译成汉文。① 此书可以说奠定了西方研究中国边疆的基础。至1989年美国学者巴菲尔德（Thomas J. Barfield）撰写并由 Blackwell 出版集团出版了《危险的边疆：游牧帝国与中国》（*The Perilous Frontier：Nomadic Empires and China*）一书（1992年由该出版集团再版），国内也有汉文译本。② 国内学者称此书为"在本领域内由'重新发现'拉铁摩尔到'边疆范式'的形成这个'过渡时期'的代表性作品"。③ 至本世纪初，美国学者狄宇宙（Nicola Di Cosmo）撰写、2002年由剑桥大学出版社出版的《古代中国与其强邻：东亚历史上游牧力量的兴起》一

① 新译本系唐晓峰据 2005 年英文本译出，书名《中国的亚洲内陆边疆》，江苏人民出版社，2010 年。

② 袁剑译：《危险的边疆：游牧帝国与中国》，江苏人民出版社，2011 年。

③ 见姚大力：《西方中国研究的"边疆范式"——一篇书目式述评》，载于姚大力《读史的智慧》，上海复旦大学出版社，2010 年，第 135 页。

书（*Ancient China and its Enemies：The Rise of Nomadic Power in East Asian History*），[①] 深入研究公元前一千年至公元前一百年之间中国北疆（即作者所谓"内亚"）地区的历史，重点论述东北亚游牧民族的兴起及与中国内地诸政权的关系。以上三部先后出版的关于研究中国边疆的著作，在中外学界影响甚巨，可以说代表了西方研究中国边疆的主要流派，其研究范式基本上也是一脉相承。

因此，本文以西方这三部著作的研究理论和方法，即西方所谓的"范式"（paradigm，有科学研究的模式、模型、范例等义）为主，[②] 与近现代中国边疆研究作一分析比较，以期有益于中国边疆研究的推进和发展。

一、西方中国边疆研究范式解析

研究中国边疆问题，首先绕不开对"边疆"（英文对应词一般是 frontier 或 borderland 等近义词）一词概念和含义的认识。近现代以来，中外学者从不同学科或角度讨

① 见贺严、高书文译：《古代中国与其强邻：东亚历史上游牧力量的兴起》，中国社会科学出版社，2013 年。
② 张世明在研究"范式"一词的由来和含义有较详的论述，见其所著《法律、资源与时空建构》第二卷《边疆民族》，广东人民出版社，2012 年，第 159 页。

论颇多，并没有一个完全一致的意见。①事实上，边疆一词包含有历史、政治（包括法律）、地理生态、文化（包括宗教）、民族等丰富的内涵；且受到近代国家（所谓"民族国家"）发展相关理论的影响而日益明晰化和概念化。但是，在如此丰富的内涵中，构成边疆一词最基本的含义只有两个，那就是政治和地域两大因素。众所周知，所谓"边疆"是指国家（包括历史上所建国家，拉铁摩尔称为"社会共同体"）疆域中远离中心的"边境之地"，或是"靠近国界的领土""一个国家的边远地区"，或云离京师较远的领地、较远靠近国境的地区及地带等。这是中国辞书对边疆一词最直接的释义，是属于国家政治体制、治理等政治范畴。既然是边境之地，因此，边疆系指国家一个特定的"地域"，故边疆又是一个特殊的地域概念。在这一特定的地域内，有与域外的国家和民族的关系，有不同地理生态、经济结构、文化和民族等等内涵。因此，研究边疆问题，如果背离了上述的两大因素，就无所谓"边疆研究"。

近现代西方中国边疆研究较早和影响最大的美国学

---

① 参见张世明：《法律、资源与时空建构》第二卷《边疆民族》，第196—239页；张峰峰：《西方边疆、边界等相关概念讨论及其对我国边疆研究的启发》，载《青藏高原论坛》2013年第4期等。

者拉铁摩尔及后来的巴菲尔德、狄宇宙等人，他们研究中国边疆的范式基点，是以他们当时的中国边疆地区，特别是北部边疆地区为研究的具体对象（或称之为地域范围），以这一地区为准来研究古代中国的疆域。拉铁摩尔的《中国的亚洲内陆边疆》一书以长城为界，将当时（民国时期）中国边疆分为长城内各地的"中国本部"，"包括清末时代之十八省"；长城外的边疆，包括东北、蒙古、新疆及西藏等地。[①]拉铁摩尔虽然曾经在当时中国边疆各地亲身进行过考察，但在书中，他并未对当时中国边疆作过多的研究，而是以当时中国边疆的历史及形成为其研究的对象。书中说："我们这一研究的目的，只是检讨历史的某些方面及较早的时代，来建立此后工作可遵循和发展的原则……因此，我采取的研究方式和态度是，从而既探寻历史的根源，也了解现代的发展。"[②]总观拉铁摩尔一书，均是以当时中国的边疆为基点，来研究古代中国的边疆，提出了"边疆形态"（Frontierstyle，又译作"边疆风格"）、中国（汉人）王朝和草原游牧社会历史循环互动的边疆变迁、古代中国边疆过渡地带（贮存地）、所谓"内边疆""外边疆"等理论范式。

巴菲尔德及其所著的《危险的边疆：游牧帝国与中国》

① 唐晓峰译：《中国的亚洲内陆边疆》，第 8—10 页。
② 唐晓峰译：《中国的亚洲内陆边疆》，第 15 页。

一书，继承了拉铁摩尔研究中国边疆范式的基点，即将近现代中国的北部边疆（内陆亚洲），划分为四个关键的生态与文化区域：蒙古、华北地区、东北地区及西域地区。[1]从两千多年来这些地区先后兴起的游牧帝国（从匈奴一直到东北满族统一中国）与古代中国（或译为汉人帝国或中原王朝）互动（或称为"关系"）来研究中国边疆问题。其研究方法更多是采取了人类学的方法，正如作者所说：本书是试图"通过人类学与历史学结合起来，就可能揭示出这些文化之间的关系，并展现这种在欧亚文化与政治历史发展中扮演了关键角色的两千年之久的对立局面的完整画面"。[2]巴菲尔德沿袭拉铁摩尔关于古代中国（汉人）王朝和草原游牧社会历史循环互动的边疆变迁的理论，重点论述二千多年中国北部边疆游牧政权的政治制度及其兴亡历史，并从其与中国汉人王朝的互动，得出汉人征服王朝与蒙古草原帝国边疆关系相互更替的三个周期。[3]

狄宇宙及其著作《古代中国与其强邻：东亚历史上游牧力量的兴起》，更明确提出其研究范式的基点，是拉铁摩尔的"亚洲内陆边疆"，也就是中国的"北部地区"，

---

① 袁剑译：《危险的边疆：游牧帝国与中国·导论》，第21页。
② 袁剑译：《危险的边疆：游牧帝国与中国·导论》，第5页。
③ 袁剑译：《危险的边疆：游牧帝国与中国·导论》，第17页图表1.1。

"是用来描述中国和内亚之间一条生态学和文化意义上的边疆的。今天，这一区域已经完全包括在中国的政治版图之内……"也就是东北平原、蒙古、新疆地区。[1]"这个领域有其本身自主的、充满内在辩证性的、历史的以及文化发展的进程"。[2]狄宇宙在书中，深入细致地论述了公元前900年至公元前100年（大致相当于中国西周至西汉天汉元年）的中国西部边疆。他广征博引中外有关的历史文本（文献、资料）及考古资料，重点论述这一时期北部边疆一侧蒙古高原的游牧民族及其兴起（匈奴帝国）的原因，及其与中国各王朝之间的关系（互动）；深入探讨北部边疆的文化、生态，提出所谓"文化边疆""生态边疆"等概念，认为"文化边疆，这一被理解为是不同物质文化的承载者之间进行接触的地域，早在商代就存在于中国北方了"。[3]与拉铁摩尔不同的是，他在认真研究了长城历史后，认为长城的修筑并非各个时期的边界，也并非仅是防御系统，而是中国诸侯国及秦朝在对外族领地进行军事侵

---

① 贺严、高书文译：《古代中国与其强邻：东亚历史上游牧力量的兴起》，第17—25页。

② 贺严、高书文译：《古代中国与其强邻：东亚历史上游牧力量的兴起》，第12页。

③ 贺严、高书文译：《古代中国与其强邻：东亚历史上游牧力量的兴起》，第58页。

略或占领的一种工具，用途极为广泛。①狄宇宙比拉铁摩尔、巴菲尔德的研究更前进了一步，主要体现他总结和论述了这约一千年中国内地各王朝与北方游牧民族及其所建匈奴帝国之间的"边界"，并按历史发展顺序，分别列出了四条"边界"。②

由上可见，上述具有代表性的西方中国边疆研究范式的基点，是以近现代中国北部边疆（中国内陆亚洲边疆、内亚）的地域为基准，来研究古代中国的北部边疆；于是古代中国北部边疆就存在中国汉人王朝和北方游牧民族及其政权二元并存的边疆，而且他们的研究重点是北方游牧民族及其政权一方的边疆。以此为基点，古代中国的北部边疆就存在两种完全不同二元或双重的边疆形态，成为他们研究这不同的边疆形态而提出诸多理论范式的根据和基础，有诸如"内、外边疆""文化边疆"（游牧文化与农耕文化）、"生态边疆"（草原与平原、山地等）、中间地带、循环论等等理论范式。

谈到西方中国边疆研究范式的基点，不得不使人联想到20世纪80年代以来，国内关于"中国历史上疆域"（疆域包含了边疆）的讨论和争议来。作为国内主流观点是白

① 贺严、高书文译：《古代中国与其强邻：东亚历史上游牧力量的兴起》，第9页、第167—186页。
② 贺严、高书文译：《古代中国与其强邻：东亚历史上游牧力量的兴起·结语》，第369—374页。

寿彝先生代表的"现今说"和谭其骧先生为代表的"标准说",即认为"中国历史上的疆域",应以现今中华人民共和国的疆域或1840年前清代强盛时的疆域为准,来认识和处理历史上的疆域,不能以历史上的王朝的疆域(包括边疆)来作为历史上中国的疆。③上述西方学者中国边疆研究正是以近现代中国边疆(疆域的一部分)的地域范围,来研究古代中国的北部边疆。至少在这一方面西方学者是承认历史上中国这一边疆地域最后形成为今日的中国的北部边疆。因此,西方中国边疆研究的范式基点及由此形成的各种理论范式,有一定的依据和科学性。

正因为如此,上述三本著作出版后,一再重版,中外学者好评如潮。许多学者认为,上述西方中国边疆研究的范式,是将古代中国边疆研究置于东北亚、内亚或世界的广阔背景之下进行研究,突破了中国学界及其影响的一些西方学者研究中国边疆的"中国中心论"或"汉族为中心的正统观",从而提供了一种新的解读中国古代史或古代边疆史的视角;④与此相关的是,对上述西方学者重点研

③ 白寿彝:《中国历史上的疆域问题》,载《历史知识》1981年第4期;谭其骧:《历史上的中国和中国历史疆域》,载《中国边疆史地研究》,1991年第1期。

④ 贺严、高书文译:《古代中国与其强邻:东亚历史上游牧力量的兴起》的《译者序》,第3页;张世明:《法律、资源与时空建构》第二卷《边疆民族》,第475页。

究历史上中国北部边疆游牧社会的范式，一些学者评价更高，认为是从中国边疆社会发现历史，从游牧社会发现历史；[①] 还有的学者认为，国内中国边疆史研究"历史／政治式"范式所缺失的，正是上述西方中国边疆研究的"复合性"[②] 和"大边疆观"[③] 等等。

二、中国近现代边疆研究的理论和实践

中国历史上即重视边疆的研究，仅中国廿五正史中，均有边疆四夷、藩部等专传，保存了边疆地区民族、经济、文化，特别是与内地王朝的关系（互动）的珍贵文献（文本）。这在世界各国历史上是绝无仅有的。尽管受当地历史条件的限制，这些文献带有后来学者批判的"中国中心论""汉族为中心的正统观"等等封建史学的特征；但是，

① 袁剑：《人类学视野下的中国边疆史》，载《读书》2009 年第 4 期；张世明：《法律、资源与时空建构》第二卷《边疆民族》，第 465—466 页。

② 袁剑：《人类学视野下的中国边疆史》；及《危险的边疆：游牧帝国与中国》中袁剑所写的《译者的话》。

③ 袁剑：《"内陆亚洲"视野下的大边疆：拉铁摩尔的实践路径》，载《西北民族大学学报》2013 年第 3 期；黄达远：《在古道上发现历史：拉铁摩尔的新疆历史观》，载《新疆师范大学学报》2013 年第 4 期。

这些文献至今仍然是中外学者研究中国古代边疆史的不可或缺的文献资料。

关于中国的近现代边疆研究大致可划分为三个时期，以下分述之。

（一）近现代中国的边疆研究大致肇始于清代嘉庆、道光年间兴起的西北史地研究之学及1840年鸦片战争前后，开始注重对边疆地区的研究。当时中国清朝一部分有识之士，包括任职的官吏、文人学士，鉴于中国与西方及北方诸国与西北边疆民族接触日益增多，迫切需要了解他们的情况；特别是1840年鸦片战争后，资本主义列强入侵中国，有识之士更迫切希望了解西方诸国及他们侵略的中国边疆，提出"师夷之长技以制夷"等类似的方针和策略。因此，从嘉庆以后，乃至1840年前后，以西北史地及研究边疆民族的史地、政治、军事、文化等方面论著、译著大量问世，涉及历史上边疆民族与域外交往的内容，即包括以近现代中国边疆研究为主的内涵。

比如关于西北边疆（西域、新疆）的论著有：傅恒等《皇舆西域图志》《西域图文志》，七十一之《西域闻见录》，松筠《新疆疆域总叙》及其命徐松所撰之《新疆识略》，徐松《西域水道记》，汪廷楷的《西陲总统事略》，和瑛《三州辑略》，洪亮吉的《天山客话》，纪昀《乌鲁木齐杂记》《河源纪略》，林则徐《荷戈记程》，祁韵士《西域释地》，齐召南《西域诸水篇》等；关于北部边疆（蒙古）的有：沈垚《元史西北地蠡测》《水经注地名释》《西游记金山以东释》，李兆洛《历代地理韵编》《外藩蒙古要略序》，张穆《蒙古游牧记》，魏源《圣武记》《元史新编》《西北边域考》《外藩疆考》《元代西北疆域考》，洪钧《元史译文证补》，邹代钧《西征记程》《蒙古地记》，沈曾植《元朝秘史注》《蒙古源流笺证》《元经世大典西北舆地考》；东北边疆有：曹廷杰《东北边防辑要》《西伯利东偏纪要》等。还有当时中国北部边疆外俄国及边界问题的著述，如何秋涛《朔方备乘》，洪钧《出使各国》《中俄交界图》，邹代钧《中俄界记》，沈曾植《岛夷志略广证》等。

这一时期边疆研究的特点，仍然是沿袭中国史学研究的传统，没有脱离历史学的范畴，不过更加重视"经世致用"，也开始注意西方的研究成果。对于中国边疆研究的理论或范式来说，主要是分边疆地区研究为主，追溯某一地区边疆的历史，则以王朝为中心，用传统的封建正统论等理论范式，注重对边疆的王朝统治的边疆及其治理的研究。这一研究理论和范式，对后世中国边疆研究有较大的影响。显然，与上述西方中国边疆的范式是有差别的。

（二）到民国时期（1911—1949）中国的边疆研究发生了大的变化。这一时期，随着帝国主义列强对中国侵略的深入，中国半殖民地化的加深，中国近代化艰难地推进，西方近代文化也进一步传入中国。其中，与中国边疆研究相关的是，通过国内的精英（主要是留学生）将西方的民族学、人类学、社会学、政治学等理论和方法传入中国，并开始应用于边疆研究。到 20 世纪 30—40 年代，在西方列强，特别是日本侵华的抗战时期，中国的边疆地区首当其冲，为日本等列强侵略和宰割的对象。在这民族和国家存亡的关头，全国各阶层，特别是国内有识之士，更加关注边疆。一时关于边疆的论著如雨后春笋，纷纷出版发行，各种报刊均有关于边疆的报道和评论。有关边疆的学术团体及其所办刊物也纷纷面世。当时许多民族学家、人类学家、社会学家及一些自然科学家纷纷到边疆民族地区进行调查，取得了丰硕的成果。当时的边疆研究已出现了"边政学"的学科名称；同时也出现了"边疆学"的名称，如 1933 年在《殖边月刊》上首次出现此名称，但影响不大。

作为当时中国边疆研究的主流，即初步形成的中国边政学这门学科，在 1942 年时任蒙藏委员会顾问兼中国边政学会常务理事的民族学、人类学家吴文藻先生发表的《边政学发凡》，[①] 以及民族学家杨成志在 1941 年 9 月发表的《边政研究导论——十个应先认识的基本名词与意

---

① 参见《边政公论》1942 年第 1 卷第 5、6 期合刊。

义》等，^① 均有阐述。此外，时边政学研究有代表性的学者还有华企云、凌纯声、黄文弼、马长寿、梁钊韬、方国瑜、徐益棠、李安宅等。^②

边政学突出的是边疆的政治、治理问题，这是与当时边疆的形势有关。但其内涵也包括了对边疆地区经济、文化、民族研究等方面的内容，与现代的中国边疆研究的概念及内容可以说基本相同。因此，我们认为，这一时期边政学理论的构建和实践，是在当时边疆危机、民族存亡的关头，上自政府下至一般百姓均关注边疆问题，边疆研究蔚然成风。这一时期的边疆研究已由过去传统历史学之下的史地之学，而逐渐形成为由新的民族学、人类学、社会学等理论和方法的介入、多种学科综合的新的中国边疆研究。

① 参见《广东政治》，1941 年第 1 卷第 1 期。
② 关于民国时期边政学及边疆研究，过去研究不多，近十年才开始引起学界的注意，发表的论著日益增多。如马大正、刘逖：《二十世纪的中国边疆研究》，1997 年，黑龙江教育出版社；符雪红：《20 世纪中国边政研究与边区开发理论评述》，载《学术探索》2004 年第 9 期；王利平等：《20 世纪上半叶的中国边疆和边政研究——李绍明先生访谈录》，载《西南民族大学学报》2009 年第 12 期；段金生、董继梅：《试论南京国民政府边政研究的内容和方法》，载《云南师范大学学报》2010 年第 1 期；《时局与边疆：民国时期边政学的发展历程》，载《中国边疆史地研究》2013 年第 3 期。

边政学及当时中国国内边疆研究仍然是以当时中国边疆各个地域为主要研究对象，且多以史地学、地方史、民族史等不同学科的理论、方法和视角进行研究。比如，对西藏地区的研究涉及该地区政治、经济、历史与地理、宗教、文化、教育与风俗、语言文字与文学艺术、书目文献等，均有众多的论著。[①]对新疆地区，沿清代西北史地之学的传统，民国时的研究以现实和历史研究并重，其代表论著如吴绍的《新疆概观》（南京仁声印书局，1935年）、谢彬的《新疆游记》（上海中华书局，1936年）、许崇灏的《新疆志略》（正中书局，1944年）、李寰的《新疆研究》（中国边政学会，1944年）等。特别是与边疆研究有直接关系的，是曾问吾的《中国经营西域史》（商务印书局，1936年），书中从历史的角度系统探讨历代王朝对西域（新疆）的经管和治理。又如对蒙古地区，中国一些著名学者，如王国维、陈寅恪、陈垣、方壮猷、黄文弼、吕思勉等多从民族史视角对古今蒙古高原的游牧民族匈奴、突厥、回纥、党项（西夏）、蒙古等游牧民族，及其与内地王朝的关系进行研究。又如对东北地区，这一时期的代表论著，首推金毓黻的《东北通史》（1941年）及傅斯年的《东北史纲》（1932年）等。书中论述了古代东北民族

---

① 参见王尧、王启龙、邓小咏：《中国藏学史（修订版）》，中国社会科学出版社，2013年，第95—281页。

及其社会，重点在强调东北边疆地区从古以来为中国之边疆领土，驳斥日本侵略中国的谬论。[①]

除以各边疆地区为视角的研究，民国时期也出现了宏观研究中国边疆的论著，不过其中有一部分多是在"中国疆域"的大范围内对边疆进行研究。这些著作的出版，与当时西方列强及日本侵华，中国领土沦丧的形势有关。主要的论著有顾颉刚、史念海的《中国疆域沿革史》（商务印书馆，1938年）、葛绥成的《中国边疆沿革史》（商务印书馆，1938年）、蒋君章的《中国边疆地理》（文信书局，1944年）、童书业的《中国疆域沿革略》（开明书店，1946年）等。这些著作大多承袭中国史地学传统，只论述中国历朝历代的疆域及边疆，没有完全摆脱中国传统封建史学的束缚，但是这些著作开启了宏观研究中国边疆的先河。

另有当时兴起的中国民族史学中出版的以《中国民族史》为书名的代表性著作，如王桐龄（北平文化学社，1928年、1932年）、吕思勉（世界书局，1935年）、宋文炳（中华书局，1935年）、缪凤林（中央大学，1935年）、林惠祥（商务印书馆，1936年）等；还有李济的《中国民族的形成》（1923年），吕思勉的《中国民族演进史》（上

---

① 参见武丽玮《傅斯年〈东北史纲〉和金毓黻〈东北通史〉的比较》，载《长治学院学报》2011年第4期。

海亚细亚书局，1935年）等。这些中国民族史的通论性专著中，绝大部分是关于历代中国边疆民族的系统研究。

（三）从1949年中华人民共和国成立至今，可以说是中国边疆研究的繁荣时期，特别是20世纪90年代至今，中国已初步构建了"中国边疆学"这门综合的学科。这里，笔者不准备对这60多年中国边疆研究各阶段发展及繁荣的情况再作论述。[①] 仅集中在这一时期中国边疆理论及研究方法（即西方话语的所谓"范式"）的发展与主要观点之上。

20世纪50—70年代，鉴于当时国内外的形势，关于中国边疆的研究是以其他学科领域之名进行的，边疆地区的研究仍在继续。比如国家对民族地区（其中大部分为边疆地区）颁布的一系列法规，包括经济、文化、宗教等方面的政策，促进了边疆社会的发展与变革等。又如50年代的民族"识别"工作及少数民族社会历史调查，少数民族五种丛书的编纂；在地方史、民族史、中外关系史等学科视野下对边疆地区的研究，特别是70年代关于帝国主义（主要是沙皇俄国）对中国边疆侵略的研究；中印、中

---

① 可参阅马大正、刘逖：《20世纪的中国边疆研究一门发展中的边缘学科的演进历程》，黑龙江教育出版社，1997年；周伟洲：《关于构建中国边疆学的几点思考》，载《中国边疆史地研究》2014年第1期。

苏边境的战争所引发的相关研究，等等。

在史学领域内，中国国内以马克思唯物史观为指导，通过学术争鸣，逐渐破除和清算了大汉族的封建正统论，树立了民族（包括历史上少数民族）一律平等的观点。这对以史地学为主的中国传统边疆研究观念的转变，具有十分重要的意义。如这一时期出版的几部影响极大的《中国通史》（范文澜主编的《中国通史简编》、郭沫若主编的《中国史稿》、翦伯赞主编的《中国史纲要》等）均将历史上边疆民族历史视为中国历史重要组成部分，增加了边疆民族历史的内容。

到20世纪80年代改革开放后，中国的边疆研究开始逐渐进入繁荣时期。从80年代至90年代末世纪之交。这一阶段边疆研究虽然以"边疆史地"的研究为主，但重点逐渐向边疆的现实研究转变。可是，主导这一阶段的边疆研究仍然是边疆史地之学，虽在实践上有所突破，然于中国边疆学本身的理论构建却无多建树。于是在世纪之交，国内学界对重新构建现代的中国边疆学呼声不断。

从20—21世纪之交至今，中国边疆研究更加繁荣，特别是处在西部边疆的新疆、西藏地区，"三股势力""疆独""藏独"的活动及合流，严重影响到该地区的社会稳定和发展，边疆问题在新的形势下再次凸现。这一切促使边疆研究重心转向边疆现实的研究；民族学、人类学、社会学、政治学、经济学等学科的学者纷纷加入边疆研究之中，使原来以历史学为主导的边疆研究向多学科综合研究的方向发展；发表、出版有关边疆的论著数量和质量超过以往任何时期。[①]

在重新构建中国边疆研究（边疆学）的理论方面，这一阶段更是取得很大的成绩。除上述开始对20世纪"边政学"的研究之外，对如何构建现代中国边疆学学科的研究更是取得大的突破。其中，贡献最大的首推马大正先生。他从2001开始，先后发表十余篇关于构建中国边疆学的论文。此外，他在主编的《中国边疆通史丛书总序》中对"边疆"含义及主要理论作了简明的阐释；[②] 2013年由上海辞书出版社出版的马大正《热点问题冷思考——中国边疆研究十讲》一书，更是用通俗易懂的语言，全面论述中国边疆研究的历史、现实及理论问题。总之，经过一百多年、几代学者的努力，特别是21世纪国内学者对构建现代中国边疆学学科的不懈的追求，目前在中国边疆研究，即边疆学的基本理论和框架上已初步确立。虽然在表述和个别问题上有不同意见，但其基本含义或精神是一致的。笔者曾作了一些归纳：

（1）关于现代中国边疆学的定义（或称为概念、定

---

① 关于这一阶段边疆研究及活动、人才培养等方面，此处从略。
② 见马大正主编：《中国边疆经略史》，2001年，中州古籍出版社，第1—3页。

位等）：中国边疆学是研究中国历史及现实中国边疆（包括陆疆和海疆）的一门综合、交叉的学科。^①它既是基础学科，也是实用的学科。前者是学科的研究的对象，后者是学科的性质、特征。

（2）关于中国边疆学研究对象"中国边疆"的解读。首先，关于"边疆"的含义，学者有各种解读。按各类词书及学者的通俗解释：边疆，"边境之地"；或是"靠近国界的领土"；"一个国家的边远地区"；或云离京师较远的领地；较远靠近国境的地区及地带等，这都没有错。实际上，"边疆"的内涵极为丰富，且与其综合、交叉学科的性质是密切相关的。

从纵的方面看，边疆是一个历史的概念，它有自己形成、发展变化的历史，这应是其与历史学关系密切的原因。因此，中国边疆史地学、边疆考古学当为中国边疆学的主要分支学科；事实上，它也涉及历代边疆的政治、治理、经济、文化和民族，与许多学科相交叉。

从横的方面看，边疆又首先是一个地域的概念，是一个在国家内区别于其他地区、邻近边境的地区，有它独特的地形、气候、矿产和生态环境等自然条件。这与自然科学中许多学科（地理学、地质学等）相关；也包含了这一特殊地区的政治、经济、文化、民族诸多方面的

① 有的学者用"边缘学科"欠妥。

问题。

它又是一个政治的概念，因为边疆是国家领土的一部分，有边疆的政策、治理（包括行政建置）及思想、边防、外交等有关政治、军事、外交等内涵。于是有"边政学"或"边疆政治学"的分支。

它又是一个地域经济的概念，有其独特的经济类型、生产方式、对外贸易等内涵，于是有"边疆经济学"的分支。

它又是一个社会和民族的概念，边疆独特的社会阶层、组织、结构等内涵，及那里的人又由各种民族所组成，边疆民族的形成、发展及其经济、文化、宗教，甚至跨国民族等也皆为边疆的内涵之一。于是民族学、人类学和社会学等学科早在 20 世纪 30—40 年代就介入边政学之中。现今"边疆民族学""边疆人类学""边疆社会学"等分支也必将兴起。这些分支学科与现实边疆研究结合更为紧密，越来越为社会所关注。

它又是一个文化的概念，边疆地区独特的文化（往往是多元文化的并存）及与域外、内地的文化交流、边疆文学等，也是其内涵之一。[①]

以上对"中国边疆"的解读，可以视为中国边疆学学

---

① 以上可参阅马大正主编：《中国边疆经略史》，中州古籍出版社，2001 年，第 1—3 页。

科之内涵及各分支边疆学构建的架构，也是对其作为一门综合、交叉学科的注释。

（3）关于中国边疆学的研究方法，学者们认为，既然中国边疆学是一门综合、交叉学科，其研究方法应如马大正先生所说："从研究方法言，是多种学科研究方法的整合。"[①] 需要补充的是，在研究中国边疆时，视其研究内容而有时偏重某一学科的方法，而兼采用其他学科的方法。如研究边疆治理，则主要采用政治学的研究方法，而兼历史学、民族学、社会学等学科的方法。[②]

从 20 世纪 90 年代末至今，国内相继出版了一批探讨中国边疆研究（边疆学）理论和宏观研究的代表性著作。如马大正主编的《中国边疆通史丛书》（包括《中国边疆经略史》《中国海疆通史》《东北通史》《北疆通史》《西域通史》《西藏通史》和《西南通史》等七部，中州古籍出版社 2000 年至 2003 年先后出版）。这套《丛书》及总序可以说奠定了当代中国边疆研究的基础。另有郑汕著《中国边疆学概论》（云南人民出版社，2012 年）、吴楚克著《边疆政治学》（中央民族大学出版社，2005 年）、罗崇敏

---

① 马大正：《关于中国边疆学构筑的几个问题》，载《东北史地》2011 年第 6 期。
② 参见周伟洲：《关于构建中国边疆学的几点思考》，载《中国边疆史地研究》2014 年第 1 期。

的《中国边政学新证》（人民出版社，2006年）、梁双陆的《边疆经济学——国际区域经济一体化与中国边疆的发展》（人民出版社，2009年）、吕一燃主编的《中国近代边界史》上下卷（四川人民出版社，2007年），以及刘宏煌著《中国疆域史》（武汉出版社，1995年）、林荣贵主编《中国古代疆域史》上中下三卷（黑龙江教育出版社，2007年）等。

除此之外，这一时期中国边疆研究主要还是集中在各个地区的研究之上，而且分别形成了一些专门学科，与西方中国边疆研究发展趋势是一致的。[1] 如研究西藏地区的"藏学"，研究新疆地区的"新疆学""突厥学"，研究蒙古及东北地区的"蒙古学""阿尔泰学"等等。国外对这些地区的研究，重点在语言文字、宗教文化等方面；国内则重在政治、经济和文化等方面。在这些研究领域内，国内在近30年间突飞猛进，取得了很大的成绩，与国外相比毫不逊色。而中国地方史、民族史、中外关系史诸多学科的研究成果，也多与中国边疆研究有关。如边疆各省治区纷纷编写出版的地区通史、地方志；针对中国古代至今边

---

① 参见励轩：《美国的中国边疆地区研究现状》，载《民族社会学研究通讯》第146期，2001年10月31日。

疆的每个民族，在国内都有研究论著出版，成果丰硕；[①]对历代边疆与境外国家或民族的交往、跨国民族、近代边界的划分等的研究也是成果累累。

然而，在如何认识和确定历史上（古代）中国的疆域（包含边疆）的问题，国内学者也有分歧和争议。如上所述，从20世纪80年代以来，关于历史上中国疆域、边疆的主流观点是"现今说"和"标准说"，这两种观点在处理中国古代疆域范围的观点或原则，从研究中国历史或中国疆域史的角度来说是完全正确的。但以现今中国或清代盛时疆域、边疆为基点来认识和确定古代中国的疆域和边疆，就会产生以今天或清盛时形成的疆域和边疆替代历史上中国的疆域和边疆，也即是上述西方研究中国古代的"二元"边疆；或如国内有学者否认古代中国有不断变化的疆域或边疆，有的只是古代中国封建王朝的"天下观"下的"天下"，或是一些大大小小的"政治实体"，或五大文明板块等。

当时，以笔者及东北学者张博泉、张碧波等学者不同意上述的主流观点，认为所谓"疆域""边疆"是国家政治的概念，无国家哪有疆域和边疆。古代的中国是指古代中国的多民族统一的国家，内包括历代统一的封建王

---

① 可参见达力扎布主编：《中国民族史研究60年》，中央民族大学出版社，2010年。

朝及统一王朝分裂后的各王朝，它们在政治上能控制（统治）的领土，即当时的疆域及其内的边疆。统一与分裂在中国历史上循环，直至清代，中国近代疆域和边疆才最后形成。①

事实上，无论中国传统的史地学也好，还是 21 世纪以来一些重要的有关中国边疆研究的论著，如上述马大正先生主编的"中国边疆通史丛书"、刘宏煌著《中国疆域史》、林荣贵主编《中国古代疆域史》、田澍、何玉红主编的《西北边疆社会研究》（中国社会科学出版社，2009年）、程妮娜著《古代中国东北民族地区建置史》（中华书

① 详细论证见周伟洲：《历史上的中国及其疆域、民族问题》，载《云南社会科学》1989 年第 2 期；《关于中国古代疆域理论若干问题的再探索》，载《中国边疆史地研究》2011 年第 3 期；张博泉：《论古代边疆民族与疆域研究问题》，载《吉林大学社会科学学报》1999 年第 3 期；张碧波：《关于历史上氏族归属与疆域问题的再思考——兼评"一史两用"史观》，载《中国边疆史地研究》2000 年第 2 期。我们不同意张世明（《法律、资源与时空建构》第二卷《边疆民族》，第 756—757 页）对关于历史上中国边疆三种观点的评述。他说："但实际上三种类型的观点分别谈的是历史书写、历史疆域、疆域沿革三个不同侧面和维度的问题，并未处于共同知识话语交流平台之上，并不具有可通约性，其间鲜见实质性交锋，以致取向既殊，结论自异，彼此达成'大一统'的共识格局迄今渺然难期。"三种观点从某一方面看，有它的合理性，但在认识、处理中国疆域问题则分歧突出，争论与反诘尽在以上论著之中。

局，2011年）等著作也好，都是与我们所论古代中国疆域和边疆的看法是基本一致的。国内学界对中国古代疆域和边疆的沿革、变化，大多是以这种认知为基础的，包括中国历史地图的绘制。

三、中外"中国边疆研究"之比较

美国学者濮德培（Peter C. Perdue）在2001年发表的一篇关于18世纪（清代前中期）中国的边疆管辖的论文中说："'边疆'一词有多种内涵，然而有两个基本的分析传统：一个是欧洲传统，强调不同国家之间固定边界的产生（如法国边疆）；另一个为北美传统，意指多元文化互动下的广阔地区。现代汉语中的边疆一词包含上述两种含义，'边'指地区方位，'疆'意指隔离的边界。"[1] 而中国学者张世明总结西方边疆理论的话语范式建构为"自然疆界论""科学疆界论"和"相互边疆论"，并对三种建构作了详细论述，指出拉铁摩尔的中国边疆研究是属于"相互边疆论"的范式建构的。[2] 由此可知，首先在对"边疆"

---

① ［美］濮德培著，牛贯杰译：《比较视野下的帝国与国家：18世纪中国的边疆管辖》，原文发表于《近代早期史杂志》2001年第5卷第4期，译文载《史学集刊》2014年第4期。
② 张世明：《法律、资源与时空建构》第二卷《边疆民族》，第六章"边疆理论的话语范式建构"，第363—487页。

一词的含义和认知上，中国与欧洲、北美在话语（语境）上是有差异的。中国的"边疆"一词，如前所述，强调的是国家政治管辖的"疆域"部分和"边境"的地区（地区方位）。

在中西边疆研究的话语中，"范式"（paradigm）一词是从西方引进的，如今在中国也有学者开始使用。张世明在其大著《法律、资源与时空建构》第二卷"边疆民族"中，对西方的"范式"一词作了详细的考察，认为范式的原意有科学研究的模式、模型、范例等义；最后结论是"所谓'范式'这一概念问题，与其说是在说明科学革命，不如说是为给正常的常规研究（normal research）以特征而设想的概念工具"。[①] 仍然未对"范式"的具体含义作出通俗的、科学的界定。与近现代中国的边疆研究而言，与"范式"含义相近，且含义更广的是研究"理论和方法"。这两种概念至少在主要的含义上有相通之处，只是话语不同而已。

在当代，中西方中国边疆研究话语差别最大的是对中国古代所建王朝的表述与认知。上述西方三部著作，称古代中国二元边疆的一方为"中国"（China，或 Chinese）有时也称具体王朝名称，即历史上中国汉人（或主要从

① 张世明：《法律、资源与时空建构》第二卷《边疆民族》，第 158—159 页。

事农耕的国家或民族）所建的政权（国家）；称北部边疆另一方为"游牧帝国"（Nomadic Empires）、"游牧力量"（Nomadic Power）等。将中国历史上仅汉人（汉族）所建王朝称为"中国"，非汉人所建王朝为"异民族统治中国"，是西方乃至日本学界较为普遍的观念。而中国的边疆研究中，将古代中国称为"历史上多民族统一国家"，它包含历史上所有汉族或少数民族所建的王朝（政权），有统一的王朝（如秦、汉、隋、唐、元、明、清等）；也包括由统一王朝分裂后所建立的数个割据王朝。

在弄清中西方关于中西方关于中国边疆研究，特别是主要话语的差别后，再进行两者的比较就容易理解和深入得多了。

关于近现代中国边疆的研究，中西方多有共同之处。在研究的视角和范围上（即上述西方研究范式之基点），中西方是完全相同的，即以近现中国实际的边疆地区为研究范围；研究以分边疆地区（如西藏、新疆、蒙古、东北等）的深入研究为中西方研究深入和发展的趋势；而宏观或部分宏观的研究也有所进展（如上述西方三部著作及中国国内关于中国疆域史、边疆史的综合研究著作等）；在研究的理论及方法或范式上，多学科引入的综合研究均成为中西方的发展趋势。

中西方在近现代中国边疆研究不同之处，主要表现在：西方重在研究边疆的社会及文化、经济类型、宗教等方面，研究多综合用人类学、社会学的理论和方法；而中国的边疆研究，侧重历代中国统一多民族国家对这一边疆的政治治理和边疆政策方面，但也注意其他方面的研究（如边疆学各个分支学科的研究逐步建立和完善），早期研究多应用历史学、政治学（故有的学者称之为"历史/政治式"），自20世纪30—40年代多种学科开始介入，到本世纪已逐渐形多学科交叉的综合研究。

中西方对古代中国的边疆研究则差异较大。如前所述，上述西方的三部著作重点是古代中国边疆的研究，其研究范式的基点是以近现代中国的边疆范围作为古代中国边疆的研究范围。于是，出现了"二元边疆"，即古代中国的边疆和与之对立其他民族或国家（如北部边疆的"游牧帝国"的边疆）。有学者称之为"复合型"边疆或"大边疆"。其研究的重点在以上对立边疆的关系（互动）之外，主要是对古代中国边疆对立的边疆，如北方的游牧帝国的研究。正因为如此，故其研究中出现了诸如"内边疆""外边疆""文化边疆""生态边疆""中间地带""循环论"等概念和"范式"。

而中国国内对古代中国边疆的研究，其视角和范围是指各历史时期多民族统一国家疆域中邻近与其他民族或国家的边境地区（边疆），这一边疆地区随着古代多民族统一国家的兴衰、统一或分裂，而时有伸缩；但每个时期边疆只有一处，而非上述西方的"二元边疆"。这是完全符合古代"中国的"边疆的含义。于是，研究的重点除注意当时与境外民族或国家关系（当时边疆的形成、范围必须涉及）的同时，更多地是研究当时多民族统一国家对这一边疆地区的治理、政策。至于古代这一边疆及与之对应的邻近民族或国家的研究，国内则分由地方史、民族史或中外关系史所承担。

总之，上述以美国为代表的西方与中国的关于"中国边疆研究"的比较，其差异的根由是多方面的，其中有两者话语、研究动因与取向、治学的路径、关注的重点、历史书写等诸多文化因素的差异所形成的。

四、西方"中国边疆研究"述评

上述以美国拉铁摩尔等三名学者在中国边疆研究上提出的"二元边疆"及相关的"范式"，对于中国国内相关研究，最主要的启示和可资借鉴的主要是：在研究中国边疆（无论古代或现代边疆）时，应更加注意边疆内外民族或政权的互动关系，将国内地方史、民族史和中外关系史中对边疆地区的研究成果应用或"聚焦"于边疆研究之中。换句话说，即应进一步加强多学科对边疆地区的综合研究，使"边疆政治学""边疆经济学""边疆民族学""边疆人类学""边疆社会学"等分支学科日益向前推进。

但是，上述西方学者提出古代中国的"二元边疆"论，虽然中外学者多有"复合型""大边疆"等赞誉；但笔者认为，这一观点仍有商榷、讨论的必要。问题的核心是对古代中国的认识上，认为古代中国是一个有连续性的多民族统一国家（包括其分裂时期），还是许多王朝先后并列，或仅是内亚和东亚的一个地域。前者是中国历史发展的事实，依此，各个历史时期只有一个不断伸缩变化的边疆，而不会有两个边疆，所谓"二元边疆"论是值得商榷的。

　　然而，重要的是上述西方学者，特别是巴菲尔德、狄宇宙等人，他们在"二元边疆"的论述中，特别将重点放在北部边疆的游牧民族社会及其所建政权一方，忽视、淡化当时古代中国及其边疆的另一方。这种研究取向，被有的学者认为有益于破除中国国内的"中国（汉人）中心论"，是"从游牧社会发现历史"，等等。研究"中国的"的边疆，不以中国为中心，难道以东亚、内亚、欧亚乃至世界为中心？正是因为有了中国（多民族统一的中国，而非汉人的中国）这个具有连续的历史和文化的中心，才有了从古代以来中国不断变化的边疆。近几十年来，国外学者纷纷将研究中国的视角转向中国的边疆、边缘的研究，据说也是有消解"中国中心论"的用意。事实上，近现代中国对边疆游牧民族社会历史的研究，仅在中国民族史研究领域内已成果累累，其研究的深度和广度可以说已超过了西方，[①] 怎么能说，西方对游牧社会的研究才发现和拯救了中国历史？

关于中国疆域（包含边疆）中心与边疆的关系，笔者在总结中国疆域发展特点和规律时曾提出："中国古代统一多民族国家的疆域形成和发展的另一个特点，是它有一个以历代统一政权或相对统一政权大致相对集中的核心或称为政治、经济、文化的中心地区，也就是这些政权京畿所在地区。过去学者称之为'中原地区'，事实上，确切地说，在明代以前，这一核心地区在黄河中下游及长江中下游，明代后在今北京地区。这一核心地区是古代中国疆域的中心地带，其四邻是自秦汉统一多民族国家设立郡县制的广大地区，再向外即实行羁縻政策的边疆民族地区。正如一个圆的中心（京畿）及圆的边沿（边疆民族地区），没有圆的中心、核心就没有圆边，构不成圆；而没有圆边，也无谓圆；中心、核心相对稳定，而圆边则处于经常拓展、变化之中。古代中国疆域正是有了历代统一或相对统一政权的核心，才有了对边疆地区的凝聚力，才有了上述古代中国疆域形成和发展的规律和特征。"[②]

① 参见达力扎布主编：《中国民族史研究 60 年》，中央民族大学出版社，2010 年。
② 周伟洲：《关于中国古代疆域理论若干问题的再探索》，载《中国边疆史地研究》2011 年第 3 期。

事实上，从近代以来西方及日本学者从中国的区域研究、亚洲史（东洋史）及后现代史学中研究中国"复线历史""新清史"等研究取向，其目的就是"消解""解析"所谓的"中国中心论"或质疑"中国同一性"。[①]在中国边疆的研究上，上述巴菲尔德、狄宇宙对中国边疆游牧社会的研究取向，是与上述思潮是一致的。

更有甚者，是上面提到的美国学者濮德培在 2005 年出版了一部名为《中国西征：清朝征服中央欧亚》(*China Marches West*：*The Qing Conquest of Central Eurasia*) 的著作，此书序言中说："我选择'中国西征'作为本书的书名，是很慎重的，因为这是一个被当今中国民族国家所认可的征服事件。但它是'清的征服'(Qing Conquest)，而不是'中国的征服'(Chinese Conquest)，因为其中主要参与者里有很多不是汉人中国人 (Han Chinese)；之所以选择'中央欧亚'(Central Eurasia) 一词而不是更常用'中亚''蒙古'或'新疆'，是为了表明帝国获取这片领土的范围之广、疆界之模糊。"又说："本书对现代中国历史学中的一些主导范式提出批评，这些范式主要在中国学

---

① 参见葛兆光：《重建关于"中国"的历史论述——从民族国家中拯救历史，还是在历史中理解民族国家？》，载刘凤云、刘文鹏编《清朝的国家认同："新清史"研究与争鸣》，中国人民大学出版社，2010 年，第 245—266 页。

者的著作中出现，也被一些西方学者接受。简而言之，海峡两岸的历史学家都受到了民族主义意识形态的影响，将中国民族国家的现在疆域和文化边界看作是理所当然的事情。他们把对蒙古地区和新疆地区的征服看作是中华民国发展到顶点的结果，或者按照中国人的话说，是中国多民族国家'统一'了中央欧亚的众多民族。"①

在这里，濮德培等西方学者是将古代汉人所建王朝才视为中国，其他少数民族所建王朝（如辽、金、元、清诸王朝），视为非中国或异族征服中国；清朝统一（征服）新疆等边疆地区，是非汉人的清（满族）的"征服"，不是"中国"的重新统一（征服）。这是对今天中国对边疆地区领土合法性的挑战，对中国统一多民族国家发展历史的挑战。②事实上，濮德培的上述观点是与近几十年在美国兴起的"新清史"学派的研究取向和观点是一脉相承的。他们强调清朝与历代汉人所建王朝的区别，强调清朝统治中满人的因素，淡化汉人的因素，以中国学者受"民族主义意识形态影响"，或以破除"中国汉人中心论"的名义，对中国多民族统一国家历史、中国边疆研究，甚至

---

① P. C. Perdue, *China Macrhes Mest*：*The Qing Conquest of Centrel Eurasia.* Carnbridge，Belknap Press，2005，p.1—4.

② 王欣：《中国边疆学构建面临的几点理论挑战——以拉铁摩尔、狄宇宙和濮德培为例》，载《思想战线》2014年第3期。

"中国""中国人"提出挑战和质疑。[1]对此，我们必须有清醒的认识。

在西方中国边疆研究中，上述学者在研究古代中国的"二元边疆"时，提出了一些新概念（或称新的"范式"），如"内边疆、外边疆""文化边疆""生态边疆"等。如果说，这些概念仅指对"二元边疆"而言，是可以接受的。但是，西方一些学者对古代中国王朝一方的边疆，仍然采用这些相近的概念来分解、研究中国的边疆。如由德国傅海波（H. Franke）、英国崔瑞德（D. Twitchett）主编之《剑桥中国辽西夏金元史（907—1368 年）》一书"导言"中，在论及唐朝北部边疆时，认为"唐代中国的'边界'（边疆）是一个多层次的概念"，于是存在着不变的"生态学边界"、唐朝军事防御体系的界线和文官管理的界线。[2]这种将唐朝的边疆分解为多层次的边疆或边界，混淆了唐朝疆域内真正的政治管辖范围的边疆，将唐朝在边疆的军事防御体系，如羁縻府州制与内地的建制（郡县制）都划为有不同边界的边疆，是欠妥的。因为这是唐朝对边疆及

[1] 关于"新清史"研究与争鸣，可参阅刘凤云、刘文鹏编《清朝的国家认同："新清史"研究与争鸣》，中国人民大学出版社，2010 年。

[2] ［德］傅海波、［英］崔瑞德编，史卫民等译：《剑桥中国辽西夏金元史》，中国社会科学出版社，2006 年，第 9 页。

内地建制和治理的差别，而非边疆的多层次问题。

近年来，国内一些学者借鉴上述西方中国边疆研究的概念和范式，提出了也应从"政治边疆"（有形的边疆）和"文化边疆""经济边疆"（无形的边疆）的视野出发来研究中国的边疆（包括古今中国边疆）。[①] 有的学者更是从当代全球化所带来的特殊复杂国际形势出发，提出必须转换边疆理念，推进多元边疆的研究和实践，所谓"多元边疆"，即包括"领土边疆"（海、陆、空三疆）和"战略边疆"（利益、信息、文化、太空边疆）。[②] 还有的学者提出，"古代中国形成了独具特色的双重边疆体制，内边疆是郡县区的边疆，是作为帝国统治的核心区的边疆；外边疆是非汉族居住区、帝国的边缘区，这才是帝国真正的边疆"。[③]

前两位学者在认可古今中国边疆的是政治疆域（领土）的前提下，提出两种大致相近的观点。一是有形的

[①] 王欣：《中国边疆学构建面临的几点理论挑战——以拉铁摩尔、狄宇宙和濮德培为例》，载《思想战线》2014年第3期，第1—6页。

[②] 何明：《探索全球化时代的多元边疆理论与实践》，云南大学《边疆问题研究丛书》代序，见方铁《边疆民族史新探》，知识产权出版社，2013年，第1—8页。

[③] 杨军：《双重边疆：古代中国边疆的特殊性》，载《史学集刊》2012年第2期。

"政治边疆"，二是无形的"文化边疆""经济边疆"。"无形的边疆"，颇令人费解，文化、经济都是"有形的"，究竟是指政治边疆界内的，还是包括边疆外的文化边疆、经济边疆？其含义是指边疆还可按文化、经济来划分，或指边疆内的多元文化和经济类型的交融？如果指后者，何必煞费苦心借用"文化边疆"等西方概念，不如将此词改为"边疆文化"和"边疆经济"，与上述边疆学相关分支学科比如边疆文化学、边疆经济学相衔接。后者提出的全球化国际形势下的"多元边疆"论其中的"领土边疆"，是指当今全方位的边疆，它是由现代各种国际法所规定的；而所谓的"战略边疆"，是指仅在领土边疆内实施，还是在边疆外邻国也实施？如果指前者，大可不必用"利益边疆、信息边疆、文化边疆、太空边疆"这些"吓人"的新名词，不如用加强边疆地区利益、信息、文化、太空建设之类的表述。如果理解为后者，则有咄咄逼人、向外扩张之嫌；如真正涉及边疆外邻国，那是与邻国加强文化、信息的交流问题。因此，"战略边疆"可改为"边疆战略"似乎更为合理。

至于有学者提出的中国古代"双重边疆体制"，显然与拉铁摩尔的"内、外边疆论"及上述西方学者对唐代边疆的"多层次论"观点相近。古代中国内地实施郡县制的地区，非边疆，不能划为或称为"内边疆"；所谓"双重边疆体制"，实际上是利用古代多民族统一国家对边疆治理与内地的不同来构建"双重边疆体制",是值得商榷的。

当然,笔者认为,上述学者借鉴西方中国边疆研究成果,努力探索中国边疆研究创新与发展,是值得肯定的。中国近现代学术思想发展和创新,离不开与西方的学术交流和相互借鉴;对国外一切有益和有利的中国发展的文化科技等,都值得我们学习和借鉴。但是,我们也不能跟在外国人后面,崇洋媚外,认为他们的一切都是好的。笔者对上述学者的质疑,仅是一孔之见,许多问题还有待进一步研讨,并最终由实践来验证。

原载于《民族研究》2015 年第 1 期

第二辑　书林品评

评黄烈著《中国古代民族史研究》

    黄烈先生著《中国古代民族史研究》（人民出版社1987年7月出版）一书，分导论、上编、下编三部分，共469页，附后记2页。

    中国历史是中国各族的历史，国内各个民族都为缔造祖国的历史作出了贡献。这一观点，目前已逐渐深入人心，成为认识、研究中国历史一个重要的指导思想。然而，由于中国传统史学对汉族以外各族存在着民族偏见，现今存留下来的历史文献、史籍往往残缺不全，记载歧异，重视政治关系而忽略民族本身的特征和社会结构，因而造成民族史和民族关系史研究的重重困难。至于历史文献、史籍中那种充满了民族偏见、民族歧视的思想和理论，更需分析批判，以马克思主义唯物史观及民族理论为指导，对中国民族史和民族关系史重新加以研究。

    黄烈先生从20世纪60年代初开始从事对中国民族

史和民族关系史的研究，先后发表了一些有分量的论文，有的论文在我国史学界引起了很大的反响。这本《中国古代民族史研究》，就是作者在以前发表的有关论文基础上，加以修改、充实，并使之系统化，然后结集而成。因此，此书既不同于一般的论文集，也不同于全面系统的专著。全书研究的范围主要在唐以前。采取的研究方法：一是从纵的方面，以活跃在魏晋南北朝时期政治舞台上的民族如羌、氐、匈奴、鲜卑等进行上溯的研究；一是从横的方面，以我国历史上少数民族最为活跃、民族关系错综复杂、民族的变化最为迅速的时期为重点，研究各民族之间的关系。

一

中国民族史和民族关系史的研究，过去存在着两种倾向：一种是局限于对史料或史实的考证和辨析之上，这对于搞清史实、辨别史料真伪是有益的，也是需要的，但不能对历史上各个民族的发展作出科学的论断；另一种是生搬硬套马克思主义有关的基本理论，没有结合我国民族历史和民族关系的具体对象和历史背景，因而亦难以得出科学的结论。当然，也有不少的史学家力图用马克思主义理论为指导，研究中国民族史和民族关系史，并取得了很大成绩。

黄烈先生在研究魏晋南北朝时期的民族关系及古代民族史之后，概括出有关的理论问题。这些观点集中地反映在此书"导论"部分，并贯穿在全书之中，构成了此书最有特色和创新的部分。作者将概括的有关理论问题，归纳为"有关的基本概念""各族政权的民族性质问题""民族战争问题"和"民族融合问题"四个方面。

　　作者明确了马克思主义经典作家对"民族""民族同化和民族融合"等基本概念所赋予的科学含义，同时结合我国民族的历史实际和汉语辞义的特点作了阐述。这就使目前我国学术界实际上已广泛使用的"民族""民族融合"等基本概念有了科学的依据。作者认为，广义的"民族"，包括原始民族，狭义的"民族"则指文明民族，也就是通常所说的前资本主义民族、资本主义民族和社会主义民族。在斯大林对民族所下的定义中，表明民族的四个要素（共同语言、共同地域、共同经济生活以及表现于共同文化上的共同心理素质），不仅适用于资产阶级民族，而且也大体上适用于前资本主义民族。对民族诸要素的程度和发展变化的研究，是民族关系史研究的重要方面。正如广义的民族含义可以包括原始民族一样，广义的民族融合也应该包含历史上的民族同化。历史上除了民族同化的现象，确有一些民族融合的现象。

　　在应用马克思主义关于民族战争理论来研究我国古代民族战争方面，作者提出了一个崭新的观点，即应区分中国古代带有民族色彩的战争和民族战争两种不同的类型。历史上分裂割据时期各族所建政权之间的战争，因其具有国内的性质，以及没有严格的地域界限，有不同程度的民族融合现象等因素，故一般不能称之为民族侵略战争或民族征服战争，而是国内两个封建政权之间的战争。为此，作者对如何理解历史上的中国的问题，既不同意将汉族王朝与历史上的中国等同起来的观点，也不赞成以当代中国领土上溯，凡在此版图之内者即为历史上的中国的观点。他主张，狭义的历史上的中国，应是一个有内在联系的，以政治、经济和文化相结合的实体概念。

对中国古代民族融合理论的探讨，是作者有关理论概括中的最有价值的部分。作者应用马克思、恩格斯关于"野蛮的征服者总是被那些他们所征服的民族的较高文明所征服"这一永恒的历史规律，提出了古代的民族融合首先是受经济发展规律的支配，落后民族对先进民族的统治，终归要适应比较发达的经济基础，引起本身的改造，出现民族融合。

不仅如此，作者还进一步探讨了古代民族融合的途径和规律。他认为民族虽然迁徙，但还是聚族而居，仍然阻碍着民族融合的进程，只有尖锐的民族矛盾而引起的征服与被征服，各族政权的建立与瓦解，才是打破聚族而居，促使民族解体和民族融合的最迅速的途径。这一过程不可避免地存在着一系列矛盾和斗争，甚至残酷的破坏和屠杀；

但是痛苦的副作用磨灭不了客观上的进步意义。作者还从斯大林关于民族的四个要素着眼，深入探讨了历史上民族融合的规律，提出打破民族地区界限是对民族融合起关键作用的因素，促进民族融合的是各族政权的建立和瓦解，民族融合中语言的转变过程和规律，民族意识和感情的消失是民族融合最后完成的标志等。

然而，我认为作者的理论概括仍然有某些失误之处，如所谓的"各族政权的民族性质"问题即是。在马克思主义经典作家的论著中没有关于政权的"民族性质"这一概念，只有多民族国家政权中统治民族和被统治民族的概念，以及政权的阶级性，即一个阶级统治另一阶级的性质。作者概括的政权的"民族性质"，实际上是指政权中哪一个民族是统治民族，哪些民族是被统治民族，而不能理解为政权中的统治阶级是单一民族或多民族。因为一个多民族国家，整个统治阶级决不会是单一的民族（如作者所谓单一民族性质的漠北柔然政权，其统治阶级就包括了柔然、高车、鲜卑等上层），只不过在统治阶级中真正掌握政权的只有一个民族，那就是"统治民族"；而被统治民族上层参政和对政权的影响只有程度不同的区别罢了。其次，作者对各族政权的民族性质，仅以其与汉族结合程度来划分和概括，这就必然会使人想到作者是否不自觉地流露出那种早已为人们抛弃了的传统史学观点来。因此，我认为各族政权的"民族性质"的概念是含混的、不科学的；我们可以根据十六国时期内迁少数民族所建政权与汉族结合的具体情况，来分析这一政权的性质（阶级性质），或各族政权之间战争的性质等，但决不能用政权的"民族性质"这类不科学的概念来概括，并上升为理论。

二

在古代民族史研究方面，作者选择了魏晋南北朝时期影响较大的羌、氐、匈奴、鲜卑等族进行上溯的研究，侧重点是："对前人研究较少，比较薄弱以至空白的方面；比较带关键性的问题；与前人有显著分歧的地方；需要对前人成果进行综合的内容。"此书"上编"基本贯彻了上述的写作内容和侧重点。我以为有以下几个方面值得介绍。

（一）关于羌、氐、鲜卑、南匈奴族源等问题的论述。中国古代民族的族源问题，是民族史研究中不可忽视而又十分复杂的问题。特别是历史越悠久的民族，因限于当时的历史条件，史籍记载残缺不全，相互抵牾，要弄清他们的族源和来龙去脉是很困难的。长期以来，史学界对上述诸族的族源和发展轨迹，看法歧异，莫衷一是。黄烈先生以他的马克思主义理论修养和历史学、考古学、民族学的功力，知难而进，探讨了上述民族的族源，理出了他们的来踪去迹。他把羌族的历史分为四个时期，即传说中的姜羌，卜辞中的羌和羌方，西戎中的羌和河湟羌（西羌），以丰富的文献和考古文物资料揭示了四个时期羌族的历史，以及四者之间的关系。特别是对卜辞中的羌和羌方的研究及他们与河湟羌关系的探讨，补充了前人研究不足之处。氐族，作者认为源于"三苗"，与"街、冀、獂、邽之戎"有关。作者对南匈奴的研究，填补了我国匈奴史研究的薄弱环节，[①] 其对魏晋时出现的与匈奴有关的"屠各""稽胡"等杂胡源流的论述，与近年来一些研究者的看法不谋而合。[②] 乌桓与鲜卑，作者认为是东胡部落联盟中两个族属不同的部落群，他们是以族名地，而非以地名族。乌桓源于九夷中的赤夷，鲜卑源于九夷中的白夷，均属东夷北支系统等。

（二）作者关于羌、氐、南匈奴、鲜卑等族的社会性质和习俗的研究，也多有创见和中肯的论述。如对西羌的种姓部落和家支为特色的社会结构，内徙南匈奴经济的转化及其部落结构，乌桓、鲜卑的落、邑落、部的社会结构

---

① 据我所知，国内研究南匈奴的论著不多，主要有马长寿的《北狄与匈奴》，三联书店，1962 年；国外有日本内田吟风的《南匈奴に关する研究》，载《北アジア史研究匈奴篇》，昭和五十年（1975），同朋舍。

② 见周伟洲《汉赵国史》，山西人民出版社，1986 年；《试论魏晋时与匈奴有关的诸胡》，载《中国民族史研究》，中国社会科学出版社，1987 年。

的探讨；拓跋部鲜卑从力微到什翼犍时进入早期奴隶制国家的论断等。

（三）中国古代的羌、氐、匈奴、鲜卑等族在魏晋南北朝时期先后在内地建立过自己的政权，作者对这些政权的特点，以及这些政权不同程度地继承了汉族封建统治传统，作了深入、细致的研究，揭示了他们逐渐融合于汉族的途径。

总之，作者对魏晋南北朝时期几个有影响的民族历史的论述，发前人之未发，探微涉幽，勇于创新。当然，这些观点也并非十全十美、无懈可击，有的观点根据还不够充分，有的还不能使人信服。比如关于卢水胡的族属（即族源）问题，1983 年甘肃博物馆初师宾同志披露了居延出土的东汉建武六年（30）"甲渠部吏毋作使秦胡"简册，内记有"属国秦胡卢水士民者"一句，[1] 论者多以此"卢水"为卢水胡最早之记载。稍后，有的研究者提出卢水胡之"卢水"，应指西汉时姑臧（今甘肃武威）附近的"谷水"（谷，古读作"鹿"），卢水胡从西汉形成起就是杂胡。[2] 上述有关卢水胡的考古资料及新论点，作者在论述卢水胡族属时未提及。又如书中对过去研究者不得其解的

---

[1] 初师宾：《秦人、秦胡蠡测》，《考古》1983 年第 3 期。
[2] 王宗维：《汉代卢水胡的族名与居地问题》，载《西北史地》1985 年第 1 期。

"小种鲜卑"的考释，似觉牵强；对史籍所述东汉时鲜卑檀石槐"东击汗国，得千余家，徙置乌侯秦水（今内蒙古老哈河）上，使捕鱼以助粮"[①]一段中的"汗国"（又作"倭人国"）[②]径直释为"汉人"，亦不够妥当。尽管如此，作者提出一系列新的见解，至少拓展了中国民族研究的领域，把研究引向深入。

三

在古代民族关系史研究方面，此书"下编"涉及民族融合、民族战争、民族意识和民族观点及一些薄弱甚至空白的问题。民族融合方面的问题前已叙及，不赘。关于民族意识和民族观点，是民族关系史的一个重要方面，而过去并没有引起研究者的注意。作者选择西晋江统的《徙戎论》，由此探讨了魏晋时期汉族上层的民族观念，提出由于各族关系的更加紧密，汉族对各民族的民族特征的认识和描述更为完整、深刻。对江统的民族观点和徙戎的政策，作者也作了透彻的评析。此外，作者对"魏晋南北朝时期西域与内地的关系""守白力、守海文书与通西域道路的变迁""吐鲁番出土道教符箓与道教西传高昌"等专题的

① 《三国志》卷三〇《魏书·鲜卑传》注引王沈《魏书》。
② 《后汉书》卷九〇《乌桓鲜卑列传》。

研究，扩展了民族关系史的领域，填补了某些研究空白，提出了一系列有见地的观点。如根据文献及吐鲁番、楼兰出土的大量文书，证明魏晋南北朝分裂割据时期内地诸政权对西域地区仍实行着有效的管辖，经济联系加强，文化关系更加紧密；证实了十六国时从敦煌有两条直通高昌的新道—伊吾道和大海道。作者还从敦煌烽燧出土的天师符木简和吐鲁番出土的道符篆，论证了南北朝时道教已传入高昌，说明中国内地文化对西域的影响是一脉相承的。

最使人感兴趣的是，作者在《前秦政权的民族性质及其对东晋的战争性质》一章中，论述的关于淝水之战是"封建兼并统一战争"性质的问题。这一论点，作者在 1979 年发表之后，[①] 曾引起史学界的强烈反响，争论十分激烈。直到 1983 年后，这场争论才逐渐平息下去。

黄烈先生从氏族的汉化及其政权所采取的各项政策与魏晋汉族政权基本相同等方面出发，认为前秦与东晋的各种矛盾中，民族矛盾已降为次要矛盾，双方统治阶级相互兼并的矛盾占了主导地位。因而，前秦对东晋的战争性质，是封建兼并统一战争。这一论点基本上符合历史事实，而

---

① 黄烈：《关于前秦政权的民族性质及其对东晋的战争性质问题》，载《中国史研究》1979 年第 1 期。以后作者又发表《民族融合与淝水之战》一文，重申自己的观点，载《中国史研究》1981 年第 4 期。

黄烈《中国古代民族史研究》封面书影

且对我们研究历史上的民族关系、民族战争具有重要的意义。但是，他所应用的所谓"前秦政权的民族性质"的理论则是不够科学的，难怪有的同志在反驳时，提出不能片面地以它（前秦）汉化的程度为根据，来看前秦政权的民族性质。

近几年来，国内先后出版了一批有关民族史和民族关系史的论著，黄烈先生的《中国古代民族史研究》是其中学术水平较高的一部。我相信此书的出版将有助于我国民族史和民族关系史研究的深入和发展。

原载于《历史研究》1988 年第 4 期

马长寿及其所著《碑铭所见前秦至隋初的关中部族》

1985 年 1 月，马长寿先生所著《碑铭所见前秦至隋初的关中部族》一书终于由中华书局正式出版了。这本约八万字的学术专著，完稿于 1963 年，1965 年即由中华书局排印完毕，准备付印。然而，因"文化大革命"，此书稿遂被搁置达二十年。

马长寿先生，山西昔阳县人，字松龄，1907 年生。1931 年毕业于南京中央大学社会学系，先后在中央博物院、东北大学、华西大学等任职，从事人类学和民族学的教学与研究，多次深入四川西部彝、藏、嘉戎、羌等族聚居地区，进行民族调查，取得了一批研究成果。中华人民共和国成立后，任上海复旦大学历史系教授，并开始转向中国民族史的研究。1955 年，调西安西北大学历史系任教授；先后出版有关中国民族史专著四部，即《突厥人与突厥汗国》（上海人民出版社，1956 年）、《北狄与匈奴》

（三联书店，1962年）、《乌桓与鲜卑》（上海人民出版社，1962年）、《南诏国内的部族组织和奴隶制度》（上海人民出版社，1961年）。这些著作融文献史籍、考古资料和民族调查资料为一体，深入浅出、系统周密地论述中国古代民族的历史，具有很高的学术水平，在国内外学术界产生了一定的影响。

从1962年开始，马先生即着手《氐与羌》一书的撰写。1963年，曾到甘肃、青海一带进行民族历史调查。就在撰写《氐与羌》的过程中，他发现了在陕西省图书馆、陕西省博物馆收藏的关中碑铭拓片二十余种，"不禁狂喜移日"，潜心研究，企图从碑铭中的题名姓氏、官爵、里居和亲属关系，来阐明关中古民族的名类渊源、地域分布、姓氏变迁、婚姻关系、阶级分化、部落融合，以及其他关于北朝官制和地理沿革诸问题。最后于1963年初夏，撰成《碑铭所见前秦至隋初的关中部族》一书。

以碑铭证史补史，为中国传统史学方法之一，从宋代欧阳修以来，何止数百家；然以碑铭为主撰史者，古往今来则不多。马先生此书即是以碑铭为主，研究中国古代民族史的一部著作。此书根据主要碑铭达25种，内属前秦者二，北魏者六，北周者十二，隋开皇年间者三。碑铭性质，除前秦《邓太尉祠碑》《广武将军□产碑》及北魏《大代宕昌公晖福寺碑》外，其余皆属佛教造像碑铭之类。碑铭原立地点：在渭河以北的蒲城、耀县、白水、渭南（渭河以北地）、澄城、富平、宜君、铜川者，有 17 种；渭河南西安、咸阳者，有 2 种；其余 4 种原立地不详。有如此珍贵、丰富而又相对集中的碑铭作为主要依据，再结合文献记载，来研究前秦至隋初关中民族的分布及关系，其可靠程度及学术价值，当非一般论著可比。这也是此书独具的特色。

正因为是以珍贵的碑铭为主来研究古代关中少数民族的历史，故此书能够初步解决历史上一些很难弄清楚的问题，大大丰富了我们对于中古关中地区各族分布、融合及其相互关系历史的认识。

第一，西晋时，江统《徙戎论》说："关中之人，百余万口，率其少多，戎狄居半。"（《晋书·江统传》）这些占关中人口半数以上的"戎狄"主要是哪些族，如何分布，史籍记载并不清楚。马先生据前秦《邓太尉祠碑》《广武将军□产碑》铭文及原立地，论证了西晋灭后十六国前秦时关中渭河以北各族及其杂居情况。这里的"戎狄"主要有氐、羌（上郡黑羌、白羌、高凉西羌）、屠各、卢水胡、白虏（鲜卑）、西域胡（月支胡、龟兹白姓胡、粟特胡）、苦水等族。其分布地区：氐族集中屯聚在三原、九嵕、汧、雍一带，即长安西北；羌族主要分布于冯翊郡（治今陕西大荔），即长安东北，今渭河北至洛河中下游之地；北地（治今陕西耀州）、新平（治今陕西彬州）二郡和冯翊、咸阳二郡则为屠各、卢水、西羌、北羌所杂居。

第二，在北魏占领西北地区后，关中的民族及其分布又发生了一次大的变动。这一变动史籍记载多阙载。马先生利用北朝渭北各州县的造像碑铭，将北朝后期鲜卑杂胡入关中后聚居、散居的情况较为清晰地展现出来。如北周时，关中渭北地区除氐、羌诸族外，北方的鲜卑、高车等族大量徙入：从碑铭所见的有祖源于匈奴而向鲜卑转化的贺兰氏、宇文氏、费连氏、呼延氏、破落汗氏、吐胡氏；有属于北方鲜卑的拓拔氏、若干氏、普屯氏、如罗氏；有属于西方鲜卑的和稽氏、俟奴氏；有属于高车的斛斯氏、屋引氏、贺拔氏、乞伏氏、乙旃氏；有属其他鲜卑的吐浴（谷）浑氏、乙弗氏、库氏；有属东夷的乌六浑氏；有属西域胡的支氏、白氏等。其中斛斯、拓拔、宇文、贺兰、若干为五大姓，主要聚居于华州渭南一带，且大多任中下级官吏。

第三，在探讨关中民族分布的同时，作者还据碑铭所题官爵名号，研究这一时期的地方行政制度，也多有发现。如以前秦《邓太尉祠碑》《广武将军□产碑》探讨曹魏至十六国时的"护军制"，指出前秦冯翊护军有所辖的和戎、宁戎、鄜城、洛川、定阳五部及军府属吏名称；论证护军制是与郡县一级相结合的地方军政单位，其所辖地区大都为多民族杂居之地；其下官吏分属军事、地方郡县、民族部落三个系统；管辖下的人民又可分为编户（正户）和杂户两大类等。在魏晋十六国时，护军制十分盛行，然而史籍对此制多阙载，通过此书可窥其大略。

第四，此书最有价值的部分，还是在对自汉代以来陆续徙入关中的氐、羌族之汉化过程，作了迄今为止最为具体、细致的论述。魏晋南北朝时期，是中国历史上民族大融合的时期，然而徙入内地诸族具体融合的过程，因史料阙如，而鲜有能道出其原委者。此书利用关中碑铭，不仅道出徙入关中氐、羌分布所在，而且论述了他们融入汉族（即"汉化"）的具体过程。在北朝后期，渭北的蒲城、白水、宜君、铜川、宜川、耀县等地仍为羌族集中分布地。他们与汉族杂居，形成汉村与羌村犬牙交错的局面。而后，汉、羌两族逐渐产生同村杂居的情况。在唐代以前，渭北氐、羌族基本上仍保持着同族异姓的内婚制；唐以后，关中羌族与汉族通婚则成为数见不鲜的习俗，而其姓氏也由夫蒙、同蹄、钳耳等复姓改变为汉式单姓。中唐以后，渭北羌民汉化日深，最后与汉人融为一体，彼此无所区别。到宋、明时，关中虽仍有党、雷、井、屈、和、同、蒙等羌姓，但他们都是汉族，在政治、经济和文化方面已经看不到有丝毫羌族的因素了。

此外，书中由碑铭而涉及这一时期的阶级关系、地理沿革和佛教造像等问题，如前秦时关中的杂户与编户，北魏时李润羌聚居的李润镇的地理位置，北魏造像题名的方式等，书中多有新鲜的见解和精辟的分析，给人以

马长寿《碑铭所见前秦至隋初的关中部族》书影

启迪。

　　总之，这部篇幅不大、然而内涵丰富、具有很高学术价值的著作，非马先生那样精通历史学、考古学、民族学、人类学、姓氏学、语言学的专家，是不可能完成的。而从事中国古代史、民族史、文物考古、文化史研究者，我想都会从马先生这部著作中获得启示和教益。

　　马长寿先生已于1971年病逝，再也不能见到这部著作的出版；特撰此短文，以表达对我的老师马长寿先生深切的怀念。

原载于《书品》1989 年第 4 期

新视角　新思路　新观点

——评石硕《西藏文明东向发展史》

　　最近，四川人民出版社出版了年轻的藏学学者石硕撰写的《西藏文明东向发展史》。全书分九章，加上序言、后记和附录（参考文献），共 40 万字，可以说是一部分量较重的学术专著（以下简称《发展史》）。

　　此书最大的特点，可以用一个字来概括，那就是"新"；不是"标新立异"的新，而是"推陈出新"的新。在国内的藏学研究中，对于西藏地方与祖国内地的关系，或汉藏民族关系的研究，是一个十分重要的理论和现实意义的课题，出版和发表的论著不少。但是，这些论著基本上都是从双方政治、经济或文化等方面的关系，特别是从历代中央王朝对西藏的政治措施的角度出发，去进行论述。这固然是十分重要的一面。可是，却很少有人从西藏（或藏族）本身的角度出发，去探讨它与内地（或汉族）的关系。这一缺陷，也可以说是国内在研究我国民族关系史过程中普遍存在的问题，在研究西藏地方与祖国内地关系、汉藏民族关系时尤为突出。《发展史》的"新"，首先就是在国内外长期研究西藏地方与祖国内地的关系（包括汉藏民族关系）的基础上，"推陈"而"出新"，从新视角出发，来研究这种关系；并且以"西藏文明"（广义的"文明"）东向发展为主题，进一步地揭示这种关系的另一个重要方面，令人耳目一新。

不仅如此，作者在从新视角来研究这种关系时，并非仅以地域、人种、文化、政治、经济等方面作泛泛之论，而是以新的思路，即将西藏文明置于印度文明、中亚文明和中原文明等三大文明的广阔背景之中，论述它与这三大文明不断发生交汇、碰撞，最终产生的抉择和结果。那就是确定其东向的发展和最后的归宿，这一新的思路无疑摆脱了仅就西藏地方与祖国内地双方来讲两者关系的狭窄视野。将西藏地方置于世界文明发展的大背景中去考察，使这项研究的深度和广度大大前进了一步。

以新视角、新思路去研究西藏地方与祖国内地的关系，必然会出现许多新的问题，以及由此而形成的一些新观点。比如，什么是"西藏文明"，它是怎样形成和发展的；它与周围三大文明的关系；为什么西藏文明会呈向东发展的趋势，最终归属于以中国为代表的东方文明，成为其中的组成部分，而西藏地方也成为多元一体的中华民族大家庭的一员，等等。要解答这些问题，就必然在占有大量的汉藏文献、考古资料及外文资料的基础上，经过认真的分析研究，得出新的观点。

作者正是依循这种治学方法，经三年刻苦钻研，提出了一系列新的观点：如用考古和文献，在总结前人成果的基础上，比较全面、系统地阐明了西藏文明的形成（包括藏族族源和形成）与内涵；公元 7—9 世纪吐蕃王朝时西藏文明东向发展的三大因素（地域性、文化相融性和中原文明的凝聚力）；自元朝后，由于政治上的归属，从而使西藏地方产生了对内地的依附性，到清代更为定型和强化（书中对元、明、清各朝代西藏与内地政治隶属关系的论述，亦不乏新的见解）；最后，总结出自元代以来西藏地方被纳入中央政权管辖之下的原因，是宗教、文化背景、"蒙古之链"的联结，寻求外部政治力量支撑的西藏地方政权模式、西藏文明向东发展的内外客观条件与必然性等。这些观点和看法，异于过去论著中那种简单归结为西藏地方与中国内地政治、经济、文化联系加强，而使西藏地方成为中国组成部分的论点更加深刻，更加使人信服。这也就是此书的学术价值和现实意义之所在。

有了新视角、新思路，提出了新问题，还需通过艰巨的劳动，得出新观点和新的体系。这也是决定一本学术专著成功的关键。在这一方面，此书年轻的作者也有一些可取之处：

第一，要阐明"西藏文明"的形成、内涵及发展的问题，困难是很多的。作者不仅有年轻人的勇气和刻苦奋斗的精神，而且十分善于吸收利用国内外已公开发表的藏学研究成果。正如作者在序言中所说："本书的完成在相当程度上得力于近年来国内外藏学研究的繁荣局面，它不但使我在研究中能够充分利用近年发现的考古材料和新近整理出版的一大批藏文史籍资料，而且也使本书得以广泛地利用和吸收国内外许多新的藏学研究成果，这显然有助于本书质量的提高。"这一点，我认为在年轻的学人中特别应该提倡。学术是承前启后的，是不断发展的，只有充分了解、吸收前人的成果，才能有所前进。正因为作者有虚心、踏实的精神和求实的学风，以及对本课题研究现状和成果的深入了解、吸收，才使此书的学术水平上升到较高的层次。

第二，作者论述深入，说理透彻，善于提出问题和解决问题。亦如作者所说：过去的研究著作，"常常仅满足于罗列若干事实去强调这种关系的存在，而很少去探究形成这种关系的内在原因。即仅满足于说明'这样'，而不去探讨为什么'这样'"。此书通篇都是一步一步地提新问题，并通过对大量史实的分析，去回答问题。贯穿于全书有几个大问题，大问题中又包含有若干小问题。前者如什么是西藏文明，它如何形成，其内涵如何；13世纪前西藏文明东向发展趋势形成的原因、经过和影响；西藏文明归属于以中国为主的东方文明的原因；西藏地方纳入中国中央政权管辖的原因。而后者（小问题）则包融在前者的各个环节中，围绕着前者，多侧面地不断深化。

然而，全书又并非以问题作纲要和线索，而是始终以历史发展的两条线索，将无数的问题贯穿起来。这两条线索即是：西藏地方历史发展和西藏文明发展。两条线索均以吐蕃王朝时期、元明和清王朝时期西藏文明东向发展为重点。

第三，在资料的应用上，除善于吸取国内外有关成果之外，引用文献亦较为丰富，特别是已经译为汉文出版的藏文文献。对考古资料的利用和分析，也有独到之处，这也许源于作者大学曾专攻考古学的功底。其对西藏及其周围地区史前考古资料的收集、整理、分析和研究，可以说是对近年来这方面研究成果的总结和发展。

当然，诚如作者所述：本书所探讨的问题，"无疑是一个十分庞大的系统工程，它不仅时间跨度大，而且涉猎面异常广泛，可以说几乎囊括了整个一部西藏文明史"。作为一名年轻的研究者欲完美地完成这一系统工程，是十分困难的。因此，书中仍然存在一些不足之处。

比如，在资料的收集和应用方面，仍感觉涉猎面不够广泛和深入，主要表现在：

（一）引用藏文、外文资料基本上是汉译本，没有参阅或直接引用原文论著或文献。这样就可能由于汉译者的疏失，影响了此书的水平和质量。

石硕《西藏文明东向发展史》书影

（二）因有些文献资料未能涉及，而使书中论述有所缺陷。如未曾涉及新疆罗布泊地区出土的佉卢文文书中出现的"苏毗"（supi）；因为作者既然列专目论苏毗，对公元 3 世纪鄯善王国的佉卢文文书中的"苏毗"应当论及。又新疆米兰遗址、和田等地出土的藏文简牍、河西地区藏文佛经等资料，均反映了西藏文明向东发展的情况，作者亦未提及。

而且，作者有些论点和提法，似还可以进一步探讨。如关于藏族的形成、藏传佛教是否为元朝的"国教"、内地佛教对西藏是否有一定影响，以及清末直至清灭亡而导致西藏与祖国内地关系松弛，西藏地方本身是否存在向传统政治关系淡化的倾向等问题。

总之，世上绝没有完美无缺的著作，《发展史》存在这样或那样的不足之处，是正常的。瑕不掩瑜，此书不失为近年来我国藏学界出版的一部高水平的学术专著。它所提出的新视角、新思路和新观点，将促进我国藏学研究，特别是西藏地方与祖国内地关系、汉藏民族关系研究的发展。我们希望年轻的作者继续努力，在藏学研究的园地里辛勤耕耘，结出更加丰硕的成果。

原载于《中国藏学》1994 年第 4 期

西方与西藏地方关系史的研究硕果

——《早期传教士进藏活动史》

一

西藏高原在西方人眼中是一片神秘的土地，人迹罕至。他们直接了解我国的西藏地方，是在17世纪至18世纪中叶伴随着西欧殖民主义势力向东方扩张而开始的。当时，作为殖民主义势力先导的传教士从印度北部进入西藏地方进行传教活动，与此同时，他们开始把西藏地方的大量情况介绍给西方。这段早期西方与我国西藏地方关系的历史，是藏学研究和藏学发展史的一个重大课题。

在国外，研究这一课题的人为数不多，只有少数一些学者在某些方面作了研究和资料编纂工作。如意大利的G.M. 托斯卡诺所撰《西藏最早的天主教传教会》、著名藏学家L. 伯戴克编纂的《赴西藏和尼泊尔的意大利传教士文献》、A. 劳纳的《西藏传教史》、J. 麦克雷格的《西藏探险》等。其中有些著作有意无意地站在教会的立场上，为赴西藏的传教士歌功颂德，或错误地将西藏视为独立国。有的著作则史料谬误之处不少，以致造成以讹传讹的后果。而在国内，对这一课题的研究可以说还是一处空白。究其原因，一是有关早期西方与西藏关系的史料绝大多数是葡萄牙文、拉丁文、意大利文的文献资料，国内很难找到，且懂得这些语言的藏学研究者也不多，研究起来难度大，费力而收获少，故学者们多望而止步；二是长期以来人们总是将传教士在中国的活动与近代资本主义列强侵略中国的活动联系在一起，全盘加以否定，故除了国内出版的几部英俄侵略西藏史的著作偶尔提到传教士在西藏的活动，尚没有人专门研究这一课题。

令人高兴的是，伍昆明所著《早期传教士进藏活动史》（以下简称《活动史》，中国藏学出版社，1992年）填补了我国藏学研究领域的这一空白。这部著作难度大，分量重，是作者经过近七年的艰苦努力，焚膏继晷、兀兀穷年而完成的。

全书共分八章，前三章总结了从公元前5世纪至公元17世纪初西方对西藏认识的发展过程，作者在这方面作了目前最为详细、系统的论述。从第四章始，是全书的重点部分，约占全书的五分之四，主要内容是以安夺德神父为首的耶稣会士在西藏古格地区的传教活动（1624—1641年，第四章）；以卡塞拉、卡布拉尔神父为主的耶稣会士在西藏日喀则的传教活动（1628—1632年，第五章）；耶稣会士白乃心、吴尔铎探索从北京经西藏通往欧洲道路的旅行（1661—1662年，第六章）；卡普清修会传教士在西藏拉萨等地的传教活动（1704—1741年，第七章）；耶稣会士德西德里在西藏拉萨的活动（1715—1721年，第八章）。书后附录有《本书征引和参考的主要文献与书刊》《传信部从1704年至1807年派遣的30批102人次赴西藏传教会的卡普清传教士简况表》《本书大事年表》《重要人名、地名的汉文与外文或藏文对照表》；书前有图片八幅、地图二帧等。全书内容丰富、史料扎实、论点鲜明，不仅对研究早期西方与我国西藏地方关系的历史有重要的价值，而且对于早期西方殖民主义势力对我国西藏的觊觎和扩张，基督教与藏传佛教的矛盾、冲突，藏族人民的反洋教斗争，18世纪上半叶西藏的政治形势以及中西交通（丝绸之路）和文化交流等方面的研究，均有所裨益。因此，该书还是一部具有很高学术水平和一定现实意义的佳作。

二

一部历史著作的水平，很大程度取决于有关史料的收集、整理和应用。《活动史》在这方面颇具特色。如前所述，有关早期西方与我国西藏关系的文献资料最主要的是传教士们用葡萄牙文、拉丁文、意大利文等外文写成的报告、书信和日记，汉、藏文的文献资料甚少，而大量第一手的外文文献以及一部分在国外的藏文文献，过去国内图书馆基本没有。对《活动史》的作者来说，首先必须收集到这批文献资料，才有可能进行研究工作。1988年作者利用在国外进行学术交流的机会，尽量收集和复印了大批各种文字的文献资料。在这之后，作者又对各种外文文献进行认真的爬梳、核证和研究，为此付出了巨大的心血。例如仅为撰写第七章，作者就阅读了数十万字的意大利文信件和报告。为撰写此书作者所付出的艰苦劳动，于此可见一斑。除了意大利文文献，对一些不熟悉的葡萄牙文、藏文文献，作者又向有关的专家请教，并请他们帮助翻译。这些努力使《活动史》的论述建立在坚实的基础之上。

在引证和应用文献资料方面，《活动史》也很有特色。如作者能应用中国传统的考据方法，对一些资料进行辨误，此点在本书前三章中表现尤为突出。又如对一些极为珍贵、从未在国内发表的达赖喇嘛、康济鼐、颇罗鼐等人物与罗马教皇之间的来往信函，作者全文翻译编入书中，使其成为可以让国人引用的珍贵资料。作者还力图寻求现存于西藏地方的传教士遗物或遗迹，如对20世纪80年代考古工作者在古格发现的糊有传教士手抄或印刷的《圣经》等葡萄牙文纸张的骷髅面具，作了深入的分析研究。作者为寻找拉萨大昭寺存传教士铸刻有拉丁文字的大钟所作的种种努力，均给人留下了深刻的印象。此外，该书注释中包括了引文出处，各种文字的专有名词释义，年代、事件的辨正等等，均极为出色。这一切表明了作者严肃认真的治学态度，值得充分肯定。

三

关于早期传教士在西藏的活动，主要资料是外文文献，因而研究这一课题，很容易流于照搬外国学者选用之资料及论述并以之代替自己的研究。《活动史》的作者与此不同，他以自己的辛勤劳动拿出了中国学者自己对于这一课题的研究成果。其可取之处，有如下几点：

（一）此书所利用的文献资料如教皇、传教士等的报告、谕旨、书信、日记及有关各国的档案等均是第一手的，作者没有采取那种从国外学者有关著作中去选取被他们使用的资料的"便捷"做法。不仅如此，作者对这些第一手的文献资料及有关研究著作引用的资料还进行了大量的爬梳、整理和分析。比如对耶稣会士安夺德等在古格传教十年中当地受洗礼的人数问题（见《活动史》第 165—166 页）、锡金国王写给在拉萨的卡普清修会神父的信的日期（见《活动史》第 391—393 页）等问题，都是经过作者的考订而予以确证或辨误。类似的例子，在全书中还有许多。由于作者对有关第一手文献资料做了认真的爬梳、整理和辨正，全书的科学性才具有了一个坚实的基础。

（二）作者不仅叙述了传教士在西藏传教活动的史实，而且对传教士的活动也加以分析和评论。众所周知，有关传教士活动的国外文献中有大量的偏见及失实的记载。作者在书中一方面批评了一些西方学者片面歌颂传教士的立场及歪曲历史事实的谬论；一方面也提出了自己的看法。通过对大量文献资料的分析，作者认为，早期传教士在中国西藏等地的传教活动，是伴随着西方殖民主义势力向东方扩张而进行的；但对其活动不能像过去那样完全与西方殖民主义势力的活动等同起来，一概加以否定，也应一分为二，肯定他们客观上对中西文化交流所起的积极作用。这一作用即是较早地向西方介绍了中国的西藏，将西方一些科学文化传入了西藏等。比如关于卡普清修会传教士于拉萨等地的传教活动在中西文化交流中的作用，作者用大量的史实说明传教士一方面收集和向西方介绍西藏各方面的情况，介绍藏族文化，翻译藏传佛教的典籍；另一方面又翻译基督教书籍，向藏人介绍西方文化（《活动史》第 509—525 页）。这一看法应该说是较为客观和公允的。

（三）在研究方法上，作者较好地贯彻了"对具体的组织、人与事作具体分析"的历史主义的态度和方法。例如作者实事求是地将西班牙和葡萄牙殖民主义势力、罗马教廷、耶稣会、卡普清修会以及传教士个人等各自赴藏的

伍昆明《早期传教士进藏活动史》书影

动机加以区别；对于传教士个人则将鄂本笃等部分传教士与另一部分传教士加以区别；并对他们活动的客观效果进行具体分析（见《活动史》序言）。作者在书中对早期每一批到西藏传教的传教士的活动，均有实事求是的论说，包括论述他们收集到的西藏情报、传教失败的原因，以及客观上所起的作用等。这种历史主义的研究态度和方法，说起来容易，做起来实难。作者在全书中坚持了这一方法，这是该书在学术上达到高水平的一个重要原因。

原载于《中国社会科学》1994 年第 3 期；英文版《中国社会科学》1995 年第 3 期

中国古代兵器研究的新里程

——评《中国古代兵器》

中国古代兵器制造技术，在世界上一直处于领先地位，有着源远流长、光辉灿烂的历史。特别是火药的发明和应用，更是对世界文明作出了巨大的贡献。研究古代中国兵器、总结这份珍贵遗产，是一项综合性的艰巨的工程。20世纪以来，我国学术界从历史考古、科技军事史等方面，对古代兵器作了许多探索，取得了丰硕的成果。然而，一部全面、系统、深入地研究中国古代兵器的论著，却还未见。近年来，随着我国文物考古事业的发展，兵器实物、遗址不断发现，加上科技史、军事史等学科长足的进展，为一部全面、系统地反映中国古代兵器历史的高水平专著的诞生，终于提供了可能。由兵器工业总公司所属的陕西兵工局及其一部分厂、所、公司，秦始皇陵兵马俑博物馆和陕西省兵工学会组成的编写组撰写的《中国古代兵器》(陕西人民出版社，1995年)，填补了上述的空白。

该书共分 7 章 38 节，约 61 万字，插图 280 幅，由刘茂功任编委会主任、张福利任主编。这是一部以中国古代兵器制造技术为主线，系统地研究古代兵器的制作、形制、性能、生产、工艺及组织机构、管理体系等，并由此总结出中国古代兵器产生、发展和演变规律的学术专著。

第一，这部著作对中国古代兵器的研究，是建立在整理、发掘中国浩如烟海的有关文献、图片及 20 世纪以来出土的大量关于古代兵器实物等资料的基础之上，这是任何一本专著成功的关键。该书的作者们在全国各地翻阅了大量的文献资料，分类、建卡，并对各地发现和出土的古代兵器实物、遗迹作了认真的考察和研究。特别是对新出土的古代兵器实物的引用，使该书的学术水平更上了一个层次。不仅如此，该书还吸收了目前所知国内外主要的有关成果。如我国老一辈学者冯家昇先生关于火药的研究成果，考古学家杨泓先生的《中国古代兵器论丛》及国内发表的有关冶铁、铸铜等科技史方面的成果等。有了这两个方面的雄厚基础，通过作者们的深入研究，才能得出我国古代兵器产生、发展的规律性结论。

第二，该书第一次完整地和科学地构筑了中国古代兵器史的理论体系，即以古代兵器制作技术为主线，将中国古代兵器的发展分为原始兵器、青铜兵器、钢铁兵器和古代火器等几个重大的阶段，且对每个阶段的兵器产生、发展、制作技术、工艺、作用等各方面作了较为详细的探讨，总结出一些带有规律性的结论，充实、完善了中国古代兵器发展特有的历程。

第三，一部高水平的学术专著，主要是看它在前人研究的基础上提出哪些新观点和发现哪些新规律。《中国古代兵器》一书，在这方面有许多令人鼓舞的成就。如该书提出兵器从生产工具中分离出来，走向独立发展的道路，大约发生在新石器中期。本书还论证了中国古代兵器制作技术，如青铜兵器铸造中的浑铸法、分铸法、复合金属铸造、叠模铸法、铸造缺陷修补，钢铁兵器锻造中的百炼锻造法、包钢锻造法、贴钢夹钢锻造法、冷锻法、钢铁兵器的热处理、焊接、表面加工等技术，处于世界领先水平；该书第7章《机构与管理》，系前人研究很少的领域，有补缺和开创之功。此外，该书内容丰富，图文并茂，文字简洁、流畅，是一本雅俗共赏的学术专著。相信它的出版，必将引起国内外学界的瞩目和广大读者的欢迎。

该书不足之处，我认为主要是在论述中国古代兵器发展过程时，对于中国古代兵器与周边民族和邻国兵器，以及与西方兵器的相互交流、相互影响，缺少对比和比较研究，特别是元明及以后，中亚、西洋火器的传入（如："回回炮"、荷兰之"红夷大炮""佛郎机"炮等）对中国火器的影响，论述不够。其次，有些重要的考古文物资料未能引用，如现藏西安碑林博物馆之明末郑成功所铸铜炮等。但是瑕不掩瑜，《中国古代兵器》一书仍不失为一部高水平的学术专著，它的出版标志着我国古代兵器史研究已进入了一个新的时代。

原载于《考古与文物》1997 年第 4 期

"胡汉体制"与"侨旧体制"论
——评朴汉济教授关于魏晋南北朝隋唐史研究的新体系

公元3—9世纪中国魏晋南北朝、隋唐时期，是中国历史上最重要的发展阶段之一。20世纪以来，国内外的历史学家都试图提出一种认识或理解这一时期的钥匙，也就是一种研究的体系或方法。比如，有的学者从这一时期贵族（或称士族）政治及其地位的变化着手，于是就有所谓的"贵族政治论""关陇集团论"等。有的学者则以社会形态为准则，认为这一时代是封建制社会或奴隶制社会形态。还有的学者从隋唐时代所处的世界地位出发，提出"隋唐世界帝国论""册封体制论"等。这些理论体系大多是从这个时代的某一较为突出的特点出发，以此来理解、认识这一时代的政治、经济、文化诸方面，拓宽了人们的视野，取得了很大的成绩。有的理论和体系在中外学术界产生过巨大的影响。我们要评介的是20世纪80年代以来，韩国首尔大学东洋史学科朴汉济教授在其《中国中世胡汉体制研究》等一系列论著中提出的研究中国魏晋南北朝、隋唐史的新体系，即"胡汉体制"和"侨旧体制"论。

一

关于"胡汉体制"，朴汉济教授经过多年的思考和研究，认为自东汉末以来，中国西北和北方的胡族大量迁居内地，并纷纷建立政权。于是，从公元 3 世纪到 9 世纪，胡汉关系，即两种生活习俗完全相异的游牧民族与农耕民族的对立、冲突，乃至最后的相互吸收、融合，就构成了魏晋南北朝、隋唐时期整个北方历史发展的主要特征。朴汉济教授认为，"胡"，在秦汉以前是专指匈奴，后来逐渐转化为泛指塞外各民族；"汉"，开始只含有与包括匈奴在内的四夷相对的概念，到魏晋后，变成了汉族的自称。"体制"一词，并非指狭义的政治体制或制度（此点往往引起国内学人的误解），而是相当于英译单词"Synthesis"。他提出的"胡汉体制"，即"表示并存在同一地区和统治体制下的胡汉两个民族，在形成统一文化体制过程中的互相冲突、反目和融合，即以胡汉问题为基轴的一切社会现象。换句话说……胡汉关系是构成这一时代的基本骨架；而且汉族文化同胡族文化互相融合，最后形成既不属于汉族也不属于胡族的，即 Synthesized 的第三种形态的文化，是这一时代特殊的历史现象"（《北魏王权与胡汉体制》，载《中国史研究的成果与展望》，中国社会科学出版社，1991年，第88页）。为了阐述、论证"胡汉体制"论，朴汉济教授撰写了一系列论文和一部专门的著作《中国中世胡汉体制研究》（一潮阁，1988年）。在他早期发表的《前期五胡政权和汉人士族——与胡汉问题相联系》（《韩国学论丛》1984年第6期）、《前秦苻坚政权的性格——关于胡汉体制和统一体制的建立过程》（《东亚文化》1985年第23期）两文中，他对十六国五胡所建政权的政治问题，如胡与汉的职官比例、胡汉体制建立等，有十分中肯和翔实的论述。这两篇论文可以说是他"胡汉体制"研究的起点。

接着，他又相继发表了一系列关于北魏胡汉体制的论文，基本奠定了这个理论的框架。在《北魏王权与胡汉体制》（最初发表于韩国《震檀学报》1987年第64期）一文中，他从北魏君主的"账恤"带有早期胡族君主"班赐"传统，以及北魏帝王的可汗意识等方面，论证北朝的"胡汉体制"。《北魏均田制的成立和胡汉体制》（《东洋史学研究》1986年第24期）、《北魏对外政策和胡汉体制——与统一体制指向相联系》（《历史学报》1987年第116期）、《北魏洛阳社会和胡汉体制——以都城区划和住民分布为中心》（《泰东古典研究》1990年第6期）等文，则从经济、对外政策、都城区划和居民成分等各方面，论证了北魏胡汉合一的体制。此外，他还撰写了《西魏北周时代胡姓的重行与胡汉体制——向"三十九国九十九姓"姓氏体制回归的目的和逻辑》(《北朝研究》1993年第2期)、《西魏北周时代的赐姓与乡兵的府兵化》(《历史研究》1993年第4期)、《西魏北周时代胡汉体制的展开——胡姓重行的经过与其意义》(《魏晋隋唐史研究》创刊号，1994年)，对北朝后期姓氏的变化及与府兵制的关系、西魏北周的"赐姓"(胡姓重行)等与胡汉体制密切相关的问题，作了深入细微的论述。

总之，朴汉济教授的一系列论著认为，十六国北朝时期因大量的胡族内迁，整个北方大多由胡族建立政权，统治广大的胡汉诸族。他们虽然继承了原汉族统治的方式和制度，但仍然保留了许多胡族的制度和习俗。胡汉两种文化在矛盾、碰撞的过程之中，最后相互融合，形成带有胡汉两种民族特征的新体制。

二

在朴汉济教授发表其胡汉体制论著的过程中，有的学者从以下两个方面提出了疑问：一是作为同一时代南方的东晋、南朝的特征是否也是"胡汉体制"？如果不是，又应如何理解南朝史？二是如何说明南朝的开发与隋唐帝国的关系？为了找到整体解开魏晋南北朝隋唐史的钥匙，朴汉济教授又提出了关于"侨旧体制"的新理论。

朴汉济教授认为，"侨旧体制"与"胡汉体制"的基本出发点是一致的，即是魏晋南北朝时的人口移动（移民、民族迁徙），也就是"侨民"的问题。在五胡纷纷内迁及整个北方建立政权的时期，北方的汉族又大量南迁，成为南方的"侨民"。在《"侨民体制"的展开和南朝史——为整体理解南北朝史的一个提议》（《东洋史学研究》1995年第50期）、《东晋南朝史和侨民——"侨旧体制"的形成与其展开》（《东洋史学研究》1996年第53期）两篇论文中，他吸取了前人的研究成果，首先阐述了西晋永嘉之乱后，北方汉族大幅度南迁，大致可分为七个时期，前后持续了约百年之久。为安置南迁的"侨民"，南朝统治者先后设置"侨郡县"，经过"土断"后，侨民仍与原来居民户籍不同，即为白籍注记，而非土著的黄籍。于是，东晋、南朝统治地区出现了北方迁来之"侨民"与"旧人"（土著）之间的矛盾。在政治、军事、经济及文化等各方面，侨民与旧人之间由冲突到融合，最终形成南朝的新体制。这也颇类似于"胡汉体制"的形成。

最后，朴汉济教授提出：五胡北朝史的前提"胡汉体制论"和东晋南朝史中侨民的作用"胡汉体制"与"侨旧体制"论重大，以致"侨旧体制"能成立的话，"可在魏晋南北朝时代历史在脱离故乡的人即侨民的主导下发展的认识的基础上，以统筹的观点理解南北朝。从而……可以将五胡北朝的'胡汉体制'与东晋南朝的'侨旧体制'统合起来，以一个'侨民体制'来理解……隋唐世界帝国就是通过这个过程成立的"(《侨旧体制的展开与东晋南朝史》)。他认为，"在体制上追求多样的民族共存，以及允许民族间的自由交流，从而以'流动'为时代特征的'隋唐世界帝国'，是经过南北朝时代的胡汉、侨旧间的接触过程而成立的"(《为魏晋南北朝隋唐史研究而提出的一个方法》，中国前近代史理论国际学术研讨会提出论文)。这样，朴汉济教授最终建立起了自己认识和理解中国魏晋南北朝隋唐历史的新的体系或者方法。用下列图示即作：

胡汉体制
　　　　　├ 侨民体制——隋唐世界帝国
侨旧体制

三

中国历史发展数千年，每个时代均有自己最显著的特征，而这一特征可以说影响或主宰了这一时期的历史。因此，抓住了这一特征则对这一时期的主要问题，无论是政治、军事、经济、文化、民族等各方面的问题，就可迎刃而解。就是说，这一特征就是时代的特征，是理解和认识这一时代的方法、钥匙，或者说是研究的体系。朴汉济教授提出的"侨民体制"（胡汉体制、侨旧体制）论，可以说基本上是找到了魏晋南北朝时代民族迁徙、大融合的特征。经过他的深入研究，其体系内涵丰富，论证精辟，具有创新的价值，对于我们研究中国魏晋南北朝隋唐史有重要的启迪和参考作用。此其一。

其二，朴汉济教授的"侨民体制"论，从某种意义上讲，比过去一些学者提出的"贵族政治论""册封体制论"等研究体系，视野更为开阔，更符合于当时的历史实际。历史上的中国，甚至世界各国各民族都不是孤立存在的，他们必然与四周，乃至更远地区的国家和民族发生关系，有友好交往，也有战争。因此，民族迁徙、人口的移动是经常发生的事，都存在着"侨民"的问题。然而，在中国魏晋南北朝时期的移民运动是中国历史上最突出的一次；而且有自己的特点，即五胡大量内迁到北方，在汉族聚居之地纷纷建立政权，而北方的汉族又大量南徙。这一切对中国南北方社会的各个方面影响甚巨，形成北方胡汉民族、南方侨民与旧人两对主要的矛盾。随着这两大矛盾的冲突、碰撞，最终相互融合，从而奠定了隋唐统一的基础，形成了光辉灿烂的唐代文化。从这一角度看，朴汉济教授的"侨民体制"论是科学的、严谨的，是可以成立的。

其三，朴汉济教授在阐述他的"侨民体制"论时，还批判了目前学术界存在的两种研究倾向：一是主张彻底的"汉化论"，而忽视胡族历史作用的倾向；二是缩小民族矛盾，扩大阶级矛盾的倾向。无可讳言，学术界过去的确存在这两种倾向。过于强调胡族的"汉化"，而对胡族的历史作用，即胡汉融合中的胡族因素或贡献认识不够。而在"民族矛盾说到底是阶级矛盾"这一理论的指导下，也有缩小民族矛盾、夸大阶级矛盾的错误倾向。朴汉济教授的"侨民体制"论对于我们纠正上述两种倾向，可以说是大有裨益的。

四

我们高度评价了朴汉济教授的"侨民体制"论，并不等于说他的体系就完美无缺了。相反，我们认为仍然有许多问题还值得进一步研究和讨论。

第一，就胡汉体制和侨旧体制论而言，显然朴汉济教授对前者的研究较为成熟和完整，后者则有不足，这与他对后者的研究刚刚开始有关。因此，这里主要讨论胡汉体制。我们认为，应用胡汉体制论来理解、研究十六国北朝的历史是必要的正确的。但是，不能将胡和汉两者完全对等起来，两者无论在对立、冲撞的过程中，或是在相互融合过程中，都有主导的一方和次要的一方，也是矛盾的主要方面和次要方面。内迁的五胡毕竟在整个北方人口比例大大少于汉族，他们因各种原因迁入内地。与汉族杂居错处之前，其生活的地理环境及其游牧为主的经济、政治制度，同内地汉族所处的地理环境、农耕经济和政治制度差别较大；迁入内地后这一切发生了巨大的变化。这种变化使他们逐渐适应内地的农耕经济和采用内地汉族传统的制度和习俗。作为胡族统治者，他们采取上述的政策和措施，自然也有为了统治广大汉族的用意。北魏孝文帝的汉化改革即是一个最好的例证。这就是我们所说的"汉化"进程。这一切充分地体现在十六国五胡所建政权和北朝政权，以及五胡发展的过程中。这是历史事实，谁也否定不了。

当然，忽视内迁五胡在胡汉融合过程中的作用，及汉化中仍保留了胡的某些特征，是错误的。但是，将胡汉并列，不分主次，否认内迁五胡的汉化及胡汉融合中汉化为主流的看法，同样是错误的。因为它不符合历史事实。试问内迁之五胡到隋唐时期基本不见于史籍，原为五胡的各族无论从姓氏、籍贯、文化、习俗与汉族无异，甚至自己编造谱牒，自称是汉族祖先黄帝之后裔，这一切说明了什么？说明内迁五胡与汉族在魏晋南北朝隋唐时期与汉族逐渐融合（汉化）。这种融合的主流使他们逐渐采用了传统的汉族文化习俗，包括语言文字、传统文化及最终形成与汉族一样的共同心态，也就是最终融入了汉族。上述的胡汉融合关系，正如河流中的主流与其支流的关系，主流是汉族，支流是内迁的胡族。支流汇入主流之前是独立发展的、有自己特点的民族共同体，当他们纷纷内迁与汉族杂居错处后，汇入主流。此时主流中便有了支流的成分，主流的壮大发展与支流有密不可分的关系。事实上，朴汉济教授也是同意上述主流与支流的比譬，他在今年五月武汉大学召开的前近代史理论国际学术研讨会上的发言中，也提出了类似的比譬。而且他所发表的一系列关于胡汉体制的论文中，不正是充分表现出五胡政权、北魏、西魏和北周等政权中原五胡的特点正在逐渐消失，只是偶尔的"回归"（"赐姓"）或在传统的汉族制度、习俗中杂有原胡族的影响或残余吗。

第二，与上述问题相关的是，中国学者最不能接受的一个论点，即前述"胡汉关系是构成这一时代的基本骨架；而且汉族文化同胡族文化互相融合，最后形成既不属于汉族也不属于胡族的，即 Synthesized（综合、化合）的第三种形态的文化，是这一时代特殊的历史现象"。众所周知，世界上任何一个民族及其发展都不是孤立的，必然与周围各民族发生不同程度的关系，而且也总是相互影响、相互吸收、相互融合的。这种相互影响或融合情况各异。其中有两种民族融合后变成第三种民族及其文化（即朴汉济教授所谓的 Synthesized 第三种形态"胡汉体制"与"侨旧体制"论的文化），在历史上这种融合较为少见。大多数情况是民族的交往和融合中，一种占主导地位的民族及其文化吸收、融合若干非主导民族及其文化，而获得壮大、发展，增添了新的血液。魏晋南北朝时内迁五胡及其文化，在他们地理环境及游牧经济改变的情况下，与北方广大汉族杂居错处，胡汉之间的融合无论从哪方面来讲，都是主导的汉民族及其文化本身的壮大发展，只是在这一过程中不同程度地吸收了非主导的胡族的若干因素；而非主导民族胡族及其文化则逐渐消亡，包括胡族原有作为独立的民族共同体的若干重要特征，即共同地域、共同语言文字、共同的经济和文化、民族认同和共同的心理状态等。

按照朴汉济教授的论点，隋唐时国内的主要民族及其文化既不是汉族及其传统文化，也不是胡族及其文化，而是一种新的民族和新的第三种文化。如果从秦汉以来汉族发展过程来说，到隋唐时汉族增加胡族的新鲜血液，有新的发展和变化，那是正确的。因为一个民族及其文化的发展是不断变化的，前期与后期决不会完全相同。但是，经过魏晋南北朝时胡汉民族的大融合，汉族及其传统文化仍然存在，相反胡族及其文化则消亡了，并没有存在非汉非胡的第三种民族和其文化。中国历史及汉族发展史均证明了这一点，这是毋庸置疑的。

第三，还有必要讨论一下魏晋南北朝隋唐时的社会性质问题。朴汉济教授对用马克思主义唯物史观作指导，以社会发展形态来认识这一时期的历史基本上持否定态度。

他认为，现今"他（即历史唯物论）作为说明这个时代实像的一个假说的使命已结束。从而，我认为从最近出现的研究倾向中可知以这种观点不可能打开研究这个时代研究的局面"。（《侨旧体制的展开与东晋南朝史》）其实，这是朴汉济教授产生的一些误解。

众所周知，自 1949 年后，中国史学界普遍接受了马克思主义唯物史观，以此为指导来研究、认识中国历史，包括 3—9 世纪魏晋南北朝隋唐史，取得了显著的成绩。但是，不可否认，由于长期以来国内史学研究受到政治上"左"的思潮的影响，把历史唯物论的理论当作教条，以贴标签的方式来研究历史。比如，一旦认为魏晋南北朝隋唐时期是处于封建社会形态或奴隶制社会形态，于是就从各种史料中挑出符合这一结论的史料，来论证这一形态的各方面。这样，中国历史各个阶段生动、辩证的特点，都变成了僵硬的教条，成了几个社会形态干枯的、大致雷同的结论。用这种"历史唯物论"来研究中国历史，可以说是歪曲历史，难怪会遭到学者们，包括朴汉济教授等的反对和否定了。

我们认为，马克思主义唯物史观是使历史学真正成为科学的一种理论。它的一些基本原理是认识研究历史的指南，是最为全面、系统、辩证地研究历史的方法。我们应用这个理论的基本原理，比如生产力与生产关系、经济基础与上层建筑等，去研究中国的断代史，就可以洞悉这一

朴汉济《中国中世胡汉体制研究》书影

阶段历史的真正的、而不是某一方面的或表层的特征。由此，再提炼出一个研究中国断代史的体系或方法，那才是真正科学的、符合历史本来面目的，是活生生的，而不是僵化的。这也是一项十分艰巨的工作，我们期望在不久的将来，经过中外学者的共同努力，是会找到一个以唯物史观作指导、准确而具体地认识、理解中国魏晋南北朝隋唐时代的体系和方法的。

原载于《中国史研究》1997 年第 1 期

第三辑　书序撷粹

《中国中世西北民族关系研究》绪论

　　中国是有着悠久历史的文明古国，也是一个由多民族共同发展而形成的大国。现有的国内五十六个民族，都是古代民族直接或间接地绵延和发展，正是这些民族共同创造了中国的历史和文化。在中国历史上，各民族的相互关系，即他们之间在政治、经济和文化等各方面的相互影响，他们之间的和平交往或矛盾斗争，以及相互融合等关系，组成了中国历史一个重要的侧面，影响着中国历史发展的进程、国家和民族的命运。因此，研究中国民族关系的历史，不仅对于我们认识中国历史有着重要的作用，对于历史学、哲学、经济学、民族学等学科有着极大的影响；而且对于加强现今的民族团结，维护国家的统一，也有着重要的意义。

　　关于中国民族关系的历史，历史上各个时代的史学家、思想家们都给我们留下了无比丰富的史籍和文献；近现代以来，史学家的论著中，也有许多关于中国民族关系史的论述。然而，真正将民族关系史作为民族学或历史学分属的一门专门学科，还是20世纪80年代以来的事。十余年来，这门既古老而又年轻的学科，得到了迅速的发展。有关这门学科研究的范围、内容、含义，它与民族史学科的关系，以及一系列相关的理论问题，均引起了国内学术界的注意和探讨，有一系列的论著出版。

这本《中国中世西北民族关系研究》，系作者十余年来研究中国西北民族史和民族关系史的一个小结。它应属于中国断代的、地域性的民族关系的历史著作。书名中的"中世"（学界也称为"中古"），并非严格的科学意义上的"中国中世纪"，而是为了标明本书只是研究中国古代史中"魏晋南北朝、隋唐时期"的西北民族的关系。所谓"西北"，本书则指现今陕、甘、宁、青、新五省（区）的地域。为什么要选择魏晋南北朝、隋唐这一历史时期和西北这一地域的民族关系作为研究的对象呢？这是因为魏晋南北朝、隋唐时期是中国统一的多民族国家发展和巩固的一个重要阶段，也是中国历史上一个分裂割据时期向统一时期转变的典型，具有值得深入研究的学术价值。同时，这一时期民族关系最为错综复杂，特别是西北地区的民族关系，对当时历史的发展起着重大的影响。因此，研究这一时期西北的民族关系，对于加深认识这段中国历史和从中吸取历史的经验教训，都有着重要的意义。其次，作者本人十余年来也主要从事这一时期的西北民族史和民族关系史的研究工作，有一些不成熟的看法和心得，故而愿意在这一领域内进一步做一些探索。

进行民族关系方面的研究，首先必须解决一系列有关的理论问题。1949年中华人民共和国建立以来，我国老一辈的史学家和十余年来的史学工作者，在这方面做出了很大的成绩，许多理论问题经过讨论，意见已渐趋一致。然而，也有一些理论问题意见则比较分歧，还值得进一步探讨。

一、关于历史上的中国及其疆域、民族问题

在研究民族关系史时，首先会碰到一个问题是：研究历史上民族关系，必须明确哪些民族是属于当时的中国，哪一些不属于中国，而是国外民族；古代中国的疆域以什么标准来划分等。只有这些问题解决了，才能确定两个民族之间的关系是历史上的中外关系，还是国内民族之间的关系；民族的战争性质，是国内民族之间的战争还是与外国民族之间的战争。这也是1949年以来史学界讨论的"历史上的疆域问题"或少数民族的"国籍"问题；历史上边疆少数民族所建政权是否与内地汉族所建政权一样，都是历史上的中国等问题。我们把这一些问题，归纳为"历史上的中国及其疆域和民族的问题"。

经过 40 多年来史学界的讨论，有一点是大家一致同意的：凡是在今天中国疆域内活动过的历史上的各个民族及其所建政权的历史，都是中国历史的一部分，是中国史范围和中国史讲述的对象。但是，在处理中国历史发展过程中的疆域和民族问题时，却产生了分歧，主要有两种观点：一是以今天的中国疆域为准，凡是历史上在这个疆域内活动的民族及所建政权，不仅现在而且在当时也都是中国，他们的疆域就是中国的疆域。二是认为历史上的中国就是历代汉族所建的王朝，当时已经与汉族融合或归入汉族王朝版图的，就属于国内性质，反之就是外族和外国。

关于后一种认为历史上的中国就是汉族所建王朝，一概视少数民族及所建政权（未归服汉族王朝者）为外族、外国，甚至把蒙古族、满族入主中原所建之元、清两朝，说成是"中国灭亡"的观点，显然是错误的，因而遭到史学界绝大多数学者的反对和驳议。目前持这种观点的人不多，但在国外许多学者，包括国外一些论著中却仍持这种观点。至于前一种以今天中国的疆域来确定历史上的中国疆域和民族的观点，为国内大多数学者所赞同。特别是1981 年 5 月在北京香山召开了中国民族关系史研究学术座谈会之后，这一观点基本为史学界所接受。但是，这一观点仍然是有疑问的。

作者以为，我们所谓的"历史上的中国"不是指地域的、文化的概念，不是指文化类型或政治地位的概念，也不完全是指历史上那些自称为"中国"或被其他政权称为"中国"的中国。"历史上的中国"是一个国家的概念，就是指今天中国在历史上作为一个国家的情况，即"历史上的祖国"的意思。因此，那种以今天中国的疆域来确定历史上中国的疆域、民族的观点，既否认了历史上的中国是一个国家，否定了历史上中国是一个统一的多民族国家，又否定了历史上中国的发展过程和统一、分裂的事实。因而，对这一观点有重新考虑的必要。

我们认为，历史上的中国应指历史上我国统一的多民族国家，而历史上我国统一的多民族国家存在着统一和分裂的情况。因此，当统一的多民族国家处于统一时期，历史上的中国就是当时的统一的多民族政权，即由汉族或其他少数民族所建立的中央集权的封建国家。在统一的多民族政权处于分裂时期，则由原统一的多民族国家管辖的民族或地区出现的政权，都应是当时中国的一部分。值得注意的是，在如何看待历史上中国统一的多民族国家统一和分裂问题时，应首先将中国历史发展的过程当成一个整体来看，不能割断历史，抽出其中一段来孤立的分析，这样做势必对分裂时期的中国各政权作出片面的结论。其次，中国历史上的统一和分裂都是相对的，绝没有与今天疆域一致的绝对统一；统一和分裂又相互渗透，统一之中也可以出现小的、暂时的分裂割据（如明代北方的鞑靼、瓦剌等），分裂之中也有局部的统一（如南北朝等）。[1]

确定某一地方或民族是否属于历史上的中国，我们认为，只能用一个国际上也通行的标准，即行政管辖，只有历史上中国统一的多民族国家管辖的地方和民族，才能是历史上中国的地方和民族。如果否认这个标准，用今天中国行政管辖范围内的民族和地方去套历史上中国的民族和地方，那就等于取消了历史上曾经存在过一个发展为今天的历史上的中国。当然，历史上的行政管辖与近现代的行政管辖应该是有区别的。[2]

二、历史上民族关系的主流与支流问题

在中国历史上，民族关系的主流是什么？从中国浩如烟海的史籍中，我们所看到的历史上各民族之间，大多是你打我，我打你，充满了战争的火药味。从秦汉时对北方匈奴、鲜卑的战争，秦对南越的战争，东晋十六国

---

[1] 关于中国历史上统一与分裂问题，参见拙文《怎样看待我国历史上的统一和分裂》，载《中国民族关系史研究》，中国社会科学出版社，1984 年。

[2] 参见拙文《历史上的中国及其疆域、民族问题》，载《云南社会科学》1989 年第 2 期。

时汉、匈奴、氐、羌、鲜卑、羯胡相互之间的争战，唐对吐蕃、南诏、突厥的战争，到宋与辽、金、西夏之间的战争，明对蒙古、瓦剌，清对准噶尔的战争等等。正因为如此，中国传统的封建史家总是把历史上的民族关系，说成是各族之间的仇视、战争，是你征服我，我征服你。二十世纪五十年代初期，有的史学工作者为了批判和纠正这种传统的看法，提出我国自古以来是一个统一的多民族国家，汉族和其他许多民族都是一个民族大家庭的成员，"他们在平等基础上的相互关系，是民族关系的主流"。他们认为只有这样才能克服大汉族主义，有利于民族团结。所以，他们在教学和论著中，少提或者不提历史上民族之间的战争、屠杀等。这似乎从一个极端又走到了另外一个极端。

20世纪80年代后，国内史学界对这一问题又展开了讨论，主要有以下两种意见：

（一）许多同志认为，历史上各民族之间的仇视、屠杀、战争，只是民族关系的一个方面，即统治阶级与统治阶级之间，或是某一民族统治阶级与另一民族的人民之间是存在着的。另一方面则是各族人民之间的关系，历史上各族人民是友好的。他们经常互相帮助、相互合作。这是我国历史上民族关系的主流、基本的方面。比如各族人民在生产和生活中长期进行着经济和文化上的交流；在向共同阶级敌人斗争的过程中，他们也是相互支持的。当然，这种友好关系，也不能说成是"牢不可破的友好和互助关系"，这不合乎历史事实；在阶级社会里，绝不会有这样的关系，只有到了社会主义社会，才能出现这种民族关系。

（二）另一种意见认为，从理论上讲，马克思主义从阶级观点出发，以为民族矛盾实际上是阶级矛盾在民族关系方面的表现形式。历史上各族统治阶级由其阶级本性所决定，他们之间经常因为阶级利益而发生冲突和战争，民族歧视和压迫是存在的。而在各族人民之间，由于阶级、民族、地理及统治阶级的影响，他们之间也不可能实现真正的平等和亲密无间的关系。所以，历史上民族关系的主流不是和平共处或平等联合。有的同志甚至认为，民族压迫是各民族之间关系的本质表现等。

上述的两种看法，比起"文革"前的观点是大大前进了一步。但是，持上述两种看法的人各说各有理，争论不下，不易得出正确的结论。在1981年5月北京香山座谈会时，与会专家、学者提出了一种新看法，即"中国各民族间的关系，从本质上看，是在漫长的历史过程中，经过政治、经济、文化诸方面愈来愈密切的接触，形成了一股强大的内聚力，尽管历史上各民族有友好交往，也有兵戎相见，历史上也曾不断出现过统一和分裂的局面，但各民族还是互相吸收、互相依存、逐步接近，共同缔造和发展了多民族的伟大祖国，促进了中国历史的发展。这就是历史上民族关系的主流"。①

我国著名的史学家白寿彝先生在会议结束时的发言中，也发表了类似的看法。他说："究竟什么是民族关系中的主流？我看各民族共同促使历史前进是主要的，也可以说这就是主流……在民族关系史上，我看友好合作不是主流，互相打仗也不是主流。主流是什么呢？几千年的历史证明：尽管民族之间好一段、歹一段，但总而言之，是许多民族共同创造了我们的历史，各民族共同努力，不断地把中国历史推向前进，我看这是主流。"②

这种看法，是正确的。历史上的民族关系，一个民族与另一个民族之间是一对矛盾的两个方面。两者是统一的，即是相互依存，缺一方都不行，处于一个统一体中；双方又有斗争性，有时发展到对抗的地步，那就是民族之间的战争。正如有的同志对民族关系形象的说法，是"见不得，离不得"。矛盾的双方有主次之分，就是说，在某一时期当民族矛盾十分尖锐、发展到了对抗的民族战争阶段，此时矛盾的斗争性上升为矛盾的主要方面。比如宋与金、辽、

① 翁独健：《中国民族关系史研究学术座谈会讨论历史上的中国及民族关系的主流问题》，载《光明日报》1981年6月22日。
② 白寿彝：《关于中国民族关系史上的几个问题——在中国民族关系史研究学术座谈会上的报告》，载《中国民族关系史研究》，中国社会科学出版社，1984年，第9页。

西夏的战争时，双方统治阶级几乎是动员了各自一方的人力和物力。但是战争之后，各族之间又有和平发展的一面，特别是各族人民之间。这时矛盾的统一性又成为矛盾的主要方面。在阶级社会里，民族之间的矛盾并没有发生质的飞跃，只有到社会主义时期，各民族一律平等，这时民族关系矛盾才有了本质的不同，有了质的飞跃。所以，历史上的民族关系，战争与和平，是应根据具体的历史时期来讲，而且两者都存在，要分其中谁是主流，谁是支流，只有根据具体时期来定，不能统而言之。可是，如果我们从这一矛盾总的发展过程、发展的趋势来看，无论民族战争或是和平相处，民族关系总的趋势，也就是主流，应该是各民族的相互接近，互相融合，推动历史向前发展。

这里，有人一定会问：历史上民族之间的战争也会让民族之间相互接近、互相融合，继而推动历史前进吗？矛盾的双方是可以相互转化的。民族战争固然使各民族人民遭受浩劫，千百万人死于非命，经济、文化受到破坏。然而，各民族之间的相互接近，战争也是一种重要的方式，历史上每一次战争后，总有大批被征服的民族被强迫迁徙到另一个民族聚居之地，各民族杂居错处，相互融合。东晋十六国时，民族战争很多，正是在这一时期形成中国历史上一次民族融合的大高潮。蒙古族、满族如果不入主中原，他们就不会有较多的部分融合到汉族之中。至于由战争引起的经济、文化交流的例子，历史上更是屡见不鲜。

三、民族战争与民族英雄问题

中国历史上曾有过无数次民族之间的战争，怎样去看待、分析这些战争的性质呢？或者说，民族战争有无侵略反侵略战争的性质呢？这一问题很重要，它不仅牵涉我们著述中的用词问题，更重要的是它将决定民族战争的性质（是非、正义或非正义等）问题。目前国内学术界有两种意见：一种认为，中国历史上各族政权之间的战争都是国内性质，是民族矛盾的表现形式之一，应该有进步与反动、正义与非正义的区别。这些国内战争是压迫与反压迫的民族战争。另一种意见认为，某些少数民族，如匈奴、突厥、契丹、女真等对汉、唐、宋、明等王朝的战争，具有侵略和反侵略的性质。

显然，对于历史上民族战争性质的看法是与前述对"历史上的中国"的看法相关的。那种持以今天的疆域来确定历史上的疆域和民族观点的人，是把在今天疆域内活动过的民族及所建政权，统统视为国内民族，因而他们之间的战争自然都是国内战争，没有侵略与反侵略战争的性质，只有进步与落后，正义与非正义之分。反之，那种认为只有汉族所建王朝为历史上的中国的人，则自然得出汉族王朝与其他民族政权的战争有侵略与反侵略战争的性质。如果按照作者前述关于历史上的中国及其疆域、民族问题的观点，则是在少数民族及所建政权没有成为当时中国统一的多民族国家的一部分之前，它与当时的统一多民族国家的战争，是当时国内外的战争，具有侵略与反侵略的性质。若这些民族已为当时统一的多民族中国所统一，以后再分裂，并建立割据政权，则他们之间的战争，应是国内战争的性质。

怎样分析国内历史上民族战争的性质呢？这也是一个十分复杂的问题。对历史上每一次民族战争（指国内）的看法，学术界也不会完全一致。比如辽、金对宋的战争，一种意见认为辽、金是非正义的掠夺战争；而有的学者却认为宋为腐朽的政权，当它遭到外族进攻时必然被消灭。女真灭北宋、蒙古灭金、南宋，都是合乎规律的事。还有一种所谓的"统一战争"，如前秦氏族苻坚为统一南方所进行的淝水之战，隋大业五年炀帝西巡灭吐谷浑之役，蒙古灭南宋，清入主中原等，无疑都有统一当时中国的性质。但是，这一类型的战争又是以一族屠杀、征服另一族的面目出现，如何评价和定性？也是一个问题。总之，对于民族战争都应该具体分析，不能绝对肯定或否定。

至于民族英雄的问题，则是近年来讨论较多、意见也颇为分歧的问题之一。怎样的人才能称为民族英雄呢？在近代中国沦为半封建半殖民地后，凡抵御帝国主义侵略的都是民族英雄，如林则徐、孙中山等。这一点是没有什么争议的。但在中国长期的封建社会里，怎样的人才算民族英雄呢？有的人认为，凡是促进本民族社会发展、促进各民族经济、文化交流的人，就是民族英雄。有的则认为，能代表中华民族的利益，促进中国社会经济、文化的发展，反抗民族压迫和外来侵略，有利于祖国统一的人，才算是民族英雄。据此，有人还提出历史上的英雄有两种：一是中华民族共同的英雄；一是本民族的英雄。比如岳飞、文天祥等，汉族认为是本民族的英雄，而女真、蒙古族则认为不是；他们有自己的阿骨打、成吉思汗等民族英雄。有的人又不同意这种观点，以为能称为民族英雄的，应对各族人民都有利，仅有利于一个民族的不能算作民族英雄。总之，这一问题也十分复杂，而且极易激起民族之间的感情矛盾，处理应十分郑重。

依作者愚见，所谓的"民族英雄"即是历史上的杰出人物，应当应用马克思主义唯物史观中关于个人在历史上的作用等辩证观点去分析。以他在历史发展过程中（包括本民族的发展）所起的进步作用来衡量，对其功与过均应注意，不能绝对化、神化，但也应指出其功过之大小，从而确定其是否为中国历史上的民族英雄。

四、民族融合和民族同化问题

在 20 世纪 50 年代以来的报刊及一些论著中，我们经常看到"民族融合"（或作"民族溶合"）这个词，而"民族同化"一词却较为少见。对这两个概念的含义、用法，目前有两种截然不同的看法：一种是把二者基本等同起来，一律用民族融合，避免用民族同化；一种是认为二者是两个不同的概念，具有不同的含义：在阶级社会，只有民族同化，没有也不可能有民族融合。还有的人认为，同化有强迫同化和自然同化，但民族融合只有在资本主义社会时，才有所萌芽。持这种观点的同志，引经据典，说明"民族融合"是指在共产主义基础上的各民族的平等融合和高度的统一。其结果不是一个大民族同化小民族，而是一个民族与另一个民族平等融合形成新的民族等等。

这种在理论上似乎是有所根据的看法，却不能得到严格地使用。因为学术界大多数学者对"民族融合"这一概念，并非按哪种严格意义上的"理论"去理解，而是泛指历史上两个以上的民族因错居杂处、相互通婚，逐渐成为第三种民族，或者一个大民族将小民族融合的历史现象。这也可以说是广义的"民族融合"吧。而对历史上一个统治民族的统治阶级施行强迫其他民族运用自己民族语言文字、风俗等措施和行为，因而形成被强迫的民族最后融入统治民族之中的历史现象，才称之为"强迫同化"或"同化"。这种使用"民族融合""民族同化"的方式，为今天学术界习惯的用法。

作者认为，这种用法和理解，符合中国国情；如果硬要从字眼上去寻找与马克思主义经典著作中的相通之处，那么"民族融合"一词，就会在我国史学著作中遭到"枪毙"，因为到共产主义，还有一个相当长的时期。

以上就是作者对有关中国民族关系史研究一些理论问题的理解和看法，作者就是力图将这些看法贯穿在本书之中。如有错误、不妥之处，敬请批评、指正。

在应用上述有关理论思考和撰写本书过程中，作者还注意到一些关于研究中国民族关系史中值得提出的问题。比如：

（一）作为中国地区民族关系研究，则应以历史上中国统一的多民族国家形成、发展和巩固以及中华民族的形成为纲，贯穿在民族关系史研究之中。因此，西北民族关系研究，首先应突出西北各族与内地政权（统一的或是分裂的）及汉族的关系。但是，不能写成内地王朝经营西北地区史，要突出写好历史上统一政权或内地割据政权对西北各族的统治政策和管辖方式。这是中国地区民族关系中重要的一个方面，且具有一定的现实意义。

基于这种认识，对于那种认为是否应打破中国王朝体系，按民族为体系来撰述民族关系的看法，作者以为不一定妥当。因为一方面作为中国的地区民族关系之最主要者，应是这一地区的民族与内地汉族及其所建政权的关系；另一方面王朝体系不仅是一个中国习惯标明时代的用法，广为人们所接受，而且它反映了中国历史发展的线索。因此，作为中国史一部分的民族关系史，以王朝体系为时间和断代的标准，将会更好地反映出每个时代地区民族关系

周伟洲《中国中世西北民族关系研究》

书影

的特点。

（二）以往中国的史籍文献，记录最多的是历史上各民族之间的政治（包括军事）关系，而对于历史上各族之间的经济、文化等方面的关系，则记载不多。作者力图在本书中，加强对西北民族关系中有关经济、文化方面的论述。

（三）民族的迁徙与融合，是中国历史上民族关系一个重要的方面，本书则用了较多的篇幅来叙述，并且力图找出这一时期民族融合的一些规律和特点。

此外，作者还注意到了西北地区自然条件、地理环境对民族及民族关系发展的影响；西北从事游牧的民族与农业民族关系的特点；西北地区之成为东西、南北各族交往的通道；西北各族文化（特别是宗教）的特点及相互传播；民族共同心理的形成等问题。并且，力图把这些问题的思考，贯穿在本书之中。

原载于周伟洲：《中国中世西北民族关系研究》，西北大学出版社，1992年；广西师范大学出版社2007年再版

《英国俄国与中国西藏》绪言

一

　　西藏位于中国西南部的青藏高原。藏族人民是具有悠久历史的民族之一。早在公元 7 世纪初，唐朝与藏族所建的吐蕃政权之间就建立了密切的政治关系。应吐蕃的请求，唐朝曾两次将公主出嫁给吐蕃赞普：一次是在唐贞观十五年（641），文成公主嫁与吐蕃名王松赞干布，一次是在唐景龙四年（710），金城公主嫁给吐蕃弃隶缩赞。唐蕃王族的联姻，使双方结成了舅甥关系，"虽云两国，实若一家"，[①]有力地促进了西藏地方和内地的经济、文化交流。唐蕃频繁的使臣往来，朝聘互赠，会盟订约，也进一

----

　　① 《白居易集》卷五六《代王佖答吐蕃北道节度论赞勃藏书》。

步加强了双方的政治关系。据不完全统计，自公元 634 年至 846 年的二百多年间，唐使入蕃有 66 次，吐蕃使来唐有 125 次。[①]

唐朝与吐蕃之间也存在着冲突和战争，但是主流是和好的亲密的。这正如至今还屹立在拉萨大昭寺前的《长庆唐蕃会盟碑》（立于公元 823 年）所记：“大唐文武孝德皇帝与大蕃神圣赞普，舅甥二主，商议社稷如一，结立大和盟约，永无沦替。”

由于唐朝与吐蕃政治关系的发展，汉藏人民之间经济、文化的交往也日益频繁。在唐蕃交界处，汉藏人民相互贸易，有规定的“互市”。[②]因各种原因来到吐蕃的汉族工匠在这里建立了多种手工业部门。藏族人民的一些土特产，如马、牛、羊、骆驼、牦牛尾、獭褐、金银器、杂药等，也通过使臣和民间贸易传到内地。吐蕃还派遣贵族子弟到唐京师长安留学，学习汉族传统的文化典籍。吐蕃著名的大臣论仲琮、论钦陵等，以质子或侍子身份入长安，学习汉族礼仪和典籍。[③]内地汉族人民先进的农业生产技术、碾硙、丝织工艺、医学、建筑技术、宗教、乐舞、茶叶等，也相继传入吐蕃。所有这一切都充分证明，

① 《西藏地方历史资料选辑》，三联书店，1963 年，第 6 页。
② 《册府元龟》卷九九九《外臣部·互市》。
③ 《册府元龟》卷五四四《谏诤部·直谏十一》。

早在一千三百多年前，汉藏人民就已经建立了密不可分的关系。

公元 9 世纪，吐蕃与唐朝先后灭亡，中国内地与吐蕃地方先后进入分裂割据的时期。然而，分裂割据的局面并没有割断唐蕃形成的密切关系，内地汉族政权与藏族所建政权之间，汉藏人民之间仍然通过各种不同的方式保持着政治、经济和文化等方面的交往。公元 11—13 世纪，内地的宋朝就与甘肃河西一带的"西凉吐蕃"、河湟地区的吐蕃唃厮啰保持着臣属的关系，汉藏人民的"茶马贸易"，已成为两族人民生活中的必需，占有重要的地位。①

到公元 13 世纪中叶，兴起于漠北的蒙古族逐渐统一了中国内地，建立了元朝。西藏地方也正式统一在中国的版图之内。

元太宗八年（1236），蒙古汗窝阔台次子阔端占领成都，并"诏招谕秦、巩等二十余州（今陕、甘一带），皆降"。② 过了三年（1239），阔端派遣嘉默、垛达率领蒙古军从四川西部入藏，一直推进到拉萨东北的热振寺和甲拉康等地。这支蒙古军入藏本有试探之意，因此，次年撤出

---

① 参见《宋史》卷四九二《吐蕃传》；《宋会要辑稿·蕃夷》；《宋史》卷一九八《兵志一二·马政》等。
② 《元史》卷二《太宗纪》。

了西藏。① 元定宗元年（1244）阔端迎请西藏萨迦派高僧萨迦班智达到凉州，双方达成了西藏归属蒙古的协议。萨迦班智达寄给乌斯（即"卫"）、藏（后藏）、阿里僧俗上层一封长信，信中明确地说到西藏地方接受蒙古汗王规定的行政制度及其施行的基本办法，如汗王谓"若能唯命是听，则汝等地方及各地之部众原有之官员俱可委任官职，对于由萨迦之金字使和银字使召来彼等，任命为我之达鲁花赤等官"，"汝等可派遣干练使者前来，将该处官员姓名、百姓数目、贡品数量缮写三份，一份送来我处，一份存放萨迦，一份由各自长官收执"。② 这些办法奠定了以后元朝中央政府对西藏地方行政管理的基础。

元朝建立后，西藏地方正式成为元朝中央政府一个行政区域。1260 年，元世祖忽必烈即位后，加强了对西藏地方的管理，封萨迦班智达的侄子八思巴为"帝师"，授以玉印，统天下释教。③ 忽必烈还委托八思巴创制蒙古新字。至元六年（1269），八思巴携新字来京，忽必烈即将新字颁行天下。这就是后人所说的"八思巴文"。

① 第五世达赖喇嘛著，郭和卿译：《西藏王臣记》，民族出版社，1983 年，第 88 页。

② 信原文引自阿旺贡噶索南著，陈庆英等译：《萨迦世系史》，西藏人民出版社，1989 年，第 93—94 页。

③《元史》卷四《世祖纪》。

在行政管理方面，忽必烈改变过去任命萨迦手下各级金、银字使官的临时措施，建立了一整套"政教合一"的行政管理制度。与元朝其他行政区域一样，忽必烈按蒙古惯例，将西藏地方作为宗王封地，分封给他的第七个儿子奥鲁赤。奥鲁赤死后，其子铁木儿不花袭封。[①] 宗王对其封地只有食邑的权利，真正管理西藏地方政务的中央机构是宣政院。《元史》卷八七《百官志三》记："宣政院，秩从一品，掌释教徒及吐蕃之境而隶治之。遇吐蕃有事，则为分院往镇，亦别有印。如大征伐，则会枢府议。其用人则自为选。其为选则军民通摄，僧俗并用。至元初，立总制院，而领以国师。二十五年（1288），因唐制吐蕃来朝见于宣政殿之故，更名宣政院。"可见宣政院不仅是管理宗教的机构，而且也是管理西藏地方军政的机构。"军民通摄，僧俗并用"，就是说宣政院"其为使位居第二者，必以僧为之，出帝师所辟举，而总其政于内外者，帅臣以下，亦必僧俗并用，而军民通摄"。[②] 这就体现了西藏地方行政机构政教合一的特点。

帝师有很大的威望和权力，《元史》卷二〇二《释老传》说："于是帝师之命，与诏敕并行于西土。百年之间，

---

① 参见达仓宗巴·班觉桑布著，陈庆英译：《汉藏史集》，西藏人民出版社，1986年，第161—162页。
②《元史》卷二〇二《释老传》。

朝廷所以敬礼而尊信之者，无所不用其至。"自八思巴始，历代帝师均由元朝敕封委任，赠玉印。帝师的"昆弟子姓"、弟子也享有一定的权力。现西藏自治区博物馆藏"白兰王印"，就是元朝敕封帝师之兄锁南藏卜等为白兰王所颁发的金印。据《元史》记载，锁南藏卜至治元年（1321）封为白兰王，封后出家为僧；泰定四年（1327）还俗复封，且尚公主。[①]现日喀则扎什伦布寺内还存有一方元代铜印，上镌有"皇庆元年（1312）七月中书礼部造"的款识，印文是八思巴文"大司徒印"。

在元朝中央宣政院的直接管理下，西藏地方同内地一样，建立郡县，设官置守。这正如《元史》卷二〇二《释老传》所记：元朝"郡县土番之地，设官分职，而领之于帝师"。元代地方行政机构，最高为行省，下分为道、路，路以下为州、县。道，介于行省与郡县之间，最高长官是宣慰司。"宣慰司，掌军民之务，分道以总郡县，行省有政令则布于下，郡县有请则为达于省。有边陲军旅之事，则兼都元帅府，其次则止为元帅府。其在远服，又有招讨、安抚、宣抚等使，品秩员数，各有差等。"[②]此外，还有诸路万户府，分上、中、下三等。元朝中央政府在藏族聚居的地区共设置有三个宣慰司或宣慰使司都元帅府，以及若

①《元史》卷二〇二《释老传》、卷一〇八《诸王表》。
②《元史》卷九一《百官志七》。

干安抚司、元帅府、宣抚司、万户、千户等。

在三个宣慰司或宣慰使司都元帅府中，"吐蕃等处宣慰司都元帅府"和"吐蕃等路宣慰使司都元帅府"管辖今青海、甘南和四川西部等地藏族聚居的地区。只有"乌斯藏、纳里速古鲁孙等三路宣慰使司都元帅府"，大致管辖今西藏自治区全境。"乌斯藏纳里速古鲁孙"，即卫、藏、阿里三部（路）之意。所谓"阿里三部"，指普兰、孟域和古格。据《元史·百官志》记，这一"宣慰使司都元帅府"下属有"纳里速古儿孙元帅二员"，可知在阿里地区，元朝设有一个或两个元帅府。

据藏文文献记载，元朝曾在乌斯藏地区设置了十三个万户府。1260 年忽必烈尊八思巴为帝师时，曾以乌斯藏十三万户作为其供养；后作为第二次供养，将人、马、法三个却喀（即今西藏、青海和四川西部藏族聚居地区）奉献给八思巴。[1]帝师仅掌教务，分派"本钦"管理俗政。[2]三却喀，又称为"三区"或"三路"，管辖三却喀的本钦，元朝赠以水晶印，称为路军民万户，首任此职者为释迦桑布。每一却喀还设一本钦，元朝授予"等二路宣慰都万户"

---

① 《汉藏史集》，第 170 页。
② 《汉藏史集》，第 166 页，释"本钦"云："本钦这个名词，是吐蕃人对上师（当指帝师）的近侍所起的专门名称。"

官职，六棱银印、虎头牌等。[①]三却喀相当元朝一个行省。有关忽必烈以乌斯藏十三万户、三却喀作为八思巴供养一事，又见于其他藏文典籍之中，如阿旺贡噶索南著《萨迦世系史》、松巴大师著《如意宝树》、土观活佛著《宗教流派镜史》等。此乃崇信佛法的藏族史家记述元朝统治者忽必烈与西藏宗教领袖八思巴关系的一个方面，即一般人所谓的"施主与福田"的关系，也称"施供关系"。这对于崇信佛教的藏族史家来说，本并不为奇。然而，至今却有一部分西藏分裂主义分子，如孜本·夏格巴之流，他们大肆宣传历史上西藏一直是独立于中国之外的国家，西藏与中国的元朝，甚至包括与清朝的关系都是施供关系。[②]从宗教的关系来说，信奉佛教的中国封建帝王作为施主，给宗教领袖以布施（供奉），历史上是常有的事。这种供奉仅具有象征的意义，就拿忽必烈施与八思巴乌思藏十三万户来说，先后就以福田的名义，赠送过两次（三却喀中包括十三万户），而十三万户等地又是元朝封王之地。元朝之所以这样做，正是为了利用宗教来统治信奉佛教的臣民。事实上，八思巴等上师的封号，管理俗事的"本钦"，均由元朝皇帝敕封，而管理"福田"的各级官吏也由皇帝任

① 《汉藏史集》，第 166 页。
② 夏格巴：《西藏政治史》，耶鲁大学出版社，1967 年，第 263—313 页。

免。揭开这层宗教的面纱，施供关系所反映政治关系的本质也就清楚了。这一点对于稍有政治头脑的人来说是不难理解的；只有那些别有用心地利用宗教来分裂中国西藏的人，才会坚持这种不值一驳的观点。

关于元代乌斯藏十三万户府，据藏文史籍《汉藏史集》载："从阿里宗卡以下的洛、达、罗三个宗为一万户（宗卡在阿里贡塘附近），拉堆南、拉堆北、曲弥、夏鲁各为一个万户，扎、自尔、穹三处为一个万户，羊卓、蔡巴各为一个万户，甲哇、止贡、雅桑、帕竹各为一个万户，另外有一个组合起来的万户，由嘉玉地方的一千户人家，主巴地方的九百五十户人家共计一千九百五十户人家组成一个万户，这些加在一起共计十三个万户。"[①] 其他藏文文献和《元史·百官志》所记元代乌斯藏十三万户名称大同小异，大致是属藏的有六个，属卫的六个，介于两地之间的有一个。各种文献记载的不同，反映了元代乌斯藏十三万户并非完全固定，个别万户也有所变迁。

元代乌斯藏十三万户之职，亦由元朝中央政府任命或罢免。万户兼管军政事务，在宣政院的统一管理下，名义上由帝师统领，实际上受管理俗事的本钦指挥。这样，从中央宣政院到乌斯、藏、纳里速古鲁孙等三路宣慰使司都元帅府，再到下面的万户、元帅府、千户等，形成了一套

---

① 《汉藏史集》，第 170 页。

统一的体系。元朝中央政府的宣政院还在西藏地方设置驿站，清查户口，征调差徭等。[①]

元朝的刑律、历法也颁行西藏地方。当时有许多藏族上层贵族、僧侣被任命于内地充任官吏。元朝货币也通行于西藏地方。

以上事实充分证明，西藏地方自元代起，就在中央政府的直接管辖之下，这是六百多年以来汉藏人民亲密关系发展的必然结果，是符合广大汉藏人民根本利益的。元朝中央政府对西藏地方的统一和管理，不仅结束了西藏地方长期以来的分割局面，安定了人民的生活，而且对西藏地方封建经济的发展也起了促进作用。

二

公元 1368 年，明朝继元朝统一中国后，基本上沿袭了元朝中央政府对西藏地方的管理。明朝鉴于元末西藏萨迦教派的衰弱及帕木、止贡等各地教派实力的增长情况，采取了多封众建、贡市羁縻的政策，因袭了元朝时的郡县旧制，行使着完全的主权。[②]

早在明洪武三年（1370），明朝政府就派遣陕西行省

① 参见《元史》及《汉藏史集》等有关部分。
② 《明太祖实录》卷七九。

员外郎许允德等赴西藏，进行招抚工作。接着乌思、藏、朵甘（今四川西部等地）等地原元朝任命的官员和宗教首领纷纷入朝，"乞授职名"。明洪武六年（1373），明朝即"诏置乌思、藏、朵甘卫指挥使司、宣慰司二、元帅府一、招讨司四、万户府十三、千户所四。以故元国公南哥思丹八亦监藏等为指挥同知、佥事、宣慰使同知、副使、元帅、招讨、万户等官六十人"。① 次年，升朵甘、乌思藏二卫都指挥使司，"颁授银印"，② 属河州（治今甘肃临夏）的西安行都指挥使司兼辖。③ 都指挥使司是明朝在云、贵、蜀、桂等地少数民族聚居地区设置的军政机构，简称"都司"，"都司掌一方之军政，各率其卫所以隶于五府，而听于兵部"。④ 明初所置的"乌斯藏行都指挥使司"等一套行政机构，基本上是沿袭元代乌思藏纳里速古鲁孙等三路宣慰使司都元帅府的建置。

西藏地方自元末以来，萨迦教派势力衰落，噶举教派的帕木主巴万户府（地在今西藏山南，以乃东为中心）势力强大，取萨迦法王的地位而代之，统治了乌思藏的大部分地区，成为西藏地方最有权势的教派。明洪武五年

---

① 《明太祖实录》卷七九。
② 《明太祖实录》卷七九。
③ 《明史》卷三三一《西域传三》
④ 《明史》卷七六《职官志五》。

（1372），明朝即封帕木主巴大司徒菩提幢后代章阳沙加为"灌顶国师"。[①]1375年，置帕木主巴万户府。[②] 到明永乐四年（1406），明朝加封帕木主巴法王吉剌思巴监藏巴里藏卜为"灌顶国师阐化王"，"赐螭纽玉印、诰命"。[③] 此后，历代帕木主巴阐化王均由明朝敕封，并服从和执行明朝中央政府的政令。

对西藏地方其他有势力的教派和万户，明朝也加以敕封。如明永乐十一年（1413），明朝封原萨迦派分裂出来的一支——杜厥拉章法王南渴烈思巴为"思达藏（地在今萨迦南）辅教王，俱赐印、诰、彩币"。[④] 同年，又封原元时止贡万户府首领真巴儿吉监藏为"必力工瓦（即止贡，又译作"建儿军"）阐教王……赐印、诰、彩币"。[⑤]

明永乐十四年（1416），明朝在今后藏日喀则地区帕木主巴大臣仁邦巴所管理的地区，设置"领司奔寨行都指挥使司"，以仁邦巴首领"喃葛加儿卜为都指挥金事，遣使给诰命"。[⑥] 到公元15世纪40年代后，帕木主巴势力衰弱，仁邦巴势力扩展于后藏地区。

① 《明太宗实录》卷七三。
② 《明太宗实录》卷九六。
③ 《明太宗实录》卷四一。
④ 《明太宗实录》卷八八。
⑤ 《明太宗实录》卷八八。
⑥ 《明太宗实录》卷一〇一。

此外，明朝中央政府在乌思藏地区还设有"俺卜罗行都指挥使司"（地在元卓巴万户府，今羊卓雍湖西）、"牛儿宗寨行都指挥司"（地在今拉萨河左岸柳梧宗）、[1]"俄力思军民元帅府"（地在今阿里）、[2]"陇答卫指挥使"（地在西藏与四川交界处）等。[3]对一些有实力的地方政教首领，明朝也分别授予官职，如以"擦巴"（即元代刹巴万户府，地在今拉萨蔡公塘一带）头目为"乌思藏都指挥使司、都指挥佥事"；[4]以"公哥儿寨（今贡噶宗）官忍咨巴、扎葛尔卜寨（今泽当北雅鲁藏布江北岸）官领占巴、头目咨卜巴俱为都指挥佥事，给赐银币、诰命"。[5]

明朝还制定了西藏地方的僧官制，僧官分为法王、西天佛子、大国师、国师、禅师、都纲、喇嘛几个等级。法王是最高级的僧官。明朝先后敕封了阐化王、阐教王、辅教王、赞善王（分地在灵藏，今四川里塘一带）、护教王（分地在馆觉，今四川贡觉东南）等五个重要法王，各有分地，是政教首领。还封有三个法王，即大宝法王（噶举派）、大乘法王（萨迦派）和大慈法王（明宗喀巴所创格

① 《明太宗实录》八七。
② 《明太宗实录》九六。
③ 《明太宗实录》四一。
④ 《明太宗实录》八七。
⑤ 《明宣宗实录》一七。

鲁派）。他们没有一定的领地，但在西藏地区仍然具有很大的影响和势力。法王及以下各级僧官的袭职和升迁，也都由明朝中央政府决定。僧官犯法，也同西藏其他行政官员一样，受到明朝中央政府的处分。

西藏地方各级官吏（包括僧官）不仅由明朝中央政府任命和罢免，而且还必须执行明朝统一的政令。如明永乐十二年（1414），明朝派中官杨三保到西藏，命令阐化王、阐教王、护教王、赞善王等修复驿站，"自是道路毕通，使臣往还数万里，无虞寇盗矣"。[1]西藏地方的法王和僧俗官员还要定期进京朝觐皇帝，贡纳马匹和方物；明朝皇帝也照例以绸缎、茶、银钱等回赐。明朝中央政府还征收西藏地方赋税，调拨差役。明初，中央政府因西藏地方僻远，只命其输马，以为贡赋。[2]额赋之外，可根据需要，向藏族人民"征发"马匹或其他物品。明朝在西藏地方调拨的差役，主要是为驿站贡纳驿马和充驿夫。[3]这种差役性质与后来的所谓"乌拉"差役相同。

---

[1]《明史》卷三三一《西域传三》；《明太宗实录》卷九一。
[2]《明太宗实录》卷一五一。
[3]《明太宗实录》卷一五三。

三

到了清代，西藏地方同中央政府的关系发展到新的高度，清朝中央政府逐渐加强了对西藏地方的管理。历史证明：西藏地方是中国不可分割的一部分，藏族人民是中国多民族大家庭的一员。关于此点，本书开篇将作较为详细的论述。

在清朝中央政府逐渐加强对西藏地方管理的同时，西方资本主义国家正在世界各地疯狂争夺殖民地。地处亚洲东方的中国，自然成为西方资本主义列强争夺的目标之一。公元 17 世纪以后，随着资本主义列强对中国侵略的加强，中国西南边疆——西藏也成了列强觊觎的对象。在这些资本主义列强中，英国和沙皇俄国对中国西藏地方均怀有侵吞的野心，它们采取各种卑鄙的侵略手段，包括武装入侵，妄图将西藏从中国分裂出去，成为自己的独占殖民地。西藏人民同全国各族人民一起，对英、俄等帝国主义的侵略进行了英勇顽强的斗争，留下了许多可歌可泣的英雄事迹。因此，近代以来，英国、俄国和中国西藏的关系，本质上就是侵略与被侵略的关系。这就是本书的主题。

关于英国、俄国与中国西藏的关系，即英、俄侵略中国西藏的历史，国外出版和发表的论著很多。然而，这些论著的作者大都站在维护资产阶级殖民主义的立场上，以帝国主义侵略、掠夺其他弱小国家和民族的强盗逻辑，歪曲历史真相，制造了一系列谬论，如中国对西藏地方只有"宗主权"，而无主权；西藏是中英两国的"缓冲地"；鼓吹西藏独立等等。这些论著在世界上广为流传，混淆视听，为害甚巨。而国内近数十年来有关这方面的论著，因时代的限制，许多档案资料未曾公布或不易获得。故论述过程中政治义愤往往多于对第一手档案资料的掌握、分析，缺乏对帝国主义侵略西藏事实的揭露，其结果是缺乏说服力。其次，以往有关论著大多是仅从一个时期或某一方面来论述英、俄与中国西藏的关系，因而不能深入揭露各个时期英、俄侵藏政策、侵略手段的变化、发展，正确分析有关历史事件的来龙去脉等。

例如，笔者于1984年出版的《英俄侵略我国西藏史略》（陕西人民出版社）一书，当时虽然得到学术界的好评，[①]但存在的问题也不少。诸如中、英、俄及西藏地方政府的档案资料，收集得不多，对有些历史事件的详情不甚明了；该书只写到1919年"五四运动"时，未能反映和揭露英、俄侵藏之全貌等。因此，自此书出版之后，笔者一直希望能有机会重新撰写一部分量较重、深入细致、全面系统的英国、俄国与中国西藏关系的著作，以弥补上

---

① 宋黎明：《评〈英俄侵略我国西藏史略〉》，载《西藏研究》1986年第3期。

述的缺陷，并回击国外那些混淆是非、歪曲历史的论著，以正视听。

然而，单个人的力量要完成如此重大的研究课题，无论是第一手档案资料的收集、整理，或是分析研究和撰写，都颇感吃力。即使勉强为之，书的质量和水平也将会受到影响。承蒙国内有关专家的支持协作和国家社会科学基金的资助，经过几年的努力，这本约60万字的《英国、俄国与中国西藏》一书，终于杀青。

在编写此书过程中，我们力求在以下几个方面有所突破：首先，在资料的收集整理方面，尽量采用有关各国档案等第一手资料，搞清历史事实。这是我们撰写此书的基础。有关这方面的资料，语种多，真可谓浩如烟海，复杂纷纭，要想在三、四年间完成这一艰苦的工作，除非是长期从事这方面研究的专家，才有可能具备完成任务的条件。为此，笔者邀请了国内研究这方面问题的专家王远大、伍昆明、申新泰、黄颢等先生撰写有关章节。恰逢我室董志勇同志到英国进修中英关系史一年，返回时带回了国内缺少的英国印度事务部档案资料和最近国外出版的有关著作，并承担了主要撰写任务。

有关清代的档案，除了利用吴丰培先生从30年代整理至今并出版的档案，笔者还多方收集，从中国第一、第二历史档案馆中，获得了一批清代至民国时期的档案资料。有关西藏地方政府档案，我们收集得不多，申新泰先生承担了这部分档案的翻译工作。此外，我们还尽量利用中外学者的研究成果、近来发表的有关当事人的回忆录等。这样，此书的撰写才真正有了坚实的基础。

第二，本书基本以时代为序，以重大历史事件为中心，围绕着英、俄侵藏的主题展开。历史事件就是本书的内容和核心，笔者的主要任务就是尽可能忠实地再现历史的真实，让历史事实本身来揭露帝国主义侵藏的政策、手段和罪恶目的。但是，这并非客观主义的叙述，而是把撰写者对历史事实的观点、评述放置于叙述的过程之中。特别是对国外一些别有用心的人发表的各种谬论，则加以重点的分析和抨击。总之，本书是一部研究英国、俄国与中国西藏关系的学术著作，而非一般的政治读物。

第三，在英、俄侵藏的一百七十多年间，有数百位人物登台亮相，每个人都扮演了不同的角色。在叙述历史事实时，撰写者根据其人的所作所为，不可避免地要作出一些评价。因此，撰写者将尽量根据历史事实，从当时的历史条件出发，对他们作出一个客观的、公允的评价。如对17—18世纪在西藏活动的西方传教士，撰写者指出了他们具有西方殖民主义先遣队的反动性质，但又肯定了他们向西方介绍中国西藏的自然地理及风土人情的客观成绩。对十三世达赖喇嘛、赵尔丰、张荫棠、联豫等的功与过，也作了较为公允的评价。

第四，本书可以说是集目前国内研究英、俄与中国西

周伟洲《英国俄国与中国西藏》书影

藏关系史有关专家协作完成的一部学术著作。笔者在编纂和统稿过程中，基本保留了各撰稿人的观点，只是在个别地方作了一些补充和修改，以适应于全书的主题和体系。如有错误和不妥之处，应由笔者负责。由于笔者学识和水平所限，书中仍有一些遗漏和资料缺乏之处，也有一些评述、观点不妥的地方，祈请专家及广大读者批评指正。

原载于周伟洲主编：《英国俄国与中国西藏》，中国藏学出版社，2000 年；黑龙江教育出版社 2015 年再版

《西藏通史·民国卷》前言

一

1911 年辛亥革命，推翻了清朝，结束了中国二千多年的封建帝制，1912 年 1 月 1 日中华民国成立，从此中国历史进入到近代资产阶级民主共和制的新时代，一直到 1949 年中华人民共和国成立。在中国历史上，这仅有 38 年，一般称为"民国时期"（1912—1949）。本卷为《西藏通史》的一个组成部分，系全面讲述民国时期作为中国领土一部分的西藏地方的历史。

我们在编写这部《西藏通史·民国卷》的过程中，始终遵循的编写宗旨是：

（一）在尽可能收集、整理中国、英国、俄国、美国及西藏地方档案为主的各种文字的史料基础上，充分吸收中外有关的研究成果，以翔实的历史资料为依据，力图多方位地再现民国时期西藏的历史。因为我们坚信，铁的历史事实是不容篡改和歪曲的。

（二）以西藏地方民国时期历史为主体，大致划分为十三世达赖喇嘛执政、热振活佛摄政和达札活佛摄政三个大的历史阶段；尽量避免将民国西藏地方历史，写成民国中央政府与西藏地方关系史，或英国与中国关于西藏之交涉史。

（三）以民国时期西藏政治史为主，但也尽可能地展现这一时期西藏地方的政教制度、社会经济、宗教、文化教育、社会生活及学术研究的诸多方面及其特征。体现在本卷结构上，共分十四章，前第一至第十章是民国时期西藏地方的政治史，第十一至第十四章则是这一时期西藏的政教制度（包括法律、军事制度）、社会经济及相关制度、宗教及汉藏宗教文化交流、文化（包括文学艺术、教育、科技）及社会生活等方面的历史。

二

虽然在西藏地方悠久的历史长河中，民国时期只有短短的 38 年，但这一时期却是近代西藏地方历史中重要的一页。通过对民国时期西藏地方历史的研究，我们认为，这一历史时期西藏地方有如下几个突出的特征：

第一，民国时期历届中央政府与西藏地方政府的关系、藏族与内地汉、蒙等族的关系，仍然是整个西藏地方历史，也是这一时期西藏地方历史的主要内容之一。虽然，如前所述，本卷不能写成上述的关系史，但这种关系是回避不了的，而且是影响和决定这一时期西藏历史进程的重要因素之一。

那么，民国时期中央政府与西藏地方关系的特点是什么呢？

第一，民国时期历届中央政府与西藏地方的关系，乃是元、明以来，特别是清朝中央政府与西藏地方关系的继续，是西藏作为中国不可分割的一部分的历史发展中一个组成部分。民国历届中央政府治藏政策、法律和西藏地方的法律，大多沿袭清朝法律，从中即可窥其大概。因此，不能割断西藏历史，孤立地看待民国时期的西藏历史。

第二，民国时期，从当时世界与中国的形势出发，中国正经历着艰难的近代化过程。西藏地方自辛亥革命后，在英国的支持下，曾一度与中央政府疏离，驱走中央驻藏官员和驻军，采取"两面政策"；然而在政治上始终未与中央政府完全断绝关系，双方一直断断续续地进行着改善关系的接触和谈判。这就是本卷一再提到这一时期，中央政府与西藏地方"不正常的关系"。而作为民国历届中央政府，尽管在国内军阀混战、列强侵侮的严重局势之下，仍然一贯以国家根本大法及各种法律，坚持维护对西藏地方的主权，坚持西藏地方为中国的一部分，并以此处理一切与西藏地方有关的事务。

在民国时期，特别是在国民政府执政时期，中央政府先后派大员入藏，册封致祭十三世达赖喇嘛和主持十四世达赖喇嘛的坐床典礼，在拉萨设立派驻机构——蒙藏委员会驻藏办事处；西藏地方政府和在内地的班禅喇嘛在京也设立驻京办事处，并先后派代表参加国民政府的各种机构或代表会议，享有与其他行省一样的参政议政权利。特别是二千多年以来，西藏地方与中国内地频繁的经济、文化（包括宗教）交往，在民国时期得到进一步的发展，这是西藏地方与中央关系割不断的纽带，是双方关系的基础。

然而，遗憾的是，近代以来国外有些学者和在国外的达赖集团，一直鼓吹"西藏在历史上是一个独立国家"的谬论，其中民国时期"西藏事实上是独立的"就是他们的根据之一。民国西藏地方的真实历史，无情地批驳了这种谬论。就是当时极力支持、鼓动西藏脱离中国"自治""独立"的英国政府，也未敢于公然打出"西藏是独立国"的旗帜，而是歪曲中国对西藏的主权，承认或有条件地承认中国对西藏的"宗主权"。而民国后期也企图染指西藏的美国及独立后的印度等国，也均承认中国对西藏的主权。这是铁的历史事实，是任何人无法歪曲和篡改的。

第三，民国时期，英国及后期的美国对中国西藏的侵略活动，是影响这一时期西藏地方社会政治、经济和文化等方面的重要因素之一，也是民国时期西藏历史的重要内容之一。其特点是，英国积极支持和扶植西藏地方上层中的亲英集团，通过各种方式，将侵略势力深入扩展到西藏政治、军事、经济和文化教育各方面；策划中英藏三方会议，企图将西藏从中国分裂出去，成为其印度北边的"缓冲国"，觊觎和侵占西藏东南边门隅和察隅等地；千方百计阻挠和破坏中国中央政府与西藏地方关系的改善；每当中央与西藏关系有所改善时，英国则总是立即采取各种手段和措施，加以阻挠和破坏，甚至不惜通过外交方式，向民国中央政府施加压力。到第二次世界大战后，美国从冷战战略的需要，开始染指西藏，进行了一系列的活动。

第四，民国时期，西藏地方仍然保存着自清代以来的政教合一体制，但是在世界近代化和资产阶级民主运动思潮的影响下，1913年从印度返回拉萨的十三世达赖喇嘛，开始逐步实施改革（又称"新政"）。改革涉及政治制度，军事、经济、文化教育的诸多方面，可以说是清末驻藏大臣张荫棠、联豫在西藏推行"新政"的继续，是在西藏特殊的历史条件下进行的一场主动适应时代需要的社会改革。改革的目的，固然是为了加强和巩固西藏政教合一的统治，但是具有促使西藏走上近代化道路的性质。如在噶厦政府中新增加了一些办事机构，诸如藏军司令部、拉萨警察局、电信局、电报局、银行等具体实施各项近代化建设的职能部门；试办近代化的工业；注重文教事业，派遣留学生；建立和装备近代化的藏军等。这一切都是西藏社会近代化的开端，影响深远，具有进步的意义。这也是民国时期西藏地方社会发展的重要特征之一。但是，十三世达赖喇嘛的改革，在特殊的历史条件下，又具有明显的"两面性"（表现在与英国和中国中央政府的关系上）和很大的历史"局限性"。

不仅如此，随着民国时期西藏地方对外的逐渐开放和外界接触的增多，近代资产阶级民主主义思想和民族解放运动思潮，在西藏一小部分知识阶层中也产生了影响，并且逐渐渗入到西藏社会的诸多方面。1934年西藏龙夏的改革，1944—1946年的"西藏革命党"事件，以及近代西藏著名学者、人文主义先驱更敦群培的思想、论著和活动等，均是这一时期近代资产阶级民主主义思想在西藏社会中的反映。

第五，尽管在民国时期西藏社会出现近代化萌芽，但是其政治体制仍然是牢固的政教合一体制，支撑着整个社会的经济基础仍然是落后的封建农奴制度。民国时期西藏社会经济发展长期停滞不前，生产力落后，封建农奴制度已成为社会生产力发展的桎梏。土地进一步集中到西藏地方政府、贵族和寺院三大封建领主手中，他们为满足日趋腐化的生活，而加重了对广大农奴的压榨。十三世达赖喇嘛的某些改革措施，特别是扩充和武装藏军一项，清查和增加贵族、寺院的税收以为军费，自然使三大领主加重了对一般农奴的压榨。英国对西藏的经济掠夺，也加重了广大农牧民的负担。1923年九世班禅喇嘛的被迫北上、龙夏的改革等等，都清楚地反映出民国时期腐朽的西藏农奴制的没落。这应是民国时期西藏社会基本的特点之一。

<h2 style="text-align:center">三</h2>

在编写本卷的过程中，始终得到中国藏学研究中心《西藏通史》编辑委员会的指导和帮助，经过五年多的努力，终于完成。但是，我们却留下了诸多的遗憾：

其一，是因中国第二历史档案馆、台湾"国史馆"和"中央研究院近代史研究所档案馆"、西藏档案馆及英国国家档案馆和印度事务部档案馆等，保存了浩如烟海的有关民国时期西藏地方的第一手档案资料；然而，虽经我们多方收集和整理，却因种种条件的限制和原因，不可能全部见到或收集到，因而影响了本卷书中对某些问题的深入分析和认识，留下了遗憾。

其二，民国时期西藏地方的历史，仅有短短的38年，因此西藏社会经济及作为经济基础的封建农奴制变化不大；西藏社会的上层建筑，诸如政教合一体制、法律、文化教育等方面，也未发生大的变革。因此，我们在撰写这些方面时，尽可能地凸现民国时期的变化和特点，但势必与清代后期西藏的情况有所重复，且因资料的局限，在民国时期西藏的经济部分，多利用20世纪50年代的调查资料，故内容略显单薄和不足，留下了遗憾。

此外，本卷在史料的引用和辨析、评述和结论、结构和文字等方面，仍然存在一些问题，望专家及读者不吝赐教。我们将继续努力，争取把民国西藏历史研究推向一个新的阶段。

原载于周伟洲主编：《西藏通史·民国卷》，中国藏学出版社，2016年

《五胡十六国新编》总序

中国的史学传统可谓源远流长，几乎每一个在中国历史上存在过的政权，都有人为之撰写历史。中国历史上的五胡十六国时期（304—439），[①] 虽然仅是中国几千年历史长河中的一小段，却有其丰富的内容和鲜明的时代特点。早在一千多年前，封建史学家们也撰写过十六国时期各个政权的专史（国别史），如唐代魏徵等撰的《隋书》卷三三《经籍志二》所列遗存的"霸史"共二十七部三百三十五卷，其中就有二十六部十六国国别史。在它们之间，最著名、对后世影响最大的当首推北魏崔鸿撰

① 大致相当于西晋惠帝永安元年（304）巴氏李氏建成汉及匈奴刘氏建汉国始，或从西晋为汉国所灭时（316）始，至北魏灭北凉（439），统一整个北方的时期。即公元304年（或316年）至439年。

《十六国春秋》一百卷。可惜以上诸书均先后散佚，只有在唐宋时期编纂的各种类书及其他史书中，有一些上述霸史的辑文。①

由于过去的封建史家囿于民族偏见，受传统的封建正统史学观点的束缚，视五胡十六国为僭伪，贬之过甚。特别是隋唐以后的历代史家，认为十六国时是"五胡乱华"的黑暗时期，这些政权是"僭伪"之国，不值得去为它们撰写历史；即便是撰写中国历史，也是着墨不多。加之十六国时史官所撰的各国史书及隋以前有关十六国的史书，均先后散佚，这给后世撰写十六国国别史造成了极大的困难。

1949 年中华人民共和国成立后，中国国内广大的史学工作者以马克思主义唯物史观作指导，开创了中国史学繁荣的新局面。特别是 20 世纪 80 年代改革开放以来，国内史学研究进入一个新的繁荣时期，有关魏晋南北朝史研究更加深入，关于五胡十六国的论著也不断问世。加之全国各地相继出土了大批有关五胡十六国时期的珍贵器物和文献，使重新撰写五胡十六国国别史成为可能。因此，自 20 世纪 80 年代以来，国内相继出版了一系列五胡十六国的国别史。

① 参见［日］五胡の会编：《五胡十六国霸史辑佚》，燎原书店，2012 年。

我们编辑的《五胡十六国新编》丛书，就是从20世纪80年代以来，于国内出版的或正在撰写的一批五胡十六国国别史中，选择出其中学术水平较高、大致符合国别史体例的新著编辑而成。主要包括下列著作：

1.《成汉国史》，高然、范双双著；2.《汉赵国史》，周伟洲著；3.《后赵史》，李圳著；4.《五燕史》，赵红梅著；5.《前秦史》，蒋福亚著；6.《后秦史》，尹波涛著；7.《赫连夏国史》，吴洪琳著；8.《南凉与西秦》，周伟洲著；9.《五凉史》，赵向群著。

以上九部著作大致涵盖了传统的"五胡十六国"的十六个国（政权）的国别史。之所以称之为"新编"，则主要是：

第一，以上九部著作均是在尽可能收集整理有关史料及参考古今有关研究论著的基础上，用新的马克思主义唯物史观为指导，完全摒弃了过去封建史家正统论及民族歧视和不平等等观点，重新审视和评述五胡十六国国别史。

第二，封建史家所撰五胡十六国国史，仅注重该国的政治、军事及与邻近各族所建政权的关系史，而新编十六国史还加强了对五胡所建十六国的政治制度、社会经济、文化风俗（包括宗教信仰）及民族的认同、迁徙及融合等方面的论述。

第三，新编十六国史还特别注意吸取文物考古的新资料，以及中外最新的相关研究成果。

第四，新编十六国史采取了现代通行的专著体例和形式，用章—节—目的体例并详加引文注释；最后附有大事年表、索引等。

由于五胡十六国新编诸国史有的撰写出版于20世纪80至90年代初（如《汉赵国史》《南凉与西秦》《前秦史》），已过去20多年，在此期间国内外有关五胡十六国史的研究又取得了长足的进步，有众多的新成果问世。如日本学者川本芳昭撰《魏晋南北朝时代民族问题》（汲古书院，1998年）、日本学者三崎良章撰《五胡十六国の基础的研究》（汲古书院，2006年）及氏撰《五胡十六国——中国史上の民族大移动》（东方书店，2015年第三版）、日本学者编纂的《五胡十六国霸史辑佚》（燎原书店，2012年），等等。中国学者赵丕承编著《五胡史纲》（芸轩图书出版社，2000年）、刘学铫撰《五胡史纲》（南天书局，2001年）、陈勇撰《汉赵史论稿——匈奴屠各建国政治史考察》（商务印书馆，2009）、贾小军撰《魏晋十六国河西史稿》（天津古籍出版社，2009年）及氏撰《魏晋十六国河西社会生活史》（甘肃人民出版社，2011年）、陈琳国撰《中古北方民族史探》（商务印书馆，2010年）及咸阳市文物考古研究所编《咸阳十六国墓》（文物出版社，2006年）、郭永利撰《河西魏晋十六国壁画墓》

2019 年出版之"十六国史新编"

两部著作书影

（民族出版社，2012年）等。而这些研究成果及新的资料，上述部分新编十六国国别史则已不能参考引用，只能保持其在一定历史时期中的成果及特征了。

其次，《新编》的九部十六国国别史，是由近十位作者撰写的，因此各书在体例、文字、着重点上，均与各位作者的专业、学养、经历等有关，故各书体例、内容的取舍、文字等各方面不尽相同，各具特色。

再次，有关五胡十六国的历史，二十余年来，中外学者研究更加广泛和深入，也出现了一些不同的观点和看法，有一些与《新编》十六国史不同，甚至有相反的观点。[①] 这应是学术界"百家争鸣"的正常现象。我们保留《新编》十六国史中的观点和结论，以期引起中外学者的讨论和争鸣。

最后，首先感谢《五胡十六国新编》的各位作者，感谢社会科学文献出版社欣然决定出版此套丛书。

原载于周伟洲：《汉赵国史》，社会科学文献出版社，2019年

---

① 比如关于最基本的"五胡""屠各""羯胡""拓跋""护军制""汉化""胡化"等概念，学界就有不同的解析。

《马长寿文集》前言

　　中国著名的民族学家、历史学家马长寿先生，字松龄，一作松龄，生于1907年1月（光绪三十二年十一月二十八日），山西昔阳县人。出身于一个贫苦的农民家庭，靠自己的聪慧天资和坚韧的毅力，在本村读完小学后，考入太原进山中学。1929年中学毕业，又考入南京中央大学社会学系。毕业后，留校三年，后进入当时的中央博物院任专员兼干事，先后深入四川西部民族地区进行民族调查。1942年后，先生先后在东北大学、金陵大学、四川大学及四川博物馆任职。

　　1949年中华人民共和国建立后，先生先后在金陵大学、浙江大学、复旦大学任教授。1955年，为支援大西北，先生从上海复旦大学调到西安西北大学历史系任教授，并担任西北民族史研究室主任，兼考古教研室主任。在西安西北大学工作期间，是先生一生从事民族史研究和教学最为辉煌的时期，在当时的历史条件下，先后出版了多部重要的学术著作。1971 年 5 月，先生不幸在南京病逝，过早地离开了人世。

先生的一生，是勤勤恳恳从事教育的一生，是孜孜不倦从事学术研究、著书立说的一生。先生的学术生涯，以 1949 年中华人民共和国成立为界限，可划分为两个大的阶段。

1949 年前，先生在中央大学、中央博物院和抗战时内迁四川的各大学任教期间，主要从事社会学、民族学的研究，以其在大学和民族调查实践中学习到的近现代西方的社会学、民族学、人类学等方面的知识，坚持走民族田野调查与文献相结合的道路；不畏艰险，先后深入四川西部彝族、藏族、羌族等聚居区，进行调查，收集了大批少数民族珍贵文献和文物；并先后发表了一批厚重的、具有很高学术水平的优秀论文，至今仍然有着重要的学术价值。如《钵教源流》一文，是先生到嘉戎地区调查时，由当地钵教（今译作"本教"或"苯教"）僧人口译钵教藏文经典，以现代民族学的观点和方法进行研究、撰写而成。这是国内利用藏文典籍研究藏族苯教的一篇重要论文。《凉山罗夷的族谱》一文，以先生亲自调查材料为基础，论证了凉山彝族（罗夷）谱系之渊源，从社会发展、经济、风俗等方面，说明彝族中的"黑夷"（即奴隶主）"为甄别黑姓与贱族（白夷，即奴隶）之分，于是产生了系谱制度"。文中还记录和分析了凉山黑夷孤纪和曲聂两大族谱等。先生曾两次深入四川大小凉山彝族地区调查，收集族谱30多个，结合收集、调查所得的各种资料，于1940年底撰成60余万字的《凉山罗夷考察报告》。此稿系用工整蝇头小楷墨书，上附百余张至今已无法见到的珍贵照片。这部具有重要学术价值的手稿，直到2006年，才由李绍明、周伟洲等整理，巴蜀书社出版。

1949年后，先生的学术生涯发生了变化。在复旦大学历史系工作期间，先生努力学习马克思主义辩证唯物主义和历史唯物主义理论，并竭力以此来指导自己的学术研究。同时，由于当时社会学、民族学被视为资产阶级的学科，无形中被取消，于是先生从民族学转向了民族史学的研究领域。为了教学，先生首先撰写了一部《中国兄弟民族史》讲义（打印稿），随即此稿成为中国高等学校的交流教材。不久，先生又撰写了一篇题为《论匈奴部落国家的奴隶制》的长篇论文，发表在《历史研究》1954年第5期上。这是先生用唯物史观作指导，研究古代匈奴社会性质第一篇论文。

从20世纪50年代起至60年代，先生在繁忙的教学工作中，仍然坚持民族社会历史调查，多次深入民族地区（四川凉山彝族地区、陕甘回族地区等），勤奋著述，在中国民族史学研究领域内作出了突出贡献：先后出版了《突厥人和突厥汗国》（上海人民出版社，1957年）、《南诏国内的部族组成和奴隶制度》（上海人民出版社，1961年）、

《北狄与匈奴》（三联书店，1962 年）、《乌桓与鲜卑》（上海人民出版社，1962 年）等四部专著；发表了上述《论匈奴部落国家的奴隶制》及《论突厥人和突厥汗国的社会变革》（《历史研究》1958 年第 3、4 期）、《清代同治年间陕西回民起义调查记录序言——兼论陕西回民运动的性质》（《西北大学学报》1957 年第 4 期）等学术论文。

这些论著大多是在 20 世纪 50 年代末 60 年代初国家经济困难时期完成的，先生治学的艰苦精神和坚韧不拔的毅力，令人感动不已。据先生助教王宗维先生回忆：当时先生"白天还要参加各种活动，晚上坐在书案前一坐就是多半夜甚至通宵"。先生曾告诉他："半夜肚子饿得受不了，就把衣服垫在肚子上，用皮带勒紧，肚子实了，心也不慌了。几次在天亮前两眼发花，伏在书案上，不知不觉就天亮了"。① 就是在这样艰苦的环境下，先生完成了他的几部传世之著。到 1966 年 "文化大革命"后，先生被当成"反动学术权威"遭到批斗和关入"牛棚"，备受摧残，但先生始终坚信自己的事业，从未动摇对祖国和人民的热爱。在医院临终前回光返照时，还"要从病床上起来，说

① 王宗维：《马长寿先生传略》，载《马长寿纪念文集——纪念马长寿教授诞辰 85 周年逝世 20 周年》，西北大学出版社，1993 年，第 80 页。

是学校要开学了，要马上回去上课"。①

不仅如此，先生生前还有一批书稿，在"文化大革命"之后，才陆续得以出版，计有《氐与羌》（周伟洲整理，上海人民出版社，1984 年）、《从碑铭所见前秦至隋初的关中部族》（中华书局，1985 年）、《彝族古代史》（李绍明整理，上海人民出版社，1987 年）、《同治年间陕西回民起义历史调查记录》（主编，陕西人民出版社，1993 年）及上述《凉山罗夷考察报告》。

先生原本有一个十分宏伟的计划，即撰写十余部书，将中国古代主要的少数民族历史，按时代先后一本一本地写出来。先生已完成了古代的北狄、匈奴、乌桓、鲜卑、氐、羌和突厥、南诏的历史著作。在逝世前，正着手准备撰写《藏族史》，已整理笺证了敦煌发现的吐蕃历史文书（以王静如先生译稿为基础），并收集了大量的资料。在先生临终前，还急切地说："只要再给我一年，半年也行，把这部稿子（指《藏族史》）写出来，也就死而无憾了！"②然而，可恶的病魔过早地夺取了先生的生命，这是中国学界的巨大损失。

---

① 王宗维：《马长寿先生传略》，载《马长寿纪念文集——纪念马长寿教授诞辰 85 周年逝世 20 周年》，西北大学出版社 1993 年，第 78 页。
② 王宗维：《马长寿先生传略》，第 80 页。

马长寿先生是 20 世纪 30 年代以来中国爱国学者们的典型代表之一，有着共同的学术取向，学术研究始终贯穿着"学以致用"、为现实服务的思想。在 20 世纪 30—40 年代，先生主要从事民族学、社会学的调查和研究，在那个时代撰写的一些论文，大多是应用人类学、民族学为当时"边政"和民族服务的。到 50—60 年代，先生积极参加国家组织的民族调查及撰写民族史著作，为国家的统一和民族团结作出了贡献。

先生的学术研究领域十分广阔，又很深入，在许多方面翻开了中国民族史学研究的新篇章。先生不仅在民族调查的基础上，对中国西南少数民族的社会、历史、文化、风俗等民族学方面的重大问题，提出了一些重要的开创性的观点；而且对中国西北和北方民族，如匈奴、乌桓、鲜卑、氐、羌、突厥等的历史作了开创性的研究，取得了当时所能获得的最高成就。匈奴学、鲜卑学、突厥学、藏学等，如今已成为国际学术界的专门学科，凡是从事这方面研究的学者，都要参考他的有关论著。东北的学者曾提出，鲜卑学研究的第二个里程碑，就是以先生的《乌桓与鲜卑》一书为标志。[①] 著名的民族史学家林幹先生称《北狄与匈奴》一书，"是解放后第一本具体而微的匈奴史专

---

① 干志耿等：《关于鲜卑早期历史及其考古遗存的几个问题》，载《民族研究》1982 年第 1 期。

著，因而此书的出版，为我国史学工作者运用马列主义从事匈奴史的研究和撰写匈奴史专著，提供了一个先例"。①

先生的民族研究，又是以其独有的学业和努力，融中国史学优良传统和近现代西方社会科学精华为一体，发展成独具一格、自成体系的一个学派。先生的论著无论文字的风格，还是推理考证，都是中国民族化的。文字简洁，有时带有少量文言成分，流畅生动，考证精当；既重视资料的可靠性，继承了清代考据学的优秀传统。值得注意的是，先生的论著没有繁琐的考证、就事论事、艰涩难读之弊，而是引进了西方近现代社会学、人类学、语言学、考古学等科学理论和方法，以及马克思主义辩证唯物史观，与传统中国史学方法相结合，充实和发展了传统的中国民族史研究。因此，这一结合使先生的论著具有了很高的学术水平和时代特征，是中国传统史学和当代最新社会科学精华相结合的典范。

以先进的马克思主义辩证唯物史观作指导，以翔实可靠的史实为基础，史论结合，论从史出，是先生民族史学研究的又一特色。先生的论著既有丰富的史实，又有对这些史实的辨析、考证，并力求扎实、严谨、可靠，哪怕是一个重要的年代或一个古地名，也要弄清楚。同时，又不停留在这一步，像传统的考据学一样，仅辨明、考证一些

① 林幹：《匈奴通史·前言》，人民出版社，1986年。

马长寿著，周伟洲整理《马长寿文集》书影

民国三十年（1941年）中央博物院筹备处颁发给马长寿的聘书

史实，解决历史上一些疑难的史实问题，而是用马克思主义辩证唯物史观作指导，对已辨明的史实进行分析、研究，得出一些科学的结论来。如先生对匈奴、突厥、南诏社会性质的研究；从对乌桓、鲜卑史的研究中，得出古代民族融合的规律；从对碑铭的研究中，了解古代关中民族分布及融合等。

注重实地民族调查，是先生民族研究另一个重要的特征。这也许与先生个人的学业和早期从事人类学、社会学研究有关。就是在20世纪50年代后，他已转向民族史研究后，仍然十分重视民族实地调查，如1957—1958年对清同治年间陕西回民起义的调查，参加国家组织的凉山彝族的调查等。

正因为先生具有上述的学术思想和治学特征，并且付诸实践，给我们留下了一笔丰富的学术遗产；并发展为独具一格、自成体系的民族史研究学派；在中国民族史学研究园地里，占有重要的地位。

先生虽然不是陕西人，但先生的学术成果、扎根和贡献，最后落足于陕西，是源远流长的中国传统的长安文化发展的一个组成部分。此次《长安学丛书》收录《马长寿卷》，限于体例和篇幅，我们仅选择了先生具有代表性的民族史四部专著，即《北狄与匈奴》《乌桓与鲜卑》《突厥人与突厥汗国》和《南诏国内的部族组成和奴隶制度》，其余只有忍痛割爱了。

原载于周伟洲整理：《马长寿文集》，陕西师范大学出版社，2019 年

《凉山罗夷考察报告》影印本前言

马长寿师于 1936 年至 1940 年两次深入四川凉山彝族地区进行民族学田野调查，并于 1940 年年底，初步撰写成《凉山罗夷考察报告》(手稿)。"罗夷"，系当时对今凉山彝族的称呼，也可作"罗彝"。为了保存原手稿的名称，影印本仍作"罗夷"。此手稿已在 2006 年由李绍明、周伟洲等整理，巴蜀书社出版，书名为《凉山罗彝考察报告》。在该书《整理前言》中，已对马长寿师凉山彝族地区的考察活动及《报告》的特点和价值作了中肯的评述。遗憾的是，由于当时的印刷条件及种种原因，该书未能将文稿中与原文字紧密相关且十分珍贵的图片、照片（百余幅）及老彝文文字、文献等付印。文稿系马长寿师用蝇头小楷墨书写就，基本完整，且书法甚佳。为了完整地保存和反映这部 20 世纪 30 年代不可替代的珍贵原始资料和具有极高学术价值的民族志，马先生的学生及家属都非常希望这部

马长寿《凉山罗夷考察报告》整理本、影印本书影

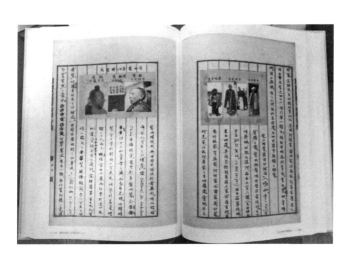

《凉山罗夷考察报告》影印本内页

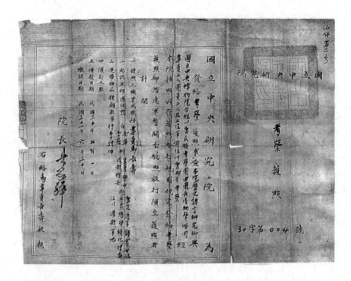

中央研究院颁发给马长寿的考察护照

手稿能影印出版。陕西师范大学出版社刘东方社长及文史部侯海英主任，独具慧眼，排除万难，决定影印这部珍贵的手稿。对此，我们表示衷心的感谢！

《凉山罗夷考察报告》，是一部还未最后完成的手稿，各编的排列顺序及写作情况，我们只有从手稿中贴有一张马先生给"国立中央博物院筹备处民国二十九年度工作报告"中"二、川康民族考察团报告完成"中窥知：

廿八年（1939）夏，专员马长寿、团员赵至城、李开泽等第二次考察罗夷，自越嶲田坝等地归来，即由马长寿执笔整理历年凉山罗夷考察报告。内分十四编：第一编，凉山罗夷区域考察经过；第二编，罗夷体质；第三编，罗夷语言文字；第四编，罗夷之起源神话；第五编，罗夷古史钩沉；第六编，凉山罗夷迁徙史；第七编，凉山罗夷系谱；第八编，罗夷之地理环境；第九编，罗夷社会组织；第十编，罗夷一生（Life Cycle）；第十一编，罗夷巫术祭祀与信仰；第十二编，罗夷物质生活与技术文化；第十三编，罗夷历法与年节；第十四编，附录有罗（夷）文字汇乙卷、罗夷文法乙卷、罗经译本三卷、罗夷故事乙卷。共十四卷本。年中除第二、三编尚未整理完毕外，其余大体编写成帙。总计业经写出者有五十万言。除表二十余，地图三，石文拓片三，影片三百余幅，预计三十年（1941）四月以前，可以全部写出，共百万言。

国立中央博物院筹备处民国二十九年度工作报告

　　现存文稿除上文提到的第二、三编未完成，未见稿外；还有第八编罗夷之地理环境及附录中的"罗夷文字汇乙卷""罗经译本三卷"文稿中亦无。其余各编均完整无缺。因此，影印本排列顺序及结构，即按上述《工作报告》所述，所缺部分则不编入目录。又原整理本的"整理前言"及附"马长寿先生考察路线图"，对阅读、了解影印本有很大帮助，故也置于影印本之前。

　　最后，还需提及的是，正如2006年巴蜀书社出版的《凉山罗彝考察报告》整理本前言所说："在整理过程中，也基本上不对行文进行修改。对于部分由于历史变迁、当代人难以理解的内容，我们加入了整理者注，以帮助大家理解。"因此，在阅读此书影印本时，最好参阅此书整理本，则收益更多矣。

周伟洲　谨识

2018 年 1 月于陕西师范大学

卢桂兰编《大地情怀——陈孟东纪念文集》序言

一

有的人走了，岁月逐渐冲淡了对他的记忆；而有的人走了，岁月却使他更加鲜活和清晰。我的同窗好友陈孟东学兄，英年早逝，至今已整二十年。我们在西北大学历史系考古专业同窗四年（1958—1962）；1967年"文化大革命"时，经他的推荐，研究生毕业的陈全方和我分配到陕西省博物馆工作，同时到馆工作的还有北京大学考古专业研究生王仁波。1973年，我又调回西北大学，但孟东的工作、生活情况，也时有所闻。如今，当我翻阅这部30余万字的《陈孟东纪念文集》时，记忆的闸门一下子被冲开，他那削瘦的身影和白皙的脸庞，更加清晰地出现在脑海之中，而且越来越鲜活、高大。泪水不禁模糊了我的双眼……

20 世纪的 60 年代末至 80 年代初，在中国历史上是一个较为特殊的时代，是"十年动乱"及"拨乱反正"的时期。时代的风云，将孟东推向了中国文物大省陕西文物考古工作的风口浪尖，官衔不大，却掌管着全省的文物考古、博物馆、图书馆、群众艺术等所谓"社会文化"工作。当时，陕西省的"社会文化处"最初仅孟东（挂"副处长"衔）一人，以后渐增至四人。在这个复杂的特殊年代，在办事人员如此少的情况下，孟东和他的同事们却干出了不平凡的事迹。在《文集》第一、二编选载的孟东"工作文稿"和"日记摘抄"以及第四篇同仁的忆念诗文中，真实、具体地记录了他在文物考古和博物馆等方面工作的实况，再现了他为陕西省文博考古事业呕心沥血、艰苦奋斗的情境。

是他，早在1970—1971年提出召开全省文物工作会议，率先在全国恢复文物考古和文物保护工作；从废品收购站中，抢回了许多珍贵文物；设立全省文物保护小组和文物通讯员；使陕西省文物考古工作跃入全国先进的行列。

是他，在 1970 年西安市何家村发现轰动全国文博界的唐代窖藏金银器后，组织发掘，追回流失金银器。

是他，在 1971 年赴兴平考察后，顶住各方压力，提出保护和修复兴平马嵬坡杨贵妃墓。

是他，在 1974 年建议将礼泉唐太宗昭陵文管所扩建为"昭陵博物馆"，并拨款支持。

是他，在1974年临潼秦始皇兵马俑发现后，与其他专家一起积极筹划，协调中央和本省各部门的关系，并提出筹建秦俑博物馆，于是后来才有了列入世界遗产保护目录的秦始皇帝陵（含秦兵马俑）。

是他，在1976年，组织和协调有北京大学参加的扶风周原遗址的大规模调查和发掘，成绩斐然，且培养了一批陕西考古人才。

是他，在1984年遭不白之冤时，仍积极组织安排编撰《陕西省文物志》和创办《文博》杂志社；并亲自撰写《陕西省文物志》的《编写方案》。

以上仅是他在文物工作中所做工作的一部分，如果要详细列出，无疑是这一特殊时代陕西省一部厚厚的文博考古工作日志。无怪乎省内有的文物工作者称孟东"代表着陕西文物系统的一个时代"；他对陕西省文物考古和博物馆建设的功绩和贡献，虽然淹没在日夜奔波、操劳的平凡事务之中；但如果是金子，终归会发出耀眼的光芒，人民和历史是永远不会忘记的。

二

在他对陕西省文物工作的诸多贡献中，最令人难以忘怀和最能凸现他的性格和人格魅力的，还是他对陕西文物保护作出的贡献和功绩。在"文化大革命"的特殊年代，

"破四旧"的风潮，殃及省内珍贵的文物古迹，是孟东和他的同事们勇敢地站出来，于1971年先后在全省各地建立文物保护小组700多个，设立文物通讯员2000多名，组织学习文物知识，并造就了一大批基层文物骨干队伍。直到今日，文物通讯员仍然发挥作用。他还先后执笔草拟了《陕西省革命委员会文化局关于在农田水利建设中加强保护文物的通知》《陕西省革命委员会文化局关于加强对我省境内长城保护的通知》《陕西省革命委员会文化局关于文物工作几个问题的通知》等文件，颁布施行。以后，如上述对西安何家村唐代窖藏金银器、昭陵博物馆、秦俑馆、杨贵妃墓、周原等的工作，均与文物保护有关。

1982年1月，在孟东等人的建议及推动下，陕西省第五届人民代表大会第四次会议通过了由孟东亲自起草的《陕西省文物保护管理暂行办法》及文物局《贯彻实施方案》，在全省大张旗鼓地宣传和执行。

同年5月，即发生了西安新城（明秦王府）北门拆毁事件。陕西省政府在新城建设总体规划中，有一项内容是拆除新城北门，修建一座高层楼房。新城北门是明秦王府遗址，为古城仅存不多的古建筑之一，应在文物保护范围之内。为此，孟东与西安市文物局、省内专家和新闻界一起，顶着上级机关的各种压力，采取各种方式，据理力争，终于取得显著效果。全省震动，"文物高压线"之说，不胫而走。关于这一事件，在孟东的《新城（秦王府）北门拆毁始末》及张再明的回忆文章中，有详细的记录。读来真是一波三折，惊心动魄。

接着，1983 年又发生了黄帝陵古柏砍伐事件。此年初，《新观察》和《人民日报》先后发表了关于陕西省黄帝陵滥伐古柏及文管所领导以伐古柏为其父作棺木等问题，全国舆论哗然。陕西省纪委和省委即指示，组成省、地工作组调查。孟东等人授命赴黄帝陵，经过一个多月的工作，于 9 月 1 日由孟东起草的《调查报告》完成并上报。报告实事求是地否定了《人民日报》等不符合实际的夸大的歪曲报道，挽回了陕西省文物保护工作的声誉。

1985 年至 1988 年，社会上刮起了文物盗窃和走私之风，他受命担任了陕西省整顿文物市场打击文物走私办公室副主任之职，更是兢兢业业，夜以继日，废寝忘食，不怕坏人威胁，不顾个人安危，奔走调查，处理上报，取得了显著的成绩。就是在他病危入院的当天，还忍着剧痛在工作。他为文物保护事业可以说是无私无畏，鞠躬尽瘁。又无怪乎有文物工作者说："历史上保护陕西文物最有贡献的当数清代巡抚毕沅，今天应当是陈孟东。"这一赞誉，孟东当之无愧！

三

我想，孟东之所以取得上述的成绩和赞誉，除了他善于团结周围的同事和招纳、重用人才之外，还有他个人忠诚于国家的文博考古事业，艰苦朴素的生活作风和雷厉风行的工作作风；不计个人名利得失，勤勤恳恳，愿为人民公仆的品德。他是在那个特殊时代的政府公职人员，如同同事们回忆的一样，孟东总是穿着一身半蓝中山服，解放鞋，骑着一辆破旧的自行车，手提着一个黑色人造革皮包。白净的书生脸常挂着诚挚的笑容，透过普通的白色眼镜，眼睛闪烁着和善、机敏的目光。

他经常到全省各地调查和处理问题，与基层文物工作者同甘苦，共患难，千方百计为他们排忧解难。当我读到后来被称为陕西文物考古界"西霸天"的罗西章、现任秦俑馆馆长吴永琪、中国社会科学院学部委员刘庆柱、原昭陵博物馆馆长孙迟、陕西省美术家协会主席方鄂秦、文物考古界张再明、雒长安等回忆孟东的诗文时，我的双眼再次噙满了泪水。从中我看到一个真实的人民公仆的形象！如果那个时代有"感动中国"人物的评选，我一定投孟东一票。

四

在《文集》的第三编，辑录了孟东的学术论文24篇，其中大部分我早已拜读过。那时，我就在想，如果孟东没有担负起全省文博考古等方面的行政工作，专门从事教学或学术研究，必定会做出成绩，成为著名教授或学者。因为在大学期间，孟东学习努力，成绩优异，有扎实的历史学、考古学的功底。他思维敏捷，逻辑性强，而有创造力。

然而，就在行政工作如此繁忙期间，孟东还撰写了十余万字的学术论文，其中如《秦陵兵俑衔级试解》《古建筑的管理与保护》《魏国西长城调查》（与刘合心合作）等。这些学术论文，至今仍有其学术价值。它充分展示了作为行政领导的孟东，有着学者气质的另一面。这也许是他能在文博考古工作中游刃有余，坚持正确方向，富于创造性工作的原因之一吧。

五

孟东走了，走了二十年了。中国有句老话，叫"盖棺论定"，如今人们可以摆脱一切干扰去品评他了。公道自有人心在，有与他共事的文博考古领导和广大普通工作者的人心在，有今天陕西繁荣向上的文博考古、旅游事业在，难道这一切还不能还历史的真面目，还一个真实的活生生的孟东吗？

最可叹的是，孟东既不是有权势的高官，有人歌功颂德；也非人人尊敬的专家教授，有学生为之颂扬。他只是一个普通的中层行政干部，一个平凡的公务员。然而，他

卢桂兰编著《大地情怀——陈孟东纪念文集》书影

却是那个特殊时代文博考古的功臣、文物保护的勇士、鞠躬尽瘁的公仆！我以有孟东这样平凡而又高尚的学兄，感到骄傲和自豪！

在文物考古日益普及、人们对之关心和兴趣倍增的今天，相信这部《陈孟东纪念文集》必将引起广大读者的兴趣，因为它从一个方面真实地凸现出那个特殊的时代，作为全国文物大省的陕西文博考古事业发展的轨迹。特别是当今仅陕西省就有的数百数千文博考古工作者们，从中又会得到什么启迪呢？

原载于卢桂兰编：《大地情怀——陈孟东纪念文集》，三秦出版社，2007 年

第四辑　研究评述

史念海先生对民族历史地理学研究的开拓与贡献

　　我国现代历史地理学的奠基人之一史念海教授，半个多世纪以来，以其不懈的努力、深厚的功底和卓越的才智，为我国历史地理学的开拓和发展作出了巨大的贡献。史念海先生也是我最敬仰、钦佩的前辈师长之一。先生早年从事传统的沿革地理研究，多有建树，然而先生并不满足于此。中华人民共和国成立后，先生为历史地理学的发展又倾注了大量的心血，大大拓宽了历史地理学的领域，与谭其骧先生、侯仁之先生等老一辈著名学者一起，奠定了我国现代历史地理学的基本理论和方法。20 世纪 70 年代，先生又在花甲之年，毅然走出书斋，从事野外调查，足迹遍于黄河上下，黄土高原和江淮平原。举世赞誉的黄土高原、运河及历史军事地理研究等的一系列论著，就是先生野外考察所得到的、超过前人的累累硕果。

　　可是，先生仍然没有满足这些举世瞩目的成就，80

年代后，先生在历史地理学研究领域内，又不断开拓，从理论和实践方面向新的学术高峰攀登，作出了新的贡献。从20世纪50年代以来，我国的历史地理学已由史学而转属地理学的范畴，公认它是研究历史时期地理现象和人类与自然关系的科学，主要分为历史自然地理和历史人文地理两大类别。前者与自然科学较为接近，后者与史学关系更为密切。然而，这两大类别主要研究的对象是什么，如何分支？这些问题并没有得到很好的解决。先生以自己的实践，对以上问题作出了答复，将我国历史地理学基本理论向前推进了一大步。这主要表现在先生对历史人文地理的各个分支学科的定名和实践之上。先生认为，历史人文地理包括历史政治地理（包括传统的沿革地理）、历史城市地理、历史民族地理、历史军事地理、历史经济地理、历史交通地理、历史人口地理、历史文化地理等八个大的分支，而每个分支之间及它们与其他学科之间都是紧密联系着的。先生自己不仅在历史自然地理方面（如黄土高原、运河、黄河水道等）有鸿篇巨著，成绩斐然；而且在过去研究比较薄弱的历史人文地理各分支方面，也有突出贡献。如先生《河山集》三集就集中先生近年来在历史自然地理、历史文化地理、历史经济地理等方面的重要成果；《河山集》四集，则可以说是中国学术史第一部将历史文献和野外考察结合起来研究历史军事地理的杰作，具有十分重要的学术价值和现实意义。

今年先生已八十高龄，仍然不断地在历史地理学各分支学科领域内辛勤耕耘，向更高的科学高峰迈进。先生的鸿篇巨著已使我辈学人钦仰不已；而先生那种不断创新，勇于攀登、孜孜不倦的精神，以及严谨求实、注重野外考察、紧密为现实服务的学风和治学方法，更为我辈的楷模。

近几年来，先生在历史文化地理的各个分支中进一步开掘，在"历史民族地理"这一分支方向，身体力行，撰写了一批论著，为这一分支学科的发展作出了贡献。

我国是一个多民族统一的国家，历史上各民族的形成、发展及与其他民族的关系，都离不开其活动的地理环境和条件，并在一定程度上受其制约。因而民族的分布、迁徙与地理环境是不可分割的关系。但是，在20世纪50—60年代，由于国内学术界批判资产阶级的"地理条件决定论"，故对民族历史发展与地理条件之间的关系不够注意，这种情况一直到80年代虽然有所改变，但是如何进一步探讨民族与地理条件的关系，仍然是不清楚的。自先生在历史民族地理这一历史地理学分支学科方面大力开拓、作出了开创性的贡献后，始将民族与地理环境的关系放到了适当的地位，科学地解决了这一问题。这不仅大大拓宽了历史人文地理的研究领域，而且对于民族史的研究也有重大的指导意义。

不仅如此，先生还为历史民族地理的研究奠定了基础，撰写了一系列有关的论著。其中最重要的是先生大著《中国历史地理纲要》第三章历史民族地理部分，以及《西周与春秋时期华族与非华族的杂居及其地理分布》（上、下篇）、《我国历史上周边地区人口变迁蠡测》《周边地区政治区划的变迁》等。

《纲要》第三章，是先生对中国历史民族地理较为全面、系统的著述，虽然为此书纲要性质所限，未尽情地发挥和阐述，但概括地论述了从古至今中国各个民族在不同地理环境中形成、发展以及他们相互之间的杂居、分合、演变的历史过程。全章共分六节，第一节先秦时期华族与非华族的杂居、融合，是讲我国统一多民族中央集权国家形成以前华夏族与周围民族杂居、融合情况。从第二节开始，按照我国的地理特征，将古代民族分成五大区域：一是以黄河、长江流域汉族与非汉族杂居地区为准，以各族共有的农业经济为主的特点，阐述他们之间融合、演变的历史。二是"瀚海及游牧族类活动的地区"，瀚海，即指今内蒙古北面之戈壁；或称之为"大漠"。这里的民族皆以游牧为其特征，此乃由草原的地理环境所决定。从秦汉时的匈奴起，历经鲜卑、柔然、突厥、回纥、契丹、蒙古等族，先后迭兴。三是"陇山以西青藏高原和天山南北的族类"，也即今天的西北和青藏高原诸族。四是"居住于东北的族类"。五是"西南地区族类的分布及其发展"。这种按中国民族分布的地理特征来分类的观点，打破了中国传统按四个方位（东夷、南蛮、西戎、北狄）的分类法。从历史民族地理角度来看，这种分类法紧密地结合了各族的地理环境，及由此而产生的经济特征和种族特征，因而具有科学性和典型意义。

在论述五大地理区域内的民族时，先生以各区域民族分布为纲，论述了各族的来源、发展概况、经济特点，以及他们与邻近各族的关系，包括各族分合、演变、融合的历史，并与今天我国现有民族联系起来。这种以地理因素为纲，综合阐述民族形成、发展的历史，也许就是历史民族地理的内涵。如此，则先生提出的历史民族地理分支，较之过去历史地理与民族史仅考证民族居地的研究，是大大前进了一步。

先生在历史民族地理方面所作的开创性工作，对于民族史和历史地理等学科的研究均有十分重大的意义，许多历史上难以理解的问题，通过这一角度的考察和研究就会迎刃而解。比如先生在《纲要》第三章第二节中谈到"华族居住地区的扩展及其间杂居的族类"时指出："由春秋到战国，和华族杂居的以及居住于华族附近的非华族逐渐融合，南方的吴并于越，越又并于楚，而楚又跻于诸夏之列，殆已少有人以蛮夷视之。太行山东的群狄早已不复受人称道。"为什么长江流域的吴、楚、太行山以东诸狄能较快地融入华夏？过去论者一般以为他们与华夏族交往频繁所致，当然这是主要原因之一。然而，地理和经济的因素也不可忽视；长江流域和太行山以东地理环境与中原连成一片，经济也以农业为主，故其融入华夏较快。正如先生在论述西周时北方农牧分界时所说：北方的华夏族扩展到当时的农牧分界线附近（即华族融合诸狄），"这条农牧分界线是西汉的司马迁根据历史的发展规划的。东北起自碣石，斜越太行山，西南至于龙门。碣石龙门之北多马、牛、羊、旃裘、筋角，这分明是宜于畜牧的地区。因而就成为许多非华族活动的区域"。而先生所论之北方农牧分界线在秦汉时有所推移。过去搞民族史和古代史的人，往往只看到秦汉时与匈奴的战争，相互争夺土地，而从未以农牧分界线的推移去研究这种互占土地所产生的后果和对民族发展的影响等。

《纲要》第三章篇幅不多，然而以地理为纲，几乎囊括了中国从古至今各个民族形成发展的概貌，没有先生那种渊博的学识和对于史学、地理学的深厚功力，是难以达到如此高的境和水平的。

先生的这些论著，说明历史人文地理的各个分支是相互关联、相互渗透，而不是孤立的。如先生大作《我国历史上周边地区人口变迁蠡测》一文，对瀚海南北、白山黑水之间、天山南北、青藏高原各大区域内民族人口变迁的历史作了截至目前最为详确的论述。这既是历史民族地理，也是历史人口地理，也可以说是这两个分支学科的交汇。历史上各族的兴衰，通过这篇论文也就可以窥其大概了。

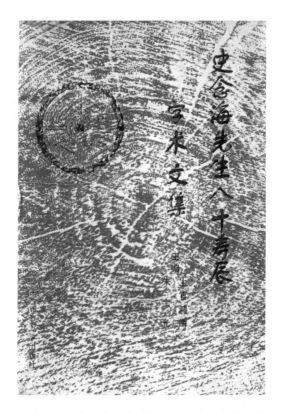

朱士光、上官鸿南主编《史念海先生八十寿辰学术文集》书影

历史民族地理只是先生对整个历史地理学研究中所作巨大贡献的一小部分。仅就这一部分看，先生的开拓和贡献之功不可泯灭。适值先生八十华诞，仅以此小文，敬申贺忱，并祝先生长寿，为我国的历史地理学的发展，作出新的更大的贡献。

原载于朱士光、上官鸿南主编:《史念海先生八十寿辰学术文集》，陕西师范大学出版社，1996 年

中国丝路学与《丝绸之路大辞典》

一、中国丝路学的萌芽与发展

中国的丝绸之路学（简称"丝路学"）是 20 世纪 80 年代之后，在中外学术界丝绸之路研究热之后，逐渐形成的一门热门学科名称；虽然只有部分学者的论著中采用这一名称，但事实上"丝路学"及丝路研究已逐渐成为中国学术界十分流行的一门专门学术门类，称之为"丝路学"，也可以说是名副其实。

中国的丝路学研究，大致可划分为三个时期：（1）萌芽时期，即清代乾嘉、道光年间兴起的西北史地研究之学及 1840 年鸦片战争前后，开始注重对西方诸国的研究时期；（2）发展时期，即从清末至 20 世纪 80 年代，以近代"中西交通史"或"海交史""中外关系史"的名称，进行中西方文化（广义的）交往研究时期；（3）兴盛时期，即从 20 世纪 80 年代至今，为丝绸之路研究兴盛的时期。

（一）中国丝路学的萌芽时期

早在一百多年前的清初嘉庆、道光年间兴起的西北史地研究之学及 1840 年鸦片战争前后，开始注重对西方诸国的研究，不仅是中国丝路学的萌芽时期，也可以说是中国边疆学、民族学的萌芽时期。当时中国清朝一部分有识之士，包括任职的官吏、文人学士，鉴于中国与西方及北方诸国及西北边疆民族接触日益增多，迫切需要了解他们的情况，以"安邦定国"。特别是 1840 年鸦片战争后，资本主义列强入侵中国，有识之士更迫切希望了解西方诸国及他们侵略的中国边疆，提出"以夷之长技以制夷"等类似的方针和策略。因此，从嘉庆以后，乃至 1840 年前后，以西北史地及研究西方诸国及边疆民族的史地、政治、军事、文化等方面论著、译著大量问世，涉及历史上边疆民族与域外交往的内容，即包括以后称之为"丝绸之路"的主要内涵。

比如，以考据之学研究西北史地的，有宦游从征者的著述：如七十一之《西域闻见录》，松筠《新疆疆域总叙》及其命徐松所撰之《新疆识略》，汪廷楷的《西陲总统事略》，和瑛《三州辑略》。遣戍者的著述：如洪亮吉的《天山客话》，纪昀《乌鲁木齐杂记》《河源纪略》，林则徐《荷戈记程》，祁韶士《西域释地》。其他方面的著述：如傅恒《皇舆西域图志》《西域图文志》，齐召南《西域诸水篇》，沈垚《元史地理志释》《水经注地名释》《西游记金山以东释》《西域小记》等，李兆洛《历代地理韵编》《外藩蒙古要略序》，张穆《蒙古游牧记》，魏源《圣武记》《海国图志》《元史新编》《西北边域考》《外藩疆考》《西征布鲁特记》《新疆后事记》，何秋涛《北徼汇编》《朔方备乘》《元代西北疆域考》《哈萨克述略》，洪钧《出使各国》《元史译文证补》《中俄交界图》《西夏国志》（未刻），邹代钧《西征记程》《中俄界记》《蒙古地记》等。沈曾植《元朝秘史注》《蒙古源流笺证》《元经世大典西北舆地考》《岛夷志略广证》。丁谦对于历代史籍作地理考证，凡二十九种等。严复的译著《天演论》《原富》《法意》等。丛书《小方壶舆地丛钞》收录中外舆地研究及域外游历记述甚多。

（二）中国丝路学的发展时期

这一时期，即清末至20世纪80年，以近代"中西交通史"或"海交史""中外关系史"名称，进行中西方文化（广义的）交往研究时期。由于近代西方社会科学的理论和方法的引进，中国学术界由盛极一时的传统考据学逐渐向近代人文社会科学转型。虽然是以中西交通史、海交史、中外关系史的学科名义，但实质上与以后的丝路学在内涵上基本相同。这一时期相关的研究使中国丝路学得到进一步发展，出现了一些大师级的学者及一批经典的论著。

清末民国初年的王国维撰有《圣武亲征录校注》《西胡考》《刘郁西使记校注》《刘祁北使记校注》等，罗振玉有《敦煌石室遗书》《流沙坠简考释》等。民国时期，有张相文撰《耶律楚材西游录今释》《湛然居士年谱》《西游记辨讹》《成吉思汗陵寝辩证》，罗福成、王静如对西夏文及西夏文献的研究成果，许地山撰《中国道教史》《大藏经索引》《印度文学》，冯承钧编译的《西域南海史地考证译丛》、译著《交广印度两道考》（法伯希和撰）及所撰《中国南洋交通史》《景教碑考》等，郑振铎撰《中国俗文学史》《俄国文学史》《泰戈尔传》，黄文弼对西北新疆的考古调查与发掘及所撰的《罗布淖尔考古记》《高昌砖集》等，曾问吾撰《中国经营西域史》，徐旭生参加西北科学考察团，撰有《徐旭生西游日记》，等等。

特别是 1949 年中华人民共和国成立后至 80 年代，自民国以来的一批著名的学者继续在中外交通史或中外关系史学科名义下，研究中西方的文化交流，取得了丰硕的成果。其中具有代表性的学者及其论著主要有：向达的《唐代长安与西域文明》《中西交通史》，陈寅恪的《隋唐制度渊源略论稿》《唐代政治史述论稿》，陈垣的《元也里可温考》《火祆教入中国考》《元西域人华化考》《摩尼教入中国考》，罗常培撰《唐五代西北方音》，贺昌群的《大唐西域记之译与撰》《古代西域交通与法显印度巡礼》，方豪的《中西交通史》，夏鼐的《综述中国出土波斯萨珊朝银币》

《中国文明的起源》《考古学论文集》，张星烺著、朱杰勤校订《中西交通史料汇编》，岑仲勉的《突厥集史》《中外史地考证》《佛游天竺记考释》《西突厥史料补阙及考证》，汤用彤的《汉魏两晋南北朝佛教史》《隋唐佛教史论稿》《印度佛教史略》，冯家昇的《辽史证误三种》《维吾尔族史料简编》上下，孙毓棠的《抗戈集》及一系列关于中外关系史论文，韩振华的《中外关系历史研究》《航海交通贸易研究》《南海诸岛史地论证》，朱杰勤的《中国和伊朗关系史稿》《郑成功收复台湾事迹》，王重民对敦煌学的研究，撰有《敦煌遗书总目索引》《敦煌变文集》，韩儒林的《成吉思汗传》《穹庐集》，马长寿的《北狄与匈奴》《突厥人与突厥汗国》《乌桓与鲜卑》，任半塘的《唐戏弄》，严耕望的《唐代交通图考》，白寿彝的《中国交通史》《中国伊斯兰存稿》，唐长孺的《魏晋南北朝史论丛》及续编，王仲荦的《北周地理志》《魏晋南北朝史》《隋唐五代史》，谭其骧主编之《中国历史地图集》《长水集》上下，史念海的《河山集》（1—3集），方国瑜的《中国西南历史地理考释》《彝族史稿》，马雍的《西域史地文物丛考》，朱谦之的《中国景教》（撰于 1966 年），罗香林的《唐元二代之景教》等等。

这一时期中国著名的学者的研究大都涉及丝路学的内涵，涌现出一批经典的论著。其中有中西陆上、海上交通（即丝绸之路）路线的考述；有边疆及域外地理的梳理和考证；有中西方经济贸易、文化（包括语言文字、文学艺术、宗教传播、风俗习惯等）交流的探讨；有对边疆及域外民族的迁徙及融合的专论；也开始利用新出土的文物考古资料对中西文化交往的论述等，这一切为 20 世纪 80 年代中国丝路学的兴盛打下了坚实的基础。

二、中国丝路学的兴盛

（一）丝路学研究兴盛、丝路热及其原因

20 世纪 80 年代，中国进入改革开放的新时期，丝绸之路的研究日益兴盛，丝路学的研究无论在理论研究和方法的深化、内涵的扩展、多学科学者的参与，或是在社会普及、媒体传播、推动经济发展、旅游的兴盛等方面，都呈现出"百花齐放""欣欣向荣"的局面；丝路学研究与社会的丝路热两者又相互影响、相得益彰，使"丝路热"经久不衰，一浪高过一浪。

究其原因，一是 20 世纪 80 年代中国改革开放以来，人们物质、精神生活水平逐步提高的需要，及更加宽松的学术环境等。

二是受邻近日本丝路热及世界各国的影响，如 1989 年至 1992 年，联合国教科文组织的世界学者多次考察丝路，即有 1989 年考察的沙漠路（从西安至喀什，成果已经结集出版）、"海上丝绸之路"考察（由威尼斯至广州、

泉州），1992 年的"草原丝绸之路"考察（由土库曼斯坦至阿拉木图及蒙古境内）；中日学者多次合作，组织对丝绸之路的考察活动，其中包括对南方丝绸之路的考察等。与此同时，国内一些学术团体、研究机构，甚至个人纷纷组织丝绸之路考察活动。如 1981 年中国唐史学会组织的丝绸之路考察，1982 年中国秦汉史学会组织的丝绸之路考察，1984 年青海省组织的"唐蕃古道"考察等。中央电视台、《人民画报》编辑部及自然地理、生物、地质等学科有关研究所、大学等组织的专题考察，更是不计其数。

三是媒体的宣传，使丝绸之路深入人心，几乎是家喻户晓；关于丝绸之路的各种广播、影视、图书大量出现。

四是新的有关丝路的文物考古资料不断发现，吐鲁番学、敦煌学的勃兴，也促进了丝路学的创新和发展。

五是 20 世纪 80 年代以来，在国内改革开放大潮的冲击下，地处古丝路上的西北各省（区），特别是陕西、甘肃和新疆与沿海诸省的发展差距日渐增大；因此它们提出了类似"重振丝路雄风"的口号，寄希望于新的丝路——"欧亚大陆桥"（陇海—兰新经济带），大力开展与中亚、欧洲的陆路贸易，重现昔日丝绸之路的繁华美景。故而往日的丝绸之路就成为西北各省（区）乃至全国的文化热点。1989年西北各省（区）联合举办纪念丝绸之路 2100 年的大型活动，1992 年在兰州举办了首届"丝路节"，1993 年西安、兰州等继续举办了丝路节的活动，1995 年国家旅游局拟以陕西为头，西北五省召开国际丝路学术讨论会，等等。特别是21世纪初，联合国教科文组织提出丝绸之路沿途各国集体申请世界人类文化遗产的提议后，更是促进中国丝路热和丝路学的发展。

（二）有关丝绸之路的定义、本质、内涵、外延及断代的新认识

20世纪80年代后，中国学者界普遍接受了"丝绸之路"的名称，并对丝绸之路的定义、本质和内涵、外延、断代等理论作了探索。学者们通过探讨，一般认为，"丝绸之路"这一名称是近代才出现的，最早是由德国地理地理学家李希霍芬在1877年出版的《中国亲身旅行记》一书中提出来的，它最初是指中国汉代与中亚河中地区、印度之间以丝绸为主的贸易交通路线。到20世纪初，德国历史学家赫尔曼所著的《中国和叙利亚之间的古丝绸之路》（柏林，1910年）中，经过作者对多种文献的进一步研究，将丝路从中国延伸到地中海西岸和小亚细亚，并确定了它的基本内涵。

据此，最初学者们对丝绸之路的定义是：丝绸之路是中国古代经中亚通往南亚、西亚及欧洲、北非的陆上贸易通道。因大量中国丝织品多经此道西运，故称为丝绸之路。学者们还进一步对丝绸之路的本质和内涵有了新的认识，并加以界定，他们认为，丝绸之路从本质上讲，应是一条连接欧亚大陆的贸易通道；然而，它又不仅仅是一条贸易通道，而是紧密联系着沿途各国、各民族的政治军事、经济贸易、文化交流、民族迁徙与融合的道路。

同时，随着近几十年丝路研究的深入和丝路热的流行，丝路的交通道路内涵也逐步扩大。按照丝路原来的含义，是指经中亚（西域）到南亚、西亚、欧洲、北非的陆上交通道路。可是，近几十年来，又出现了一种更为广义的丝绸之路，即指古代中国与四邻各国的交通道路，包括陆路、海路，均统称之为"丝绸之路"。现今的说法是：原来所说的经中亚陆路丝绸之路，被命名为"绿洲路""沙漠路"；另有经北方蒙古草原的游牧民居地至中亚的"草原路"（狭义的丝绸之路）；经海上西行的"海上丝绸之路"；经云南入缅甸、印度的"南方丝绸之路"（西南丝绸之路）等。上述各种名称的丝路，仅沙漠路、草原路可算作原来含义的丝绸之路，其余的均非原来意义的丝绸之路了。然而，这些提法已逐渐为人们所接受，联合国教科文组织的丝路考察就是一例。因此，我们可以将这些丝绸之路视之为广义的丝绸之路，而加以认可。

另有一些学者，在上述各条中西贸易的道路上冠以主要流通商品的名称，于是就有称海上丝绸之路为"瓷器之路"或"香丝之路"；称从青海经西藏至印度之路为"麝香之路"；称草原之路为"皮毛之路"；称早期丝路为"玉石之路"，等等。这些名称与丝绸之路，即狭义丝绸之路的含义相距更远了。

在对丝绸之路的定义、本质、内涵与外延、断代等问题上，学术界并没有一个较为统一的认识，而是意见分歧，争论激烈。2001年，中国中外关系史学会在昆明召开了"西北、西南与海上三条丝绸之路比较研究国际学术讨论会"。会上，有的学者提出：传统上认为丝路专指从长安出发，经河西走廊及新疆而通向中亚、西亚、地中海沿岸的商路的定义，应该是不正确的。丝绸之路应为中国古代沟通中外海上和陆上以丝绸贸易为标志的通商路线。丝路不止一条，应为每条丝路确定一个具体而科学的名词。（山东大学吴士英）又有的学者认为，"丝绸之路"本来是由德国人李希霍芬首次提出的。在近半个世纪期间一直沉寂无闻，国内外老一辈治中西交通史的学者从未采用过该词。20世纪上半叶法国大汉学家以及中国的陈垣、向达、张星烺等国学大师们，也只采用"中西交通史""南洋交通史"或"海交史"一类的提法。中国学者大量使用该词，应该是"文化大革命"之后的事了，而且来势汹涌，李希霍芬对"丝绸之路"有确指，即从长安出发，经西域、古印度、阿拉伯—波斯世界而一直到达希腊—罗马社会的这条交通大道。"丝绸之路"不宜过分延伸，招致"有路无丝"的结果，甚至造成如同某些学者戏称的那样："丝绸之路"实际上变成了"一丝不挂"。"海上丝绸之路""西南丝绸之路""草原丝绸之路"等，都是晚期的衍生词，它们虽有实用性，但科学性不足。（中国社会科学院历史

研究所耿昇）

又有的学者认为，"丝绸之路"中的"丝绸"一词，已不再是中外商业交流史上的商品"丝绸"之狭义，而是一个文化象征符号。所以，丝绸之路是沟通中国与域外交流的一个"交通网络"，它共包括商业、文化与民族迁徙交融这三大功能。它由西北和西南两个陆路网络、陆海相衔的东北网络与海洋网络四大块组成。丝路始于先秦，下限为明代。交通工具包括驼队、马帮和舟楫。（云南大学姚继德）

总之，有关丝绸之路的定义、内涵与外延、断代等问题，中外学者是意见分歧，百花齐放，但是并不妨碍我们对丝绸之路的研究。

（三）丰硕的丝绸之路研究成果举要

（1）首先是以丝绸之路为名的论著像雨后春笋般的出版发行，影响极广。

1981年兰州大学出版社出版一部《丝绸之路文献叙录》，收录中国著名学者向达、冯承钧、季羡林及国外学者论文164篇。同年，甘肃人民出版社出版了由杨建新、卢苇著的第一部以《丝绸之路》为名的专著（1988年又出版增订本）。1983年唐史学会组织的丝路考察成果结集出版，书名《丝路访古》（甘肃人民出版社），在社会上引起一些反响。1985年新疆人民出版社出版《丝绸之路造型艺术》一书。1988年新疆大学出版社出版苏北海《西域历史地理》。1989年陈小平撰《唐蕃古道》一书，由三秦出版社出版，青海组织的唐蕃古道考察队编著的《唐蕃古道考察记》，由陕西旅游出版社出版。1990年由四川大学南方丝绸之路综合考察课题组编辑出版《古代西南丝绸之路研究》一书（四川大学出版社出版）。1991年林永匡、王熹编著的《清代西北民族贸易史》一书（中央民族学院出版社出版）。1992年兰勇撰《南方丝绸之路》一书，由重庆大学出版社出版。1992年及1997年由朱新予主编，通论和专论两部分先后由中国纺织出版社出版的《中国丝绸史》，是中国有关丝绸史的第一部系统性专著，对丝绸之路研究有重要的参考价值。1992年甘肃人民出版社出版了李明伟《丝绸之路与西北经济社会形态》。1994年由张志尧主编、新疆美术摄影出版社出版的《草原丝绸之路与中亚文明》，收录中外学者有关论文30余篇。同年，姜伯勤著《敦煌吐鲁番文书与丝绸之路》一书由文物出版社出版，此书利用吐鲁番、敦煌文书研究丝绸之路，多有创见。1996年陈炎的《海上丝绸之路与中外文化交流》一书，由北京大学出版社出版，作者系东南亚史研究专家，此书是研究海上丝绸之路的重要著作之一。同年，由联合国教科文组织的1990年丝绸之路沙漠段考察成果《十世纪前的丝绸之路和东西文化交流》，由新世界出版社出版，此书集中外著名学者的论文，具有很高的学术水平。1998年台湾张文玲撰《古代中亚丝路艺术探微》一书由"台北故宫博物院"出版。1999年张忠山主编的《中国丝绸之路货币》一书，由兰州大学出版社出版。

至21世纪初，以丝绸之路为名的论著出版更多，形式更为多样，学术水平也大为提高。现择其影响较大者，分述如下：

2000年林梅村撰《古道西风——考古新发现所见中西文化交流》一书，由三联书店出版，书中以新发现的文物为依据，阐述了通过丝绸之路广泛进行的中西方文化交流。同年，许序雅撰《唐代丝绸之路与中亚历史地理研究》一书，由西北大学出版社出版。2001年荣新江《中古中国与外来文明》一书，由三联书店出版，此书虽题无丝绸之路之名，而实为一部研究丝绸之路的力作，其代前言即为"丝绸之路：东西方文明交往的通道"。2002年陈良伟撰《丝绸之路河南道》，由中国社会科学出版社出版。2004年罗丰著《胡汉之间——丝绸之路与西北历史考古》一书，由文物出版社出版，此书应用新出的文物考古资料研究丝绸之路，多有新见，是一部学术水平很高的优秀著作。2005年赵丰撰《中国丝绸艺术史》，由文物出版社出版。2006年林梅村撰《丝绸之路考古十五讲》，由北京大学出版社出版。2007年李健超撰《汉唐两京及丝绸之路历史地理集》，由三秦出版社出版。2010年由范少言等编著的《丝绸之路沿线城镇的兴衰》（中国建筑工业出版社）、2010年刘文锁著《丝绸之路——内陆欧亚考古与历史》（兰州大学出版社）、2012 年殷晴撰《丝绸之路经济史研究》（兰州大学出版社）、2012 年周俭主编之《丝绸之路（中国段）历史地理研究》（江苏人民出版社）等书的出版，标志着近来中国丝绸之路研究开始向专题、纵深发展。

（2）20 世纪 80 年代以来，仍有部分学者以中外关系史、中西文化交流、中外史地、民族史研究等名称，也出版了一批与丝路学密切相关的论著，其学术水平不亚于上述以丝绸之路为名的论著。如 1981 年上海人民出版社结集出版黄文弼的《西北史地论丛》、1982 年文物出版社出版的《泉州港与古代海外交通》、同年中华书局出版的《陈垣学术论文集》、知识出版社出版江文汉的《中国古代基督教及开封犹太人》、1983 年上海人民出版社出版周伟洲的《敕勒与柔然》、1984 年中华书局出版周连宽的《大唐西域记史地研究丛稿》、1985 年中国社会科学出版社出版的《贺昌群史学论著选》、1985 年宁夏人民出版社出版周伟洲的《吐谷浑史》、1985 年上海人民出版社出版沈福伟的《中西文化交流史》、1986 年新疆人民出版社出版的《向达先生纪念论文集》、1986 年齐鲁书社出版余太山的《嚈哒史研究》、1986 年新疆人民出版社出版魏良弢的《喀喇汗王朝史稿》、1987 年河南人民出版社出版周一良主编的《中外文化交流史》、1989 年甘肃教育出版社出版郑炳林的《敦煌地理文书汇辑校注》、1988 年三秦出版社出版周伟洲的《唐代党项》、1990年漓江出版社出版钮仲勋的《我国古代对中亚的地理考察和认识》、同年文物出版社出版马雍的《西域史地文物丛考》、1990年光明日报出版社出版孟凡人的《楼兰新史》、1991年江西人民出版社出版的《季羡林教授八十华诞纪念文集》、同年人民出版社出版魏良弢的《西辽史纲》、1992年中国社会科学出版社出版薛宗正的《突厥史》、1992年北京大学出版社出版王小甫的《唐吐蕃大食政治关系史》、同年中国藏学出版社出版伍昆明的《早期传教士进藏活动史》、1992年西北大学出版社出版周伟洲《中国中世西北民族关系研究》、同年中国社会科学出版社出版余太山的《塞种史研究》、1994年南京大学出版社出版刘迎胜的《西北民族史与察合台汗国史研究》、1995年安徽教育出版社出版黄盛璋的《中外交通与交流史研究》、1995年上海古籍出版社出版张广达的《西域史地丛稿初编》、同年东方出版社出版林梅村的《西域文明——考古、民族语言和宗教新论》、同年中国友谊出版公司出版余太山主编的《西域文化史》、同年中华书局出版的《孙毓棠学术论文集》、1996年中国社会科学出版社出版姜伯勤的《敦煌艺术宗教与礼乐文明》、同年辽宁教育出版社出版孙机的《中国圣火》、1998年中国社会科学出版社出版吴玉贵的《突厥汗国与隋唐关系史研究》、同年上海古籍出版社出版黄时鉴的《东西交流史论稿》、同年文物出版社出版林梅村的《汉唐西域与中国文明》、同年兰州大学出版社出版黎虎的《汉唐外交制度史》。此外，中国学者编撰的《中华文化通志》丛书中，《中国与欧洲文化交流志》（朱学勤著）、《中国与西亚非洲文化交流志》（沈福伟著）、《中国与南亚文化交流志》（薛克翘著）、《中国与中亚文化交流志》（芮传明著）于1998年上海人民出版社出版。1999年香港大学亚洲研究中心出版韩振华的《中外关系历史研究》。

2000年上海古籍出版社出版华涛的《西域历史（八至十世纪）》、同年学苑出版社出版的《王北辰西北历史地理论文集》、2003年南方出版社版王颋的《驾泽抟云——中外关系史地研究》、2005年中华书局出版余太山的《两汉魏晋南北朝正史西域传要注》、2006年上海古籍出版社出版刘迎胜的《察合台汗国史研究》、2009年中国社会科学出版社出版拜根兴的《唐朝与新罗关系史论》、2011年北京大学出版社出版刘迎胜的《海路与陆路》、2012年兰州大学出版社出版乌云高娃的《元朝与高丽国关系研究》，等等。

（3）国内相关学术团体纷纷召开以丝绸之路为主题的学术研讨会，会后结集出版一批学术著作。如2003年耿昇等主编的《16—18世纪中西关系与澳门》（商务印书馆）；2008年侯甬坚、江村治树编《中日文化交流的历史记忆及其展望》（陕西师范大学出版社）；2010年张柱华主编的《"草原丝绸之路"学术研讨会论文集》（甘肃人民出版社）；2011 年罗丰主编的《丝绸之路上的考古、宗教与历史》（文物出版社）；同年中外关系史学会等主编的《多元宗教文化视野下的中外关系》（甘肃人民出版社）等。

此外，这一时期在中国古代史、民族史、藏学、敦煌学、突厥学、西夏学诸多学科领域内，先后出版的众多论著中，也多有涉及丝绸之路或中外关系的内容，不再一一列举。

（4）翻译国外的名著。如杨汉章译英国彼得·霍普科克著《丝绸路上的外国魔鬼》（甘肃人民出版社，1982 年）、耿昇译法国学者布瓦努尔著《丝绸之路》（新疆人民出版社，1983 年）、古伯察的《鞑靼西藏旅行记》（中国藏学出版社，1991 年）、阿里·玛札海里的《丝绸之路——中国波斯文化交流史》（中华书局，1993 年）、安田朴的《中国文化西传欧洲史》（商务印书馆，2000 年）、E. 于格的《海市蜃楼中的帝国——丝绸之路上的人，神与神话》（喀什维吾尔文出版社，2005 年）等等。另有陈俊谋译日本松田寿男的《古代天山历史地理学研究》（中央民族学院出版社，1987 年）、钟美珠译日本长泽和俊的《丝绸之路史研究》（天津古籍出版社，1990 年）、吴玉贵译美国谢弗的《撒马尔罕的金桃——唐代舶来品的研究》（改名为《唐代的外来文明》，中国社会科学出版社，1995 年）、李凭等译日本前田正名的《平城历史地理研究》（书目文献出版社，1994年）、赵崇民译德国克林凯特的《丝绸古道上的文化》（新疆美术摄影出版社，1994年），等等。以上仅是有关译著的一小部分。这些译著对中国的丝绸之路研究有较大的影响。

（5）出版丝绸之路丛书。如由谢芳、向达主编的《中外交通史籍丛刊》，由中华书局出版，现已出20余种，即有《西洋番国志》《郑和航海图》《两种海道针经》《唐大和上东征传》《东西洋考》《真腊风土记》《岛夷志略》《西游录·异域志》《西洋朝贡典录》《咸宾录》《释迦方志》《大慈恩三藏法师传》《日本考》《大唐西域记》《大唐西域求法高僧传》《海外记事》《清朝柔远记》《殊域周咨录》《南海寄归内法传》《安南志略》《西域行程记》《西域番国志》《往五天竺国传》《诸蕃志》《职方外记》《岭外代答》《经行记》等。丛书采用每部史籍较好的本子作底本，作初步校勘和必要的注释，且每部史籍都加上新的序言，必要时附图及人名、地名索引，大大便利了读者和研究者的阅读和引用。

1995—1996年由浙江人民出版社出版的《丝绸之路文化丛书》，共五部：刘迎胜撰《丝路文化·海上卷》，邓廷良撰《丝路文化·西南卷》，黄新亚撰《丝路文化·沙漠卷》，张云撰《丝路文化·吐蕃卷》，刘迎胜撰《丝路文化·草原卷》。

从1999年以来，由周菁葆、陈重秋主编，新疆人民出版社出版的《丝绸之路研究丛书》。丛书设三大系列介绍有关丝绸之路的最新研究成果，其中以专著系列为主，兼顾译著系列和普及系列。已出版有《丝绸之路考古研究》《丝绸之路岩画艺术》《丝绸之路古代居民种族人类学研究》《丝绸之路医药交流研究》《丝绸之路草原石人研究》《丝绸之路草原民族研究》《丝绸之路龟兹历史文化》《丝绸之路宗教文化》等十余部。

2009年新疆人民出版社又组织出版一套"丝绸之路研究丛书"（由张田主编），已出30余本，丛书除选择上述一些著作，又增加许多类别，如贺灵撰《丝绸之路·伊犁研究》、薛宗正撰《丝绸之路·北庭研究》、盖山林撰《丝绸之路·草原文化研究》和《丝绸之路·岩画研究》、田卫疆撰《丝绸之路·吐鲁番研究》、李进新撰《丝绸之路·宗教研究》、袁祖亮等撰《丝绸之路·人口研究》、李青撰《丝绸之路·楼兰艺术研究》等。

（6）出版丝绸之路工具书。如1994年新疆人民出版社、香港文化教育出版社出版，由岳峰、周玲华编著的《丝绸之路研究文献书目索引》，涉及13个学科，著录文献总计23084种（篇）。

1980年陆峻岭重新增订再版的《西域地名》，中华书局版，共收中外古代西域地名920条。1986年由陈佳荣等编的《古代南海地名汇释》，由中华书局出版。1993年由纪大椿主编的《新疆历史辞典》，新疆人民出版社出版，收词 5000 余条。1996 年余太山等编著的《新疆各族历史文化词典》，由中华书局出版，共收 949 条。2002 年由冯志文等编著之《西域地名词典》，由新疆人民出版社出版，收词 5200 条。2008 年由钟兴麒编著的《西域地名考录》，由国家图书馆出版社出版，共收词约 6500 条。

以丝绸之路为名的词典，先后出版了三部，即雪犁主编的《中国丝绸之路辞典》，1994 年新疆人民出版社出版，共收词 4000 条；王尚寿、季成家主编的《丝绸之路文化大辞典》，1995 年红旗出版社出版，共收词条 12500 条；周伟洲、丁景泰主编《丝绸之路大辞典》，2006 年陕西人民出版社出版，共收词 11607 条。

总观 20 世纪 80 年代至今中国丝路学研究，有如下几个显著的特点：

第一，丝路研究的内涵有所扩展，研究的理论和方法有所创新。上述的研究成果不仅涵盖和深化了丝路交通道路的研究，对陆上（包括许多支线，如青海路、居延路、唐蕃古道、灵州道等）、海上、沙漠、草原道路的考察、研究；而且更加详细、深入研究了丝路上的政治、经济、文化、民族、宗教等方面的内涵；且以丝路上主要贸易商品为名，深入研究玉石之路、麝香之路、瓷器之路、香丝之路、皮毛之路等等。在丝路学的理论，即其定义、内涵、外延及断代诸问题展开讨论，虽至今无一致的结论，但推动了丝路理论的深入探讨。在研究方法上，学者们大多采用了实地考察与文献相结合的方法，并应用历史学、考古学、语言学、人类学、民族学等诸多社会科学、人文学科及各种自然科学的理论、方法，因为丝路学本身就是一门综合的学科。

第二，这一时期丝路的研究从历史学、地理学学科学者的研究，逐渐扩展到社会科学、自然科学多种学科学者加入研究；而20世纪80年代后兴起的一些热门学科，如藏学、敦煌学、吐鲁番学、西夏学、突厥学、蒙古学、边疆学等，也将丝绸之路研究作为重要的研究内容之一。这样，就大大推动了丝路学研究的繁荣。

第三，丝路学的研究与大众丝路热的结合，就是专业研究与普及的结合。这一时期的丝路研究除了上述丰富的研究成果，还出版了大量的有关图册、影视作品和通俗读物，使丝路大为普及，可以说是家喻户晓。大众的丝路热又带动、促进了丝路学的发展和兴盛；两者相互推动，相互促进。

第四，丝路学研究与中国现实的关系日益密切。丝路学研究的兴盛与大众丝路热相互促进，大大推动中国现实经济的发展，也即是如欧亚大陆桥的构建及边境贸易的发展，旅游事业和文化产业（如大型歌舞《丝路花雨》之类）的勃兴，文化遗产的保护，以及对外贸易的迅速增长等。

三、有关《丝绸之路大辞典》的编纂、内容和特点

在已出版的三部丝绸之路辞典中，由周伟洲、丁景秦主编的《丝绸之路大辞典》出版最晚，于2009年由陕西人民出版社出版。此书早在1991年就开始编纂，当时在丝绸之路的起点——陕西省和西安市党政领导的支持下，组织了编委会，动员了全国各地有关著名学者参加。后来因种种原因导致工作停顿，无法进行下去。到1999年，编委会重新调整，由西北大学周伟洲教授任主编，负责全书的编写、审定和统稿的全部工作，以当时西北大学西北历史研究室研究人员和研究生为主，重新修改、调整辞目，增补大部分词条和释文，并一再订正、校对，做了大量繁杂、细致的工作。同时，得到西北大学"211工程"的专项资助，终于在2001年年底最后完成初稿，前后历经十年。此后五年时间，出版社编辑及编写组又反复修改、校对，编索引，配图片，至2006年才正式出版。十五年的艰辛、困惑和辛劳，只有参加编写的人员才深有体会和感慨。

《丝绸之路大辞典》较为全面、系统地介绍了狭义丝绸之路的情况，兼及广义的海上丝绸之路和西南丝绸之路，以丝绸之路的内涵为纲，共分为十五编，每编大致按类（性质或地区、时代等）分为若干目（人物、海上丝绸之路、西南丝绸之路例外）。

第一编道路交通，下分"道路""工具与制度""汉唐驿馆""关隘、津渡、桥梁"等四个目。第一词条"丝绸之路"为全书总纲，可视为全书的代前言。

第二编地理环境，下分"山脉""河流、河川""湖泊、水泉""高原、原、盆地""沙漠、绿洲"等五个目。

第三编政区城镇，下分"总述""河南""陕西""甘肃""青海""宁夏""新疆""内外蒙古""中、西、南亚及欧非地区"九个目。

第四编政治军事，下分"国别朝代""典章制度""军事镇戍""历史事件"等四个目。

第五编经济贸易，下分"贸易与制度""场所与商人""贸易事件""物产与商品""丝路流通货币"等五个目。

第六编文化科技，下分"文学与教育""语言文字""石窟艺术""音乐舞蹈""科学技术"等五个目。

第七编民族宗教，下分"民族""制度职官""宗教""文献典籍"等四个目。

第八编文物古迹，下分"考古学文化、遗址""纺织品""石刻与岩画""青铜器与铁器""碑铭与碑志""金银器""玻璃器""陶瓷器""简牍文书""其他"等十个目。

第九编方言习俗，下分"陕西及内地方言""甘肃方言""青海方言""新疆方言""陕西及内地民俗""甘肃民俗""青海民俗""新疆民俗"等八个目。

第十编丝路人物，不分目，按中外人物卒年顺序排列。

第十一编海上丝路，不分目，大致按本书编目顺序排列。

第十二编西南丝路，不分目，大致按本书编目顺序排列。

第十三编丝路文献，下分"先秦秦汉文献""魏晋南北朝文献""隋唐五代文献""宋辽金文献""元代文献""明代文献""清代文献""外国部分文献"等八个目。

第十四编丝路研究，下分"考察探险""研究著作""研究学者（收录已去世的中外学者）"等三个目。

第十五编丝路今日，下分"今日陕西""今日甘肃""今日宁夏""今日青海""今日新疆"等五个目。

书前有分类目录，后附有《条目汉语拼音索引》，以便检索。另书前配有彩色图片60余张；书中辞条中还插有若干黑白图片。全书共收有关丝路的"词"或"事"条目共11607条，2300千字。

笔者认为，《丝绸之路大辞典》有如下特点：

其一，辞典所收有关丝绸之路的"词"和"事"较为全面和系统，不仅涵盖了狭义的丝绸之路有关交通道路、地理环境、政区城镇、政治军事、经济贸易、文化科技、民族宗教、方言习俗等内涵，而且对海上丝路、西南丝路有所涉及；并增加了丝路文献、丝路研究和今日丝路的新内容。今日丝路虽然只收录2001年前的词目，现在看来有

周伟洲、丁景泰主编《丝绸之路大辞典》书影

的已过时和发生变化，但作为历史保存，仍有一定的意义。

其二，从辞典编纂学看，词目的选择、编排均较为严谨，十五编标题均浓缩为四个字，排列合乎逻辑；每编所分的目，也较为合理。释词文字简洁，符合辞典文字要求；且每词释文格式基本统一，即词目后为原名或它名，再为定性语，再释词之内容。

其三，辞典词目及释文较为充分地吸收了20世纪以前中外学者研究丝绸之路的成果，突出表现在对新出土的有关丝路的文物考古新发现和新成果的利用上，如石窟艺术部分词条、文物考古中新出土的金银器、碑铭墓志等。方言习俗部分词目及释文也多有新意。

正因为如此，辞典出版后，颇得学者、辞书专家及广大读者的好评，并于2009年获得陕西省哲学社会科学优秀成果一等奖。然而，丝绸之路及丝路学涉及面很广，几乎涵盖了社会科学和自然科学的大部分学科，决非一部辞书所能包容，加之许多问题尚无定论，因而辞书仍然存在各种各样的问题，今后还需要进一步修改、补充，进一步完善。

原载于林超民编：《方国瑜诞辰一百一十周年纪念文集》，云南大学出版社，2013年。此文后有所增补

丝绸之路与古代民族

一、丝绸之路上的民族类型

丝绸之路原本是一条中西方以贸易为主体，涵盖中西方政治、经济、文化交往的道路，而路总是人走出来的。[①]因此，丝绸之路沿途的诸民族、国家的兴衰历史，自然也就成了丝绸之路发展、兴衰历史的一个组成部分。丝绸之路沿途诸族的历史，有其自身社会发展兴衰的规律，但是，它们必然或多或少地受到丝绸之路的影响，有的影响还是十分巨大的。

① 本文所论之"丝绸之路"，是指狭义的丝绸之路，即学界最早提出的陆上丝绸之路，也就是后来所谓的"沙漠路""绿洲路"及"草原路"。

从丝路及其沿途诸族发展的历史来看，大致可将丝路上的诸族分为两大类型：

第一种类型，属于丝路本源文化类型的民族。丝路上中西方文明的传播，主要可归结为世界古代四大文明的交流与相互影响。古代四大文明，即西方古老的希腊、罗马（包括古埃及文明）文明，西亚两河流域文明和南亚古印度文明的东向发展，以及中国东方文明向西的扩展。属于这四大古文明圈的各族，分别创造了灿烂的人类文化，各有其特点。

早在公元前四世纪，希腊半岛上的马其顿国王亚历山大的东征，将古希腊文明广泛传播于今西亚、中亚和印度北部，影响极为深远。公元一世纪后，古印度的佛教由中亚传入中国，影响了整个东方。这些都可视为通过早期丝绸之路，将古希腊文明、印度文明向东方传播与发展的突出例证。公元前二世纪，东方的中国在秦汉时期向西开拓，特别是汉武帝派张骞出使西域及对西域的经营，此后中国丝绸远销西方，可视为东方文明向西扩展的实例。而越靠四大古文明之地的各民族，则越受此文明的影响，各种本源文明像一个水波纹一样，各自向东、西方扩散。但是，这种扩散，即文明的传播，是靠沿途人们——民族来进行的，通过这些民族的居地所构成的道路来进行的。这些道路就是我们所谓的"丝绸之路"。

第二种类型，属于丝路东西文明交往中继文化类型的民族。他们主要处于东西方四大文明本源文化类型的民族之间，起到一个传播东西方四大文明的作用，即扮演着文明交往中继者和桥梁的角色。从西向东、从古以来，大致有希腊古文献所称的斯基泰人（Scythia，古波斯称为"Saka"）、萨尔马提亚人（Sarmathae，其中最强大的称为"Massagetae"），稍后的帕提亚（Parthia，中国史籍称为"安息"）、巴克特里亚（Bactria，中国史籍称为"大夏"）、粟特（Sogdian，昭武九姓）、大月氏、乌孙、西域三十六国、氐、羌、吐谷浑、吐蕃等，以及中国北方游牧民族匈奴、鲜卑、柔然、突厥、回鹘、契丹、蒙古族等。他们虽然各自也有独特的文化，但也深受来自东西方本源文化诸族文化的影响，如南亚印度佛教，西亚、中亚流行的景教、祆教、摩尼教和稍后兴起的伊斯兰教；从中国内地向西传播的汉族传统儒学及包括丝绸、漆器、瓷器、造纸、火药、印刷术等物质文明，对他们也有影响。

丝绸之路上的民族大致均可以归入上述两大类型，各个类型的民族在丝绸之路上的作用又不尽相同。

二、丝路上的民族在中西交往中的作用

在丝绸之路上，属于第一种丝路本源文化的民族，是世界几个大的古代文明发源地的民族。如古埃及、希腊及后来的罗马等各族，两河流域的古苏美尔人、闪族人、亚

述人、波斯人，阿拉伯人，南亚印度各族，东方最早养蚕织丝的中国华夏族等。他们创造的文明，对世界历史的发展起了巨大的作用，代表了世界古代历史的潮流。正是丝绸之路，才使代表各种世界文明的民族的本源文化得以相互交流、相互促进，推动了世界历史的前进。因此，丝绸之路才被学者们称之为"人类文明的运河""中西文化交流的大动脉"等。作为丝绸之路本源文化各族的作用集中体现在它作为丝路的本源和基础之上，可以说，没有这些创造世界各大文明的本源文化民族，就没有中西文明的对话和交往，就没有丝绸之路的存在。

但是，在世界古代历史上，处于中西方的各本源民族之间，通过丝绸之路的直接对话和交往，并不是普遍的规律和现象。其原因，一方面是丝路本身路途的遥远和艰辛；另一方面是丝路沿途众多的民族、国家割据和战乱等。

就中国古代文献所记，公元前 139 年、公元前 119 年西汉张骞两次出使西域，最远仅达中亚大宛、大夏等国，传闻奄蔡、安息、条支等国。[①] 东汉时，西域都护班超曾遣甘英出使大秦，抵条支（安息），临大海（今地中海，一说波斯湾）而还。[②] 至公元二至九世纪，由于印度佛教

①《史记》卷六三《大宛列传》；《汉书》卷六一《张骞传》。
②《后汉书》卷八八《西域传》。

传入中国内地，于是印度的僧人及内地僧人的弘法、求法活动十分频繁，见于中国史籍及佛教典籍记载颇多，这是古代中国与印度佛教文化通过丝路直接交往的少数例证。这一时期，中国内地因各种原因到达西亚、并有记述的人，仍然是屈指可数。如唐代，波斯萨珊王朝为大食灭亡前后，其王卑路斯、子泥涅斯等曾到长安；[①]唐朝与大食通贡。公元751年唐与大食的怛逻斯之战，唐军战败，被俘的杜环（《通典》撰者杜佑之侄）曾被带大食，周游地中海沿诸国，前后11年，回国后撰《经行记》一书。直到十三世纪蒙古帝国成吉思汗及其子孙三次"西征"，势力曾达欧洲和北非，东西方才有了一些正式的交往；但是，东西方诸本源民族相互之间的直接沟通，仍然是屈指可数，相互之间的认识和了解，仍然模糊。这种情况，直到十八世纪西方列强、殖民主义者（包括传教士）逐渐深入到中国内地后，才有所改变。

就西方的古代文献所记，在公元前四世纪至公元五世纪的漫长岁月里，希腊拉丁作家在关于远东的文献中，提到一个叫"赛里斯"的民族，说他们能从森林里的树上摘取羊毛，即丝绸，可见这一时期西方人对东方的中国

①《新唐书》卷二二一《西域传》"波斯"条。

及丝绸了解不多。[①] 只是到六世纪，养蚕织丝的技术才由中国的新疆逐渐传入到欧洲。关于养蚕织丝技术的传播，有玄奘《大唐西域记》、敦煌石室发现藏文文书《于阗国史》及斯坦因在新疆和田北丹丹乌尼克遗址出土的著名版画，描述了嫁至于阗的东国公主藏蚕种于帽絮中，而将养蚕织丝技术传入西域；六世纪时，才由西域传到拜占庭，"从此之后，拜占庭便开始饲养蚕了"。[②] 从六世纪至十三世纪，有文献记载到过中国内地的西方人也是屈指可数，如上述波斯萨珊朝国王卑路斯父子，还有从海路来的阿拉伯商人苏莱曼、旅行家伊本·白图泰等。[③] 当然从丝路到中国沿海城市及内地贸易的阿拉伯商人甚多，有的则居住于广州等城的"蕃坊"内。到十三世纪蒙古帝国兴起后，曾三次"西征"，丝路复兴，到中国内地的西方人，见于记载的有著名的意大利商人马可波罗、奉教会之命出使蒙古的意大利方济各会教士柏朗嘉宾、法国圣方济各会士

① 参见［法］戈岱司编，耿昇译：《希腊拉丁作家远东古文献辑录》，中华书局，1987 年。
② 见［拜占庭］普罗科波《哥特人的战争》，转见［法］阿里玛扎海里著，耿昇译：《丝绸之路——中国—波斯文化交流史》，中华书局，1993 年，第 422—423 页。
③ 见佚名著，穆根来等译：《中国印度见闻录》，中华书局，1983 年；［摩洛哥］伊本·白图泰著，马金鹏译：《伊本·白图泰游记》，宁夏人民出版社，1985 年。

鲁布鲁克，及意大利人鄂多立克等。① 就是到十七世纪初，西方对东方中国的了解仍然有限，西班牙国王甚至支持在印度莫卧儿帝国的传教士鄂本笃"探查"西藏及"震旦"，目的之一就是弄清西方及印度所谓的"震旦"是否就是中国。鄂本笃于 1602 年启程，经叶尔羌到甘肃的肃州，最后病死在那里。他最后弄清了震旦即中国，并探索到中国的便捷道路。②

总之，在古代东西方的丝路上各本源文化民族的直接交往和相互了解并不多，他们在丝路上的主要作用是提供了中西方文明交往的本源和基础。

属丝绸之路第二种中继文化类型的民族，是丝路上最为活跃的民族。他们不仅在丝路上深受东西方文明的影响，进行着与东西方文化的交流，最重要的是起到了东西方文明交往的中继和桥梁作用。

以丝路作为中西方贸易道路的本质而言，其路程的遥远与艰辛，使相距甚远的西亚、欧洲、北非、南亚的民族或国家与中国内地的直接贸易，十分困难。事实上，东西

---

① 参见党宝海注本《马可波罗行记》，河北人民出版社，1999 年；耿升译：《柏朗嘉宾蒙古行纪》，中华书局，1985 年；何高济译：《鲁布鲁克东行纪》，中华书局，1985 年；何高济译：《鄂多立克东游录》，中华书局，1981 年。

② 见伍昆明：《早期传教士进藏活动史》，中国藏学出版社，1992 年，第 87—117 页。

方的贸易，往往是通过上述第二种中继文化类型的民族转手或中继的形式，才得以实现的。就如中国的丝绸之所以成为欧洲罗马等地的时髦商品，实际上是通过漠北、中亚或印度、波斯一站一站转卖到罗马的。公元六世纪，波斯为垄断与罗马的丝绸贸易，曾将经中亚贩丝至西亚的康居（粟特）运来贡献之丝，"对众焚之，以示其不用来自突厥之丝"，致使突厥与波斯交恶。[①] 最具有代表性的，是公元四世纪至七世纪立国于青海的吐谷浑族，中亚阿姆河南的嚈哒人欲与南方的梁朝贸易，经青海的吐谷浑，史称"其（嚈哒）言语待河南人（即南朝对吐谷浑的称呼）译然后通"。[②] 公元 553 年（魏废帝二年），西魏凉州刺史史宁截获一个出使北齐归来的吐谷浑使团，"获其仆射乞伏触扳、将军翟潘密，商胡二百四十人，驼骡六百头，杂彩丝绢以万计"。[③] 此两例将作为丝路中继文化类型民族的中继和桥梁作用显现无遗。

在丝路的文化交往方面同样如此，印度的佛教、西亚的祆教、摩尼教、景教及稍后的伊斯兰教等，也是多由中亚粟特人、西域诸城郭国人、漠北回鹘人等中继文化类型

---

① [法]沙畹著，冯承钧译：《西突厥史料》，中华书局，2004 年，第 209—210 页。
②《梁书》卷五四《诸夷传》"滑国"条。
③《周书》卷五〇《吐谷浑传》。

的民族，沿着丝路，逐渐传入中国内地。印度乐系和波斯乐系的音乐舞蹈，也总是先传入西域，进而到凉州，形成著名的"龟兹乐""西凉乐"等，再传到京师长安，引领唐代之风尚。在科技方面，如中国古代四大发明之一的造纸术，是由于751年怛逻斯之战，唐军俘虏中的造纸匠首先在中亚撒马尔罕造纸，于是"撒马尔罕纸"才风行欧洲，随后造纸术才传入欧洲。

如果我们认真研究丝路第二种中继文化类型民族的历史和文化，相信一定能发现他们在中西交往中突出的中继和桥梁作用。他们是丝路上最有活力和最具多元文化特性的民族，值得我们重新认识和研究。

三、丝路上民族的迁徙与融合

丝绸之路的本质应是由东西方贸易道路为标志，涵盖着东西方的政治、军事、经济、文化交往的内涵。除此而外，丝绸之路还涵盖着丝路沿途诸民族的迁徙与融合，因此，丝绸之路也是一条民族迁徙和融合的路。

早在丝路正式开通之前，即西汉张骞出使西域之前，中国西北古代民族就因各种原因，已经在丝路上迁徙。如公元前200年左右，匈奴崛起于蒙古草原，冒顿单于西击在敦煌、祁连间的月氏族，迫使其沿丝路迁于伊犁河流域，以后又由于乌孙族攻占其地，月氏迁于中亚阿姆河地区，征服大夏而居之。乌孙族遂居伊犁河流域。[①] 又如，东汉初，汉逐北匈奴，使之经西域而达中亚、欧洲，称匈人（Huns），据学者研究，今日欧洲的匈牙利内民族就有匈人的成分。此后，漠北和东北的游牧民族如鲜卑、柔然、嚈哒、突厥、回鹘、契丹、蒙古等族，均有西迁之举，致使到 10 世纪后，中亚地区各族突厥化、伊斯兰化。

以上大致是由东向西迁徙之民族。由西向东迁徙的民族，同样是数不胜数，如公元前数千年西方的雅利安人向印度的迁徙；希腊人随亚历山大的东征，而进入西亚波斯等地；塞种（Sakas）向西南迁至罽宾和帕米尔高原；贵霜人之进入天山以南地区；阿拉伯人之东进中亚，等等。总之，近二千年的丝绸之路上，许多民族因各种原因而迁徙，也就是说，民族的迁徙是在丝路上进行的。从这个意义上讲，丝绸之路也是一条民族迁徙之路。

不仅如此，丝路上的诸民族，因政治、军事或经济、文化（特别是宗教信仰）等原因，在历史上有的民族消亡了，或并入、融合到另一个民族之中，有的民族则同化四周的其他民族，而日益兴盛、壮大；甚至于有新的民族不断形成、发展。就是说，丝路上，不仅存在着频繁的民族迁徙，也存在着民族同化和融合。历史上，丝路上民族融

① 参见《汉书》卷九六《西域传》"大月氏国""乌孙国"条。

合的例证很多。比如原在辽东的鲜卑支属吐谷浑，西迁阴山，后又迁至青海、甘南，与当地羌、氐等族长期杂处，最后形成为吐谷浑族。[①] 魏晋南北朝时，极盛一时的鲜卑族西迁、南下，最终大部分融入汉族。又如漠北的回鹘汗国灭亡后，其部众西迁西域，与当地土著融合，到十六世纪正式形成为今天的维吾尔族。回鹘西迁的一支黄头回纥，最后成为近代中国裕固族的组成部分。蒙古帝国的三次西征，使大量中亚等地信仰伊斯兰教的民族工匠、兵士等东迁入中国西北各地，他们娶妻生子，到明初最终形成中国的回族，等等。

总之，丝绸之路又是一条民族迁徙和融合的路，应是毫无疑义的。

---

① 参见拙著《吐谷浑史》，宁夏人民出版社，1985 年，第 142—153 页。

中国民族史学发展历程及展望

中国历史上历史编纂学及史学颇为发达，在历代官方编纂的正史、实录、起居注及浩如烟海的史学文献中，记录了古代四夷各族的历史，为研究民族史学（或简称"民族史"）提供了大量有关的资料。这些文献资料和著作，可视为中国民族史资料之宝库，也可视为古代中国民族史学研究的滥觞。现代科学的中国民族史学的发展历程，大致经历了三个大的时期。

一

民国时期（1911—1949），为中国民族史学最初形成及发展时期。这一时期因处于列强加强对中国的侵略、边疆危机、日本入侵的抗日战争的危亡关头，许多当时的史学大师们纷纷开始研究中国民族史的问题，如王国维对匈奴、鞑靼、蒙古的研究，梁启超一系列关于中国民族的研究论著（如《历史上中国民族之观察》《中国历史上民族之研究》等），李济的《中国民族的形成》（1923年）；而仅以《中国民族史》为主题的相关著作，就有王桐龄（北平文化学社，1928年、1932年）、吕思勉（世界书局，1935年）、宋文炳（中华书局，1935年）、缪凤林（中央大学，1935年）、林惠祥（商务印书馆，1936年）等出版的《中国民族史》专著。此外，还有吕思勉的《中国民族演进史》（上海亚细亚书局，1935年）、金毓黻的《东北通史》（三台东北大学，1941年）、吕振羽的《中国民族简史》（三联书店，1948年）等。这些论著首先在中国民族史的理论问题，如民族的定义、中国民族构成的多元性和汉族多元合流、民族平等等方面，均有讨论和建树；其次，大大拓展了研究领域，涉及古今中国的民族及其经济、文化习俗；在研究理论和方法上，开始引进国外的民族学、人类学的新方法，注重田野调查等。①

特别是抗日战争时期，顾颉刚先生于1939年2月13日在《益世报》"边疆周刊"第9期上，发表了《中华民族是一个》的著名论文，引起学界的争议和国人的注

---

① 参见王文光、段红云：《民国时期的中国民族史研究及民族史学科的发展》，载《广西民族大学学报》2008年第6期。

目。[①]1943 年蒋介石著《中国之命运》一书提出的"国族"与"宗族"的理论，影响更为深远，至今仍是学界值得深入探讨的问题。[②] 此外，在民国时期，对中国一些主要少数民族史的研究进一步深化，取得了可喜成绩，如对藏族[③]、蒙古族、党项及其所建西夏（如王静如先生一系列关于西夏文的论著）、回族（如白寿彝先生关于回族一系列论著），等等。

在民国时期，各种与民族史相关的学会纷纷成立，如中国民族学会、中国边疆学会、中国边政学会、新亚细亚学会、社会学学会，以及这些学会所办刊物、其他报纸杂志，多有关于中国民族史学的内容和论著发表。许多大学开设了与民族史有关的课程（如民族学、人类学、社会学等），另有西北大学、中央大学设置的"边政系"，培养了有关民族史方面的人才。

① 参见费孝通：《论中华民族与民族主义——读顾颉刚〈续论中华民族是一个〉以后》，载重庆《中苏文化》第 6 卷第 1 期（1940 年 4 月 5 日）等。
② 刘会军：《〈中国之命运〉论析》，《史学集刊》，1994 年第 3 期；邓野：《蒋介石关于"中国之命运"的命题与国共的两个口号》，《历史研究》，2008 年第 4 期；娄贵品：《陶希圣在〈中国之命运〉中的"中华民族"论述》，载香港《二十一世纪》2012 年 6 月号等。
③ 参见王尧、王启龙等：《中国藏学史（1949 年前）》修订版，中国社会科学出版社，2013 年。

综上所述，民国时期可以说已开创了中国民族史研究的先河，并且得到一定的发展，奠定了中国民族史学科正式建立的坚实基础。只是目前我们对这一时期民族史学的研究才刚刚起步，相信今后会有更大的收获。

二

新中国成立后 30 年，为中国民族史学学科正式建立及发展时期，主要指 20 世纪 50—60 年代，60 年代末至 70 年代"文化大革命"时，中国民族史学处于停滞阶段。

新中国建立，落实了民族平等和民族团结政策，先后建立民族区域自治，国家的统一和新形势下民族工作迫切需要，是促使这一时期中国民族史学蓬勃发展的重要原因。

其次，这一时期新中国初建，在当时的国内外形势之下，民国时兴起的民族学、人类学、社会学等被视为资产阶级的学科，而基本遭到冷遇和取缔。而中国民族史学却因在历史学的框架下，获得了蓬勃的发展。当时许多民国时著名的民族学、社会学家转向了民族史的研究，如我的导师马长寿先生就是一个典型的例证。这是中国民族史学发展的机遇，也是其正式成为历史学下一个分支学科而得到蓬勃发展的原因之一。

这一时期中国民族史学与其他的社会科学、人文科学一样，是以马克思主义理论，如唯物史观作指导，以前苏联民族学、民族史学为借鉴的。其发展也具有这一显著的特征。

中国民族史学的蓬勃发展和正式建立主要表现在：

（一）50年代初，由于民族工作的需要，国家和各省区从1953年起，民族学家们协助政府连续进行了14年的全国民族识别工作，至1979年才完全结束，共识别和由国家认定了55个少数民族。学者们从调查、讨论中，获得了现代中国少数民族历史的大量资料和新的认识。关于50年代的民族"识别"，近几年来逐渐引起中外学者的关注。他们当中有部分学者认为，当时的"民族识别"，强化了已逐渐相互融合形势下的各民族的民族意识，为以后国内的民族关系及国家意识的弱化造成不良的影响；有的外国学者甚至认为，是中国共产党制造出了55个少数民族；还有的学者对之也进行"反思"等等。这里介绍一篇相关的论文，即秦和平撰《"56个民族的来历"并非源于民族识别——关于族别调查的认识和思考》（载西南民族大学办《民族学刊》2013年第5期），大家不妨找来读一读。总之，关于50年代的"民族识别"值得我们进一步研究。

（二）在进行"民族识别"的同时，从1956年开始，至1964年结束，在全国人民代表大会的领导下，组织上千人的队伍，对全国各地少数民族地进行历史调查，共搜集几千万字的资料（包括历史文献和档案资料）及摄制几十部影片资料。先后内部发表400余种6000多万字的各族社会历史调查丛书，这是一笔巨大的财富，是国内少数民族新旧社会交替发展最为珍贵的资料。特别是通过这次大规模的调查，组织研究、编写了 55 个少数民族的史和志（内部发行），使现今中国少数民族有了记述自己历史的书。这是中国民族史学正式形成的标志之一。

（三）这一时期中国民族史学是属于历史学科的，而历史学在马克思唯物史观的指导下，得到了迅速的发展。当时历史学的最大转变之一，就是对传统史学中的封建史学与大汉族主义进行批判，开始以民族平等的原则，重视和研究历史上非汉族的少数民族历史。比如这一时期出版的几部影响最大中国通史著作，即范文澜主编的《中国通史简编》、郭沫若主编的《中国史稿》及翦伯赞主编的《中国史纲要》等，均增加了历史上少数民族历史的内容，并作了新的评价。

而中国历史上由少数民族建立的国家政权的断代历史，也成为研究的重点，学者们也有了新的认识，如魏晋南北朝史、辽、金、西夏、蒙元史、清史等。当时的学界，特别是史学界也对中国民族史学一些主要的理论问题展开了热烈的讨论，如汉民族形成问题（所谓"五朵金花"之一）[①]、历史上中国疆域与民族、民族英雄与民族战争、

---

① 历史研究编辑部编：《汉民族形成问题讨论集》，三联书店，1957 年。

民族同化与融合等问题的讨论等。遗憾的是，这一时期中国史学的这一重大变化，是目前国外史学界视而不见的，他们普遍仍以历史上一些封建史家的著作依据，顽固地认为历史上只有汉族建立的国家才是中国，少数民族所建政权是异民族对中国的统治等等。

（四）这一时期中国民族史学蓬勃发展另一个重要标志，是许多著名的史学家、民族学家先后撰写和出版了一批有关民族史的佳作和整理历史上民族史资料集，以及少数民族考古文物资料的发掘与整理等。这些论著至今仍然是研究中国民族史的重要参考。如马长寿的《乌桓与鲜卑》（上海人民出版社，1962 年）、姚薇元的《北朝胡姓考》（科学出版社，1958 年）、宿白结合新的考古发现在 70 年代《文物》杂志发表的三篇关于拓跋鲜卑的论文[①]、冯家昇的《辽史证误三种》（中华书局，1959 年）、陈述的《契丹社会经济史稿》（三联书店，1963 年）、马长寿的《北狄与匈奴》（三联书店，1962 年）、林幹的《匈奴史》（内蒙古人民出版社，1977 年）、韩荫晟主编的《柔

[①] 宿白：《东北、内蒙古地区的鲜卑遗迹——鲜卑遗迹辑录之一》，《文物》1977 年第 5 期；《盛乐、平城一带的拓跋鲜卑——北魏遗迹——鲜卑遗迹辑录之二》，载《文物》1977 年第 11 期；《北魏洛阳城与北邙陵墓——鲜卑遗迹辑录之三》，载《文物》1978 年第 7 期。

然资料辑录》（中华书局，1962年）、余元庵的《内蒙古历史概要》（上海人民出版社，1958年）；马长寿的《突厥人与突厥汗国》（上海人民出版社，1957年）、岑仲勉的《西突厥史料补阙及考证》和《突厥集史》上下（中华书局，1958年）、冯家昇等编著的《维吾尔族史料简编》（民族出版社，1958年）、白寿彝的《回民起义》（神光出版社，1952年）、马长寿主编的《同治年间陕西回民起义历史调查记录》（完成于50年代，陕西人民出版社，1993年）；佘素的《清季英国侵略西藏史》（世界知识出版社，1959年）、王森的《关于西藏佛教史的十篇资料》（1965年内部铅印）、王忠的《新唐书吐蕃传笺证》（科学出版社，1958年）和《新唐书南诏传笺证》（中华书局，1963年）；童恩正的《古代的巴蜀》（四川人民出版社，1979年）、方国瑜主编的《云南史料丛刊》（1965年）及《云南民族史讲义》上下（1957年）、马长寿的《南诏国内的部族组成和奴隶制度》（上海人民出版社，1961年）和《古代彝族史》（1959年完成，1985年由上海人民出版社正式出版）等。

此外，还有大量有关中国民族史的论文，涉及族源、社会性质、经济文化与其他民族关系等内容。这里不再列举，可参见达力扎布主编的《中国民族史研究60年》（中央民族大学出版社，2010年）相关部分。

（五）这一时期中国民族史学正式建立的另一个重要

标志，就是中国民族史学作为历史学的一个分支学科，在全国各综合大学的历史系中大多开设中国民族史的课程或专业，如复旦大学、西北大学（由马长寿教授主讲，编写有《中国兄弟民族史讲义》，作为全国高校交流教材）、云南大学历史系（由方国瑜教授主讲，有《中国民族史讲义》）、中央民族学院历史系均开设课程或设有研究室；云南大学历史系还设立了民族史专门化专业，培养了一批专门人材。云南大学、西北大学还专门招收培养民族史的研究生，中央民族学院研究部更是集全国民族学、社会学著名专家，也培养与民族史相关的民族学研究生；南京大学开设蒙古、元朝史研究室，招收研究生（当时无学位制，60年代国家高教部正筹办副博士学位制，因"文化大革命"而停止）。这些研究生大多成为80年代后中国民族史学的专家。在50年代各大区成立的民族学院里，中国民族史作为课程也多列入其中。

1958年中国社会科学院成立了民族研究所，下就设有民族历史研究室；与此同时，民族地区各省区也建立了专门的民族研究机构，其中一般都设有民族史的研究部门；从中央民族学院到地区民族学院大都设有民族历史的研究室或所。

我们虽然认为这一时期中国民族史学正式建立并得到蓬勃的发展，但是受当时政治形势的影响，中国民族史学与历史学一样，存在一些问题，主要是：受"左倾"

思潮的影响，强调突出阶级和阶级斗争，受教条主义的束缚，将马克思唯物辩证史观简单化、公式化；研究受政治运动影响，多有禁区，研究范围狭窄；与西方学术交流少，等等。

三

20世纪80年代至今，为中国民族史学繁荣时期，又可分为1980年至1995年及1995年至今两个阶段。这一时期中国民族史学总的特点和发展趋势是：

（一）70年代末中共十一届三中全会，拨乱反正，从此中国进入改革开放、以经济建设为中心的新的历史时期。在学术界，实事求是的思想路线得以恢复，思想得以解放，禁区逐渐被打破，教条主义、公式化的研究逐渐被克服，中国民族史学与历史学及所有的社会科学一样进入了一个新的繁荣时期。这一改革开放的新时代，应是中国民族史学得以不断发展繁荣的动力和根本原因。

（二）在这一新的时代，中国民族史学研究机构不仅得到恢复，而且不断壮大；研究人才培养和队伍的扩大，是这一时期的特点之一。80年代至90年代，在北京恢复和重建的相关机构有中国社会科学院的民族研究所（后改名为民族学与人类学研究所）、中国边疆史地研究中心（后改名为中国边疆研究所）和中国藏学研究中心；各省区的民族研究机构也纷纷恢复和重建，中央民族大学及各地区民族大学及一些综合大学内设置、新建的研究机构也纷纷建立。以上这些研究机构中，基本上都有研究中国民族史的分支机构和人员，使研究的队伍不断壮大。

（三）特别是80年代以来，教育部在全国高等院校及中国社会科学院推行的研究生学位制度，在历史学一级学科之下设立的专门史中国民族史专业、民族学一级学科下设的中国少数民族史专业，每年招收和毕业的硕士、博士人数越来越多，他们有较好的专业基础和从事科研的能力，大多成为90年代至今中国民族史学研究的中坚力量和骨干。

（四）民间学术团体的纷纷建立，学术交流日益广泛。80年代改革开放后，社会科学的民间群众性学术团体如雨后春笋纷纷建立，并开展学术交流活动。其中有关民族史学的学会主要有：中国民族史学会、中国蒙古史学会、百越民族史学会、中国古代铜鼓研究会、中国西南民族研究会、中国辽金暨契丹女真史研究会、中国回族研究会，以及各省区成立的相关学会，如四川藏学会、新疆维吾尔族文化研究会等等。中国民族史学会成立于1983年，至今已开展过16次年会，2013年在昆明召开的第16届年会，庆祝了学位成立30周年。学会每次会议有一个讨论的主题，扩大了学术交流。此外，各有关机构也不时组织各种类型的学术交流活动。这一切学术交流大大提升了中国民族史学研究的水平。

（五）国际学术交流日益频繁，学子出国深造、交流、合作机会增多，促进了国内中国民族史学研究水平的提高。随着改革开放力度的加强，中国民族学界与国外相关学科的学术交流日益频繁，邀请国外知名学者到国内考察、讲座，参加学术活动，翻译出版相关国外名著。同时，一批又一批中青年学人，或出国攻读硕博士学位，或与国外导师联合培养研究生，或出国作访问学者等多种形式出国深造。他们引进了国外的有关的理论和方法，对传统的中国民族史学以冲击，并形成了中国民族史学发展的新趋势。

正是在上述诸种因素的作用之下，中国民族史学在这一时期的主要表现为：

（一）深入讨论理论和方法，引进新的理论方法。如原来的一些理论（即上述关于中国历史上的民族和疆域等）讨论的深入（如1981年香山民族关系研讨会），以及族群概念的引入、中华民族多元一体论、民族认同与国家认同等新理论的探讨等。

（二）研究禁区的打破和研究领域的逐渐扩展。如果说50—70年代中国民族史研究重点在"族别史"研究之上，那么到80年代至90年代，"族别史"研究更加丰富（如一些过去研究不多的民族历史有了专著问世）的同时，区域民族史和民族关系史、断代民族史和民族关系史、边疆史、民族文化史、民族社会史、民族经济史等研究逐渐兴起，并多有学术水平较高、社会影响大的论著出版和发表。20世纪90年代至今，理论的、综合的、学科交叉的民族史研究逐渐引领了中国民族史的研究走向。

（三）成果丰硕，学术水平逐渐提高。在新时代，中国民族史学的论著出版及相关杂志刊登的论文数量远远超过以往的任何时期；而且其中多有学术水平较高的论著问世。在此不一一列举，可参阅2008年中国社会科学出版社出版的揣振宇主编的《中国民族学30年》一书第四章"民族史学蓬勃发展的30年"（华祖根撰），此章按十二个专题，即中国民族关系史研究、历史上民族政策研究、中华民族凝聚力的形成和发展问题研究、中华民族多元一体格局研究、族源和民族形成问题研究、民族法制史研究、边疆史研究、民族政治史研究、社会经济史研究、民族文化史研究、民族历史人物和事件评论、综论性研究（综合性中国民族史、族别史、地区民族史、断代民族史、工具书），该书详列研究论著，并作简要评述。

另一部是达力扎布主编的《中国民族史研究60年》（中央民族大学出版社，2010年），此书全面系统论述60年来国内（包括港台）中国民族史研究成果及不足。全书共分八章，即第一章中国民族史理论问题的探讨、第二章汉民族形成研究、第三章东北民族史研究、第四章北方民族史研究、第五章西北民族史研究、第六章青藏高原民族史研究、第六章西南民族史研究、第八章中东南民族史研究。每一章按时代详列举各方面的研究成果（论著），并作简要评述。

两书编纂体例不同，各有优劣，相较之下，达力扎布书更便于检索，内容更为全面、丰富。但均为中国民族史学史重要的著作，值得重视。

（四）到 20 世纪 90 年代后期至今，由于世界和国内的形势，在边疆民族地区（新疆和西藏）分裂势力的抬头，边疆民族问题凸显，因此，中国民族史的研究与现实反分裂的斗争、国家统一和民族团结的现实结合得更加紧密。由国家和边疆地区组织编写的《西藏通史》《新疆通史》，清史编纂委员会编纂的《清史典志民族志》等重要研究项目先后启动；在国家社会科学基金项目及各省区、各部委均加大了民族史研究为现实服务的导向。这也应是现今中国民族史学发展的趋势之一。

四

如果要对今天中国民族史学进行一些展望的话，笔者想以 2013 年中国民族史学会第 16 届年会暨庆祝学会成立 30 周年学术研讨会上的发言，作一陈述：

经过 30 多年改革开放的今天，中国民族史学仍然得到很大的发展，取得了丰硕的成果。特别是 21 世纪以来，作为人文社会科学的历史学或民族学下面重要的一门学科，特别是当今世界及国内民族问题日益尖锐的情况下，也越来越为社会各阶层重视。就民族史学本身而言，经过30多年改革开放，新一代中青年学者成长起来，他们通过网络和出国交流的机会，能够从国外学习和引进许多新的史学理论和方法，来研究中国民族的历史，特别是近代民族史。对此笔者并不反对，有时还鼓励笔者的研究生作一些尝试。这是民族史学界近年来发展的一个突出的特点。

笔者认为，在现今民族史学界出现了三种情况，或称之为三种类型：

第一种是对国外的人类学、社会学等相近学科的理论和方法十分崇拜，于是生吞活剥，消化不良，赶时髦地应用于他们的研究之中；他们的论著多不符合中国历史和现状，有的让人无法卒读，看不懂，但很时髦，于是很多青年学者趋之若鹜。当然，学习新的国外相关理论和方法有一个过程，对他们也不必过于苛求。

第二种是一些中青年学者在反思50年代至60年代那种贴标签式或极左式的"马克思主义民族史学"，认真学习国外相关科学的民族史学理论和方法，研究中国民族的历史，作出了可喜的成绩。比如，借用国外民族学、人类学发展起来的历史人类学，形成民族学中的历史学派等。这是将传统民族史学与其他现代相近学科（也包括政治学、经济学、法学、文学等）相互交叉、融合的结果，值得发扬和提倡。

第三种是仍有大批老、中、青的学者，坚持继承、发扬中国传统的史学，或坚持用马克思主义唯物史观作指导，进行民族史学研究。这仍然是目前中国民族史学界的主流。尽管他们被国内外一些学者讥之为官方民族史学，或已过时之学说等。

总之，笔者认为，如今以上三种类型的民族史学的研究均存在，这就是目前民族史学的现状。可以说，这是中国民族史学呈现出"百花齐放，百家争鸣"的大好局面。今后中国民族史学的发展，笔者认为是应在继承、发扬中国民族史学优良传统的基础上，坚持和发展马克思民族史学的理论和方法，并借鉴国外相关前沿的、科学的理论和方法，不断创新，将中国民族史学研究推向一个新高度。

原载于周伟洲主编：《西北民族论丛》第 20 辑，社会科学文献出版社，2020 年

有关“民族”概念及中国话语权问题

一、有关“民族”概念的由来及争议

作为一个中国人，对“民族”这个词并不陌生；但要真正理解这一词，却不容易。“民族”这一概念的来源及含义是什么？过去很长一段时间学界大都认为，“民族”一词是 19 世纪从日本翻译过来的舶来品，对应国外的 volk、ethno、nation 等。但是 21 世纪初中国学界经过讨论，发现“民族”一词，最早在南北朝时成书的《南齐书》中已出现，其意已与当前国内经常应用的“民族”含义几乎相同。① 接着，有的学者，又在中国正史、十三经等历史文献中查到“民族”一词，并考证现代意义的民族

---

① 邸永君：《“民族”一词非舶来，正史见于〈南齐书〉》，载《中国民族报》2004 年 2 月 20 日。

一词，最早出现在 19 世纪 30 年代，而日文中的"民族"一词见诸 19 世纪 70 年代翻译的西方著述中，系受汉学的影响。①

然而，不可否认，近代中国出现的"民族"一词及其含义，仍然受到日本和西方有关理论的影响。如 1903 年梁启超在介绍西方学者关于民族的定义时指出民族的特质有八点：同居一地、同一血统、同一肢体形状、同语言、文字、同风俗、同生。②1924 年孙中山先生在《三民主义》一文中，说："我们研究许多不同的人种，所以能结合成种种相同民族的道理，自然不能不归功于血统、生活、语言、宗教和风俗习惯这五种力。"在 20 世纪 20 年代至 40 年代，中国学术界广泛使用"民族"这一词，其含义大致沿用上述的意见，将古代、近现代族的共同体称之为"民族"，并引入新的"民族学""历史学"及当代民族研究和调查之中。如关于中国民族研究中，就有 1934 年文化学社出版王桐龄、同年世界书局出版吕思勉、1939 年由商务印书馆出版林惠祥等学者写作的多部同名《中国民族史》等。

至 1949 年中华人民共和国成立后，由于受苏联民族

---

① 郝时远：《中文"民族"一词源流考辨》，《民族研究》2004 年第 6 期。
② 梁启超：《饮冰室文集》卷五。

学的影响，50年代至60年代国内学界基本上是以斯大林《马克思主义和民族问题》中对民族的定义："民族是人们在历史上形成的一个有共同语言、共同地域、共同经济生活以及表现在共同文化上的共同心理素质的稳定的共同体。"这一定义所指的历史时期是资本主义上升时期，即是近现代"民族国家"时期的民族。俄文作нация，英文作nation。而前资本主义的民族，俄文作народность，当时国内译作"部族"。虽然这种译法和概念为当时许多史学家接受，但是仍然有相当多的学者，如范文澜先生等向斯大林民族定义挑战，否认斯大林定义中只有资本主义的近代中国才有民族的观点。同时，国内学者在"识别"中国各少数民族的学术实践中，对处于不同社会发展的各少数民族也统称为"民族"。

目前国内有学者提出，清末和民国时期企图分裂中国的英日俄等帝国主义者，别有用心地用"民族"（Nation）来称呼中国境内的蒙古、新疆各部落，混淆视听，并直接煽动各部落追求"民族自决"和"民族独立"。因而主张保留"中华民族"，建立中国人的"民族国家"；把古今（56个）"民族"改称"族群"（简称某某族）。我们姑且不论近代以来列强是否用"民族"概念来煽动国内少数民族分裂、独立的问题。这一主张是企图抛弃中国传统的有关"民族"的认识和话语，与西方近代以来"民族国家"的"民族"（Nation）接轨，这是否有必要作如此改变呢？

国内还有一些学者认为，学界对此族群、民族两概念争论激烈，有人认为，前者重文化，后者重政治，二者之间存在相关性且在特定时空条件下可以互相转化，此说系西方学者及国内一些学者的观点。至少在对中国"民族"概念的理解有误，"民族"是中国话语下的概念，决非是"重政治"的。这种所谓"民族"重政治的观点，正是从一些西方学者认为中国的 56 个民族是共产党因政治上的需要而制造出的，是政治上的产物中演化而来，我们千万不要上当。

二、中国话语下的"民族"

中国传统及目前使用的"民族"概念，是根据中国的历史和现实，将引进的西方及苏联民族学、人类学有关民族的定义，结合中国传统的民族观，形成的中国本土化或中国语境下的有关"民族"的概念（定义）。其最大的特点是具有广义性，即对历史和近现代的、具有一些主要相同特征的稳定的族的共同体都一律称之为"民族"，它应涵盖原始民族、古代民族（即国家形成后至近代的民族）和近现代民族（即资本主义上升时期至今的民族）。这是国内学界和官方根据中国历史与现状诠释的"民族"定义，是中国语境下的"民族"概念；也是作为中国民族学赖以存在的基础。

但是根据民族的定义，具有哪些主要相同特征的稳定的族的共同体，才能称为民族？这一问题，从 20 世纪 50 年代至今仍然是中国学界讨论、争议的话题，发表论著甚多。特别是 2005 年 5 月中共中央、国务院在北京召开的第三次中央民族工作会议上发布的《中共中央国务院关于进一步加强民族工作加快少数民族地区经济社会发展的决定》十二条中的第一条，就是结合我国实际及学者们研讨的意见，对"民族"的概念，作了新的概括："民族是在一定的历史发展阶段形成的稳定的人们共同体。一般说来，民族在历史渊源、生产方式、语言、文化、风俗习惯以及心理认同方面具有共同的特征。有的民族在形成和发展中，宗教起着重要的作用。"这就是人们所说的"6 加1"。虽然任何定义都是相对的、没有绝对的真理，但我认为这是目前中国学界对具有中国特色"民族"定义的最好阐述，而且它是目前国内官方和学界基本认同的、具有中国语境的关于民族的定义。

可是，从 20 世纪末至 21 世纪初，由于从国外引进的人类学、社会学在国内兴起，一部分中青年学者向民族史学发起了"挑战"，他们为了与国际学术接轨，认为应打破苏联斯大林影响下的"民族"概念，只认为到近代"民族国家"出现之后，才有"民族"存在，在此之前只有"族群"（ethnic group）；所谓中国古代的民族，或只是"政治群体"，根本无什么"族源""民族融合"之类的概念；古代民族，包括现有的 56 个民族都是官方或学者们臆造出来的政治化概念，等等。这些观点，在青年学者中颇有影响，于是在他们在关于中国古代民族的论著中，用"族群"代替了"民族"一词，认为这更为"时髦"，是摆脱官方规定话语的自由学术精神。如此下去，中国民族史学将名不正言不顺，而实亡也。

上述关于民族概念讨论的学术发展历史事实证明，中国有关"民族"的概念是具有中国本土化和中国语境下的概念。我们为什么要跟在外国人之后，将符合中国国情的"民族"概念一定要置于近代"民族国家"形成之后呢？须知各国各地对之也有自己的概念和名称，移民国家美国有"华裔""意大利裔""法裔"等名。

为什么我国不能用"民族"这一广义的名称呢？至少从司马迁《史记》始，中国史籍都有关于各民族的记载，他们的来源、社会发展、融合、消失，如何形成今天多民族的现实，均可通过科学的研究找到答案。这正是作为中国民族史学存在和发展的依据。

当然，我并非非难上述的学者，至少他们用人类学、社会学的一些新理论和方法来诠释中国民族的历史，从另一个方面对我们有所启发和帮助。我国老一辈著名学者，如费孝通、林耀华、李绍明等先生，均认为民族学、人类学、社会学均可按自己学科的概念、理论和方法进行研究，相互之间也可相互借鉴，共同发展。因此，我认为，我们作为中国民族史学的研究者应坚守中国民族史学的阵地，不要因为外国人和其他学科的冲击而乱了阵脚。

此文系 2017 年 11 月在昆明召开的 "教育部社会科学委员会历史学部 2017 年度工作会议暨中国历史上的民族问题研讨会" 上的发言，后载于《探索与争鸣》2018 年第 1 期

凤凰枝文丛

三升斋随笔	荣新江　著
八里桥畔论唐诗	薛天纬　著
跂予望之	刘跃进　著
潮打石城	程章灿　著
会心不远	高克勤　著
硬石岭曝言	王小盾　著
云鹿居漫笔	朱玉麒　著
老营房手记	孟宪实　著
读史杂评	孟彦弘　著
古典学术观澜集	刘　宁　著
龙沙论道集	刘　屹　著
春明卜邻集	史　睿　著
仰顾山房文稿	俞国林　著
马丁堂读书散记	姚崇新　著
远去的书香	苗怀明　著
汗室读书散记	王子今　著
西明堂散记	周伟洲　著
优游随笔	孙家洲　著
考古杂采	张庆捷　著
江安漫笔	霍　巍　著
简牍楼札记	张德芳　著
他乡甘露	沈卫荣　著
释名翼雅集	胡阿祥　著

壶兰轩杂录	游自勇　著
己亥随笔	顾　农　著
茗花斋杂俎	王星琦　著
远去的星光	李　庆　著
梦雨轩随笔	曹　旭　著
半江楼随笔	张宏生　著
燕园师恩录	王景琳　著
鼓簧斋学术随笔	范子烨　著
纸上春台	潘建国　著
友于书斋漫录	王华宝　著
五库斋清史存识	何龄修　著
蜗室古今谈	丰家骅　著
平坡遵道集	李华瑞　著
竹外集	朱天曙　著
海外娜嬛录	卞东波　著
耕读经史	顾　涛　著
南山杂谭	陈　峰　著
听雨集	周绚隆　著
帘卷西风	顾　钧　著
宁钝斋随笔	莫砺锋　著
湖畔仰浪集	罗时进　著
闽海漫录	陈庆元　著
书味自知	谢　欢　著
三余书屋话唐录	查屏球　著
酿雪斋丛稿	陈才智　著
平斋晨话	戴伟华　著

朗润舆地问学集	李孝聪　著
夏夕集	李　军　著
瀛庐晓语	王晓平　著
知哺集	宁稼雨　著
莲塘月色	段　晴　著
我与狸奴不出门	王家葵　著
紫石斋说瓠集	漆永祥　著
飙尘集	韩树峰　著
行脚僧杂撰	詹福瑞　著